Jack Vance
De duistere oceaan

DE DUISTERE OCEAAN

JACK VANCE

VERZAMELD WERK **20**

John Holbrook Vance

Uitgegeven door Spatterlight, Amstelveen 2019
Oorspronkelijk verschenen als *The Dark Ocean*, Underwood-Miller,
Columbia 1985
Deze vertaling is conform de gerestaureerde tekst van de
Vance Integral Edition © 2018 Karin Langeveld
ISBN 978-1-61947-250-1

SPATTERLIGHT

www.spatterlight.nl

Jack Vance
De duistere oceaan

HOOFDSTUK I

1

EENMAAL VOORBIJ PANAMA veranderde de reis in een zonnige blauw-witte droom. Het schip gleed traag door het water; alles nodigde uit tot ontspanning, overpeinzingen en meditatie. Naarmate de spran-kelende dagen voorbijgleden leek het eerste deel van de reis meer en meer onwerkelijk te worden; iets waarvoor Betty Haverhill dankbaar was. Met een mengeling van weemoed en geamuseerdheid dacht ze terug aan hoe ze een maand geleden nog was. Onschuldig, naïef; dat waren de voor de hand liggende omschrijvingen. Minder aardige men-sen hadden andere woorden gebruikt: zelfingenomen, verwend, ijdel, egocentrisch — maar dat waren onvriendelijke halve waarheden die ze niet verdiende. Betty was niet erg wereldwijs, en ze had zich schuldig gemaakt aan een zekere mate van oppervlakkigheid, hetgeen vooral geweten kon worden aan Moeder.

Moeder's wereld, en daardoor noodzakelijkerwijs ook het grootste deel van die van Betty, beperkte zich tot zaken die 'prettig' waren. Ze had bordeaux en sherry in huis, maar niet veel whisky; ze gaf de voorkeur aan kreeft boven biefstuk, Chopin boven Bach. Ten behoeve van haar getrouwde vriendinnen benoemde ze op speelse manier de voordelen van een man in huis, maar de vader van Betty was na twee ongemakkelijke jaren vertrokken en Moeder was nooit opnieuw getrouwd.

Ze woonden in een buurt met plezierige oude huizen in Menlo Park, zo'n veertig kilometer ten zuiden van San Francisco. Moeder was geen snob, maar ze was zich met iedere hap lucht bewust van klassen-verschillen. Het kwam simpelweg nooit in haar op dat loodgieters, vuilnismannen en dergelijke lieden nog een leven hadden buiten hun werk. Voor haar was het een organische noodzakelijkheid dat ze hun rollen vervulden, op dezelfde manier dat een piano muziek maakt of dat er walnoten hangen aan een walnotenboom. Betty had daarom van jongs af aan geleerd om mensen in te delen naar hun meest opvallende kenmerken. Halverwege de Atlantische Oceaan, terwijl ze nadacht over dit gegeven, voelde ze ineens een vage opwinding, alsof er een heel belangrijke waarheid aan de rand van haar bewustzijn vorm kreeg. Iedereen, zo bedacht ze, ging door het leven verborgen achter een schild van symbolen: woorden, kleding, gebaren. Het was een essentiële stap in het proces van volwassen worden om deze symbolen te leren herkennen voor wat ze waren, en om erachter te zoeken naar de verborgen persoonlijkheid. Het juiste begrip hiervoor was 'sympathie' in de klassieke betekenis, zonder de bijbetekenis van medelijden. *'Tout comprendre, c'est tout pardonner'*: wie had dat ook alweer geschreven? Voltaire? Dat kon toch zeker niet waar zijn. Egoïsme en gemeenheid kon je ook begrijpen zonder deze goed te keuren. Betty vroeg zich af of zijzelf deze zaken wel echt begreep. Nee, besloot ze met een zucht. Ik ben min of meer normaal; er zijn heel veel gevoelens die ik nog niet heb ondervonden. Misschien ben ik nog niet wereldwijs genoeg. En als ik dat niet ben, dan wil ik dat ook niet worden. Toen ze terugdacht aan de Betty Haverhill die nog maar zo kort geleden aan boord van de *Garda* was gestapt, zuchtte ze nogmaals om het verlies van haar jeugdigheid.

Betty's moeder, die weinig belangstelling voor mannen had, nam als vanzelfsprekend aan dat Betty haar opvattingen deelde. Op diverse manieren zorgde ze ervoor dat Betty slechts de prettigste jongens uit de beste families ontmoette. Het resultaat was dat Betty, gedesillusioneerd door de verwaande lapzwanzen die aan haar voorgesteld werden, de hele periode van jongensgekte had overgeslagen, zodat haar moeder zich maar weinig zorgen had hoeven maken. Moeder's grootste ambitie was om Betty carrière te zien maken als arts. Betty worstelde zich gehoorzaam door twee jaar medicijnen op Stanford, waar ze rommelde met ideeën en onderwerpen die ze in het diepst van haar hart liever gewoon had genegeerd. Aan het eind van haar vierde semester zakte ze met grote opluchting voor haar examens en ging van school.

Moeder was geschokt door de nonchalance van Betty. "Ik ben

compleet verbijsterd! Ik had er geen idee van dat je cijfers zo slecht waren!"

"Ach, kom nou, Moeder. U wist halverwege het jaar al hoe ik ervoor stond."

"Maar ik dacht dat de examens vooral zouden tellen."

"Daarvoor had ik zo ongeveer dezelfde cijfers."

Moeder beet op haar lippen. "In mijn tijd zouden we het een schande gevonden hebben."

"Het is eerder gebeurd. En het zal nog wel vaker gebeuren."

"Maar je had carrièreplannen! Ik begrijp er niets van!"

Betty klopte haar moeder op de schouder. "Ik zou een waardeloze dokter zijn geweest. Alleen al omdat ik niet tegen bloed kan."

"Maar er is ook nog psychologie, of zelfs onderzoek! Denk eens aan Dokter Salk, denk eens aan alle goede dingen die hij gedaan heeft!"

"Feit blijft dat ze me van school gestuurd hebben."

Op vastberaden toon zei Moeder: "Je kunt je cijfers ophalen! Het is gewoon een kwestie van je doel voor ogen houden! Als je iets maar graag genoeg wilt, dan kun je het ook!"

Betty liet zich in de grote groene leunstoel zakken en haalde diep adem. "Eigenlijk, Moeder, komt het me wel goed uit. Er is veel spannender nieuws. Vanochtend heb ik Vader opgebeld en hem het nieuws verteld. Hij maakte zich niet druk; hij was niet eens verbaasd. Hij dacht ook niet dat ik geschikt was voor het doktersvak."

"Hij niet," zei Moeder laatdunkend.

Betty's vader, een mijnbouwkundig ingenieur die heel veel geld had verdiend met de winning van wolfraam, en later uranium en nog vijf of zes andere zaken, leidde een makkelijk leventje in Denver. Hij vertegenwoordigde alles wat Moeder verafschuwde.

"Hoe dan ook," ging Betty op luchtige toon verder, "Vader zei dat als ik wil reizen, dat hij alle kosten voor zijn rekening zal nemen — naar Europa, of op wereldreis, waar ik ook heen zou willen. Uiteraard heb ik gezegd dat ik het een geweldig idee vond."

De twee schokken, gerelateerd maar onderscheiden, kwamen zo hard aan dat Moeder even geen woorden kon vinden. "Belachelijk," wist ze uiteindelijk uit te brengen.

"Moeder! Hoe kunt u dat nu zeggen! Het is fantastisch!"

"Je bent nog zo jong, zo onervaren!"

"Niet lang meer. Reizen verruimt de geest — dat heeft u zelf gezegd. Laten we er nu geen ruzie om maken, Moeder — mijn besluit staat vast."

Niettemin ontstond er toch een ruzie, tot Betty uiteindelijk haar geduld verloor. Ze wees erop dat ze volwassen was, gezond van geest en met een goede inborst, en dat het haar vrij stond om desnoods naar Gehenna te reizen als ze daar zin in had.

Moeder snoof. "En hoe zit het dan met al je vriendjes? En met Ted Bunpole?"

"Hij is wel de laatste waar ik me druk om maak."

"Weet je dat zeker?" vroeg Moeder op ongewoon plagende toon. "Ik had het idee dat jullie het misschien wel samen zouden kunnen vinden."

Betty lachte ongelovig. "Wie heeft u dat verteld? Ted?"

"Ik zou denken dat hij precies het soort jongen is dat jou zou aanspreken. Ik ken zijn moeder al mijn hele leven. Hij heeft een goede baan, een mooie auto, en hij heeft football gespeeld op de universiteit."

Betty keek haar moeder onderzoekend aan. "Ik geloof warempel dat u mij liever ziet trouwen met die etter dan dat ik naar Europa vertrek."

"Ja, daar heb je gelijk in, aangezien jij vastbesloten lijkt je carrière op te geven. En ik begrijp werkelijk niet wat je tegen Ted hebt."

"Op de eerste plaats," zei Betty, "is hij een typische jonge flapdrol. Hij heeft een of andere belachelijke kantoorbaan en noemt zichzelf een leidinggevend personeelslid. Hij draagt een hoed. Hij verdient driehonderdvijftig dollar per maand en heeft net een nieuwe auto gekocht die hem honderdvijftig in de maand kost. Hij leest van die tijdschriften voor mannen. Hij gaat naar bokswedstrijden. Hij drinkt alleen maar Haig & Haig, en vraagt erom aan de bar, waar ze dan een of ander goedkoop bocht voor hem inschenken zonder dat hij het verschil proeft. Zijn idee van een uitspatting is een weekendje Las Vegas. Moet ik doorgaan?"

Moeder zei op kille toon: "Je doet Ted schromelijk tekort. Hij is een volkomen normale jongeman met een flinke dosis charme."

"En als klap op de vuurpijl," reageerde Betty, "is daar die naam: Ted Bunpole. Als je het snel uitspreekt klinkt het net als Bumpel. Ik zou Mevrouw Betty Bumpel gaan heten."

Moeder wendde zich van haar af. "Je bent gewoonweg onmogelijk. Ga dan maar! Als er iets verschrikkelijks gebeurt hoef je niet op mijn sympathie te rekenen."

2

Ted Bunpole schrok ook toen hij Betty's plannen hoorde. "Ik vind het maar niets, Betty. Helemaal niets! Ik ben er absoluut op tegen."

Betty zei dat het haar met de beste wil van de wereld niets kon schelen. Ze was in een slechte bui, die er niet beter op geworden was toen Moeder hen opzettelijk en nadrukkelijk alleen in de kamer had gelaten.

Ted had zich zorgvuldig aangekleed voor de gelegenheid, in een broek van zachte, rookbruine corduroy, een overhemd met een grijs-groen, blauw en rood ruitpatroon en een grijze kasjmier trui. Hij boog voorover en pakte Betty's handen, die Betty onmiddellijk terugtrok. Ted deed alsof hij het niet opmerkte. "Ik heb een geweldig idee. Jij bent hier, ik ben hier: laten we gaan trouwen. Nu meteen. We springen in de Merc en dan zijn we binnen de kortste keren in Reno."

"Ben je nou helemaal gek geworden? Ik ga naar Europa. Ik heb mijn kaartje al gekocht."

Ted kneep zijn lippen samen. "Je bent een koppige kleine rotgriet."

"Dat ben ik niet." Betty pakte een banaan van de fruitschaal en begon deze te pellen. "Ik weet gewoon wat ik wil, en dat ga ik doen ook."

"Welnu," gromde Ted, "en wat ga je dan precies doen?"

"Ik vertrek over een week of drie, op een vrachtschip dat van San Francisco naar Genua reist. De reis duurt iets meer dan een maand. Hij kost driehonderdvijfentachtig dollar. Er zijn maar twaalf passagiers aan boord. Ik vertrek op 22 juli."

"Mmf. En hoelang ben je van plan weg te blijven?"

"Zolang als ik wil."

"Mmf." Ted strekte zijn benen en liet zich dieper in de stoel zakken.

"Je ziet eruit als een toonbeeld van afschuw," zei Betty met haar mond vol banaan.

"En waarom zou ik geen afschuw voelen? Ik wil met je trouwen en jij neemt de benen naar Europa. En daar zul je waarschijnlijk blijven hangen aan een of andere langharige zanger, zwanger raken en je afvragen waarom die goeie ouwe Ted niet komt opdagen om je eer te redden."

Betty lachte. "Je bent gewoon chagrijnig dat die zanger verder mag gaan dan jij."

Ted ging met een ruk overeind zitten in zijn stoel. Zijn gezicht was zo vuurrood van woede dat Betty even dacht dat ze misschien te ver was gegaan.

"Het probleem met jou," bracht Ted met krakende stem uit, "is dat je door en door verwend bent. Lieve kleine Betty. Omgeven door een hele troep vrouwen die je allemaal in de watten leggen. Als je een loop-neus hebt dan komt een van je tantes een zakdoek aandragen. Als je wil gapen is er een andere tante die haar hand over je mond houdt. Als je naar het toilet wilt —"

Betty onderbrak hem. "En waaruit blijkt precies hoe verwend ik ben? Daar ben ik wel nieuwsgierig naar."

"Je bent verwaand."

"Omdat ik niet met je wil trouwen? Dat is geen verwaandheid, dat is goede smaak. Je verdient driehonderdvijftig in de maand —"

"Driehonderdzestig."

"— driehonderdzestig — dus je hebt opslag gekregen. Niettemin besteed je de helft van je geld aan die belachelijke schroothoop en de andere helft aan kleding. Je hebt geen boek gelezen sinds het Kinsey Rapport uitkwam. En dan heb je de euvele moed om mij te vragen met je te trouwen. Je zou me in een rijtjeshuis aan de Bayshore Highway willen stoppen, met twee televisies en een broodrooster. Nee, Ted Bumpel — dat is niets voor mij. Er zijn duizenden meisjes die in je Mercury met je naar Reno zouden willen rijden, en die zo blij zouden zijn als een varken in de modder met jou en je televisies. Misschien dat ik zwanger raak van een zanger, maar ik verdom het om mezelf levend te laten begraven."

Even bleef het stil. Toen stond Ted langzaam op. "Dat is behoorlijk definitief. Ik hoop dat je niets overkomt."

"Hoe bedoel je? Waarom zou mij iets moeten overkomen?"

Ted haalde zijn schouders op. "Je hebt rare lui in de wereld. En je bent nog maar een kind."

Betty lachte droefgeestig. "Jij en Moeder zijn een mooi stel aasgieren samen. Jullie zouden blij zijn als mij echt iets zou overkomen!"

"Natuurlijk niet," zei Ted geïrriteerd. "Ik wens niemand een ongeluk toe." Hij liep naar de deur en stopte toen. "Hoe heet die schuit waar je op gaat?"

"De *Garda*, als in het Gardameer."

Bij de deur draaide Ted zich om en wierp Betty een glimlach toe. "Heb je zin om morgenavond uit te gaan? Dineren in de stad? In een luxe restaurant?"

"Nee, dank je, Ted. Ten eerste kun je je dat niet veroorloven. Je moet je auto afbetalen. En ten tweede heb ik geen zin in nog meer discussie. En ten derde — nou ja, laat maar; je zou alleen maar weer boos worden."

"Alsjeblieft?"

"Nee."

"Toe, alsjeblieft?"

"Doe niet zo lastig, Ted."

"Tjee! Je bent echt een koppige heks!" riep Ted uit. Hij deed een poging om Betty vast te pakken met het idee om haar vurig te kussen tot ze zuchtend toegaf, zoals hij het in de film had gezien, maar Betty deed een stap naar achteren en sloeg de deur tussen hen dicht. Ted marcheerde over de oprit naar zijn auto, waar hij ineens een enorme hekel aan had.

Betty riep hem na: "Goedenacht, Ted! Rij voorzichtig!"

Hoofdstuk II

1

De *Garda*, een vrachtschip van de Mediterranean Line, onder Italiaanse vlag, vertrok op de avond van 22 juli uit San Francisco, op weg naar havens in El Salvador, Panama, Venezuela, Spanje en Italië. Betty's vader kon er niet bij zijn, maar hij had een telegram gestuurd om haar *bon voyage* te wensen. Moeder, Tante Ethel en Oom Graham brachten Betty met de auto naar de haven. Moeder was irritant traag en zorgvuldig geweest tijdens alle voorbereidingen.

Ze kwamen een uur voor vertrek in de haven aan. Moeder schrok toen ze het schip zag. "Dat is gewoon een roestige oude stoomboot!"

"Het is informeel," stemde Betty in. "Dat is de charme van het reizen per vrachtschip."

Betty's drie beste vriendinnen hadden in een auto in de buurt zitten wachten, en Ted Bunpole, die zich ongewoon bescheiden gedroeg, was bij hen. Iedereen liep de loopplank op en Oom Graham en Ted droegen Betty's koffers. Een stuk of vijf, zes zeelieden, tanig, vuil en vrij kort van stuk, leunden tegen de reling en bekeken hen met onverholen interesse.

"Ze zien er niet al te schoon uit," merkte moeder op. "Ik hoop dat ze weten wat ze doen."

"Ze hebben het schip hierheen gebracht," zei Betty, "dus ik neem aan dat ze het ook weer terug kunnen varen."

"Ik wou dat ik je vertrouwen kon delen."

Betty gaf haar ticket en paspoort aan een zwaarwichtig uitziende jonge officier in zomeruniform, die later de purser bleek te zijn. Een scheepsjongen leidde hen via diverse gangen twee steile stalen trappen op. Hut nummer 2 was aan de bakboordzijde van het brugdek, aan de achterzijde. In de hut bevonden zich twee nette witte bedden met ieder een eigen leeslamp en ventilator, een schrijftafel met een draaistoel, een wasbak, een medicijnkastje en twee kledingkasten.

"Heel netjes," zei tante Ethel. "En zo schoon als het maar kan!"

Moeder kon hier nauwelijks iets tegen inbrengen. "Vergeet niet om altijd je koffers af te sluiten en de deur van je hut op slot te doen, anders ben je straks al je spullen kwijt!"

Ze verlieten de hut en klommen omhoog naar het bovendek. Daar stonden enkele tientallen andere mensen — de passagiers en degenen die waren meegekomen om afscheid van hen te nemen. Betty keek enthousiast naar alle kanten en ontdekte al snel een aantal van haar medepassagiers: vier Latijns-Amerikaanse dames in roze en groene bloemetjesjurken, een korte, grijze man van zestig; een lange, donkere jongen van Betty's eigen leeftijd; een intellectueel uitziend echtpaar.

Ted en oom Graham vonden stoelen voor iedereen die wilde zitten. Er volgde een halfuur van ongemakkelijke laatste gesprekken; toen kwam een van de officiers van het schip het dek op en liep langs alle groepen om iedereen mede te delen dat het schip over een kwartier zou vertrekken. Betty liep met haar vrienden en familie naar beneden in de richting van de loopplank. Tante Ethel omhelsde haar en gaf haar een zoen; oom Graham gaf haar een kus op de wang. Moeder pakte met betraande ogen Betty's beide handen. Betty begon te huilen en schoot toen in de lach. "We zien er niet uit; we moeten ons gedragen! Niet te veel piekeren terwijl ik weg ben."

"Ik zal mijn best doen," zei Moeder met trillende stem. "Ik hoop echt dat je je geweldig zult amuseren. Maar wees voorzichtig — heel, heel voorzichtig!"

"Natuurlijk, Moeder! Maak u geen zorgen! Duizenden mensen gaan op reis!"

Ze zoenden elkaar; Moeder draaide zich om en liep de loopplank af.

De trossen werden losgegooid, de fluit klonk en een stel sleepboten begon het schip in de richting van de rivier te trekken.

Betty klom weer omhoog naar het bovenste dek en ging op de vleugel van het brugdek staan om te zwaaien tot ze de figuren op de kade niet meer zien kon. Ze haalde diep adem, oneindig opgelucht dat het afscheid achter de rug was. Nu was het tijd om de andere passagiers te leren kennen. Naast haar stond het intellectueel uitziende paar. Alec Cato (zo stelde hij zich voor) was eind veertig en droeg een losvallend tweedjasje en een oude broek van grijs flanel. Hij had een bleek, rond gezicht dat vooral gedomineerd werd door zijn zware zwarte hoornen bril, en dun zwart, kroezig haar. Zijn vrouw Ora was slank en tanig als een gerookte haring. Haar leeftijd was moeilijk in te schatten en ze had een grote snavel van een neus en een flinke bos vuilrood haar.

"U reist alleen?" vroeg Ora Cato terwijl haar scherpe donkere ogen Betty van top tot teen opnamen.

"Jawel," zei Betty stuurs. Ze voelde een steek van ergernis. Ze had geen enkele reden om in de verdediging te schieten. "Ja," zei ze op luchtige toon. "Ik reis alleen."

Ze keek om zich heen en nam de andere passagiers in zich op. Rechts van haar stonden de Latijns-Amerikaanse dames; achter hen stond Ted Bunpole tegen de reling geleund, doodleuk grinnikend. Hij liep om de Latijns-Amerikaanse dames heen en ging naast haar staan.

Even wist Betty niets te zeggen. Toen riep ze nijdig uit: "Wat doe jij in 's hemelsnaam hier?"

"Verrast?" vroeg Ted.

"Ja," zei Betty op grimmige toon. "Ik ben verrast."

"Dat had ik wel gedacht."

"Zou je mij misschien willen uitleggen wat je hier doet?"

"Dat lijkt me duidelijk. Ik ga naar Europa. Je hebt me weten te overtuigen. Ik heb mijn auto verkocht en ontslag genomen, en hier ben ik dan."

Betty kon van woede nauwelijks uit haar woorden komen. "Ik ben aan boord dit schip gegaan om nieuwe gezichten te zien. Nu moet ik tegen jou aankijken."

"Je vreugde is bijzonder vleiend."

"Het is allesbehalve vreugde."

"Dat zou toch moeten," zei Ted. "Ik ben jouw jongen, precies zoals je me hebben wilt. Geen dure auto meer, geen saaie baan. Ik word reizend muzikant. We zullen samen langs de wegen zwerven. Jij kunt dansen voor stuivers en ik knoop een rode bandana om mijn hoofd en speel de accordeon."

Betty keek hem aan en wist niet of ze moest lachen of huilen. Het was eigenlijk wel heel aandoenlijk — maar ze had hem tegelijkertijd graag een schop gegeven. Ze haalde diep adem. "Ik wil niet onbeleefd zijn —"

"Doe het dan ook niet. Doe net alsof je mij niet kent, alsof ik gewoon een andere passagier ben die je voor de eerste keer ontmoet."

Betty probeerde hem objectief te bekijken. Lang, redelijk gespierd, met blond stekelhaar een een gezicht dat werd ontsierd door een tandpasta-glimlach, onberispelijk gekleed in een vaalblauwe broek, een geel T-shirt, een vaalblauw jasje met donkerblauwe biezen, donkerblauwe sportschoenen. "Alsof je zo uit een modeblad gestapt bent," sneerde Betty.

"De zeelucht maakt je humeur er niet beter op. Had je dan liever dat ik in de modder zou gaan rollen?"

"Ik had liever dat je overboord sprong." Betty draaide zich weer om naar de Cato's.

"Ik zie dat u een vriend aan boord heeft," zei Ora opgewekt.

"Absoluut niet," zei Betty op vlakke toon. "Ik had er geen idee van dat hij zou komen."

"Lastig," zei Alec Cato, "maar wel romantisch."

Betty maakte een misprijzend geluid. "Ongeveer even romantisch als een zuigvis op een haai."

"U bent niet erg overtuigend als haai," zei Alec. "Meer een maanvis, misschien."

"En jij, lieveling," zei Ora, "bent meer een snoek, of een rog."

"Ach, we zijn allemaal op onze eigen manier vreemde vissen."

2

De *Garda* voer om het San Francisco Ferry Building heen, parallel aan het Embarcadero. De zon was een troebele oranje bol die laag aan de hemel stond en gesmolten metaal door de Golden Gate Bridge goot. De gebouwen van de stad hadden een oranje gloed, de ramen glommen en een kille wind woei vanaf de oceaan.

De Latijns-Amerikaanse dames huiverden en gingen naar binnen. Een donkere, zwaargebouwde man die Betty niet eerder gezien had kwam aan dek. Hij droeg een lichtgrijs pak, glimmend gepoetste gele schoenen en een panamahoed met een heel wijde rand. Zijn gelaatstrekken waren lomp en vrij grof, en hij leek te glimlachen. Betty vroeg zich af wat hem amuseerde. Hij keek terloops het dek rond en ging naast het voorste schot staan. Betty had de twee overgebleven passagiers al bestudeerd. De oudere van de twee was een man van zestig met een roze gezicht, rond en beweeglijk als een tennisbal. Hij was kaal, met een slordig randje grijs haar, vrolijk en geraffineerd als een pervers kewpie poppetje. De ander was een lange, magere jongeman met versleten kleren. Hij was donker en knap om te zien, maar nauwelijks even oud als Betty zelf.

Betty telde de passagiers: elf. Drie vrijgezelle mannen, als je de oude man met het roze gezicht niet meetelde. Twee als je Ted buiten beschouwing liet. De knappe jongeman leek haar erg jong. Eentje dus: de zwaargebouwde donkere man. Hij draaide zijn hoofd om en hun blikken ontmoetten elkaar. Betty voelde een niet-onplezierige huivering. Tenminste één man.

Het schip voer onder de Golden Gate Bridge door, de Stille Oceaan op. Er klonk een bel die aangaf dat het tijd was voor het diner.

De eetzaal nam het voorste gedeelte van het dekhuis in beslag. Er stonden drie lange tafels langs de voorste wand en een enkele kleinere tafel achterin. Kapitein Alberto Frascatore, een korte, stevig gebouwde man met grijs haar, een vriendelijk gezicht, een rode neus en een mond vol gouden tanden, en de mild-uitziende hoofdmachinist zaten op twee stoelen aan de middelste tafel. Ze stonden op toen de passagiers binnenkwamen en glimlachten met de vriendelijkheid die van hen verwacht werd als gastheren.

Er was een korte periode van verwarring terwijl de diverse passagiers plaats namen. De vier Latijns-Amerikaanse dames gingen aan de tafel aan stuurboordzijde zitten, met veel gezwaai van rokken en staccato conversatie. Alec en Ora Cato gingen naar de tafel aan bakboord. Betty, de veelbetekenende blikken van Ted negerend, ging naast Alec zitten. Ted haastte zich naar voren, vastbesloten om tegenover Betty te gaan zitten, maar een zwaargebouwd lichaam versperde hem de weg. Ted keek nijdig, draaide zich om en liep naar de middelste tafel om dan tenminste aan de overkant van het gangpad naast Betty te kunnen zitten, maar deze stoel was al bezet door de oude Bacchus met zijn roze gezicht. Naast hem zat de knappe jongeman.

De enige plaats die nog over was, was aan het kleine tafeltje aan de achterzijde van de zaal. Ted liep langzaam naar de tafel, liet zich in een van de stoelen vallen en bekeek de rest van het vertrek met chagrijnige afkeuring.

Kapitein Frascatore sprak de Latijns-Amerikaanse dames aan in het Spaans; ze kwetterden goedkeurend terug. Toen sprak hij de anderen aan, in het Engels met een zwaar accent. "Laten we ons introduceren. Ik ben Kapitein Frascatore. Dit is hoofdmachinist Buscoglio. Deze dames —" hij maakte een handgebaar "— zijn onderweg naar El Salvador. Ze spreken geen Engels. Ik zal hen niet aan u voorstellen, maar het zijn buitengewoon aardige dames. Dit —" hij wees naar de zware donkere man die rechts van hem zat "— is de heer Mik Finsch. Ik ken hem omdat hij vanuit El Salvador met ons naar het noorden is gereisd. Hij heeft zojuist zijn *finca*, dat wil zeggen: zijn koffieplantage, verkocht, en is nu onderweg naar Europa."

Mik Finsch knikte en zijn mondhoeken krulden omhoog in een soort chronische halve glimlach. Opvallende man, dacht Betty. Finsch zag haar interesse; zijn halve glimlach trilde tot het bijna een grijns werd. Hij knikte even kort. Betty keek snel omlaag.

"Deze dame en heer zijn getrouwd. Ik denk dat ze Professor en Mevrouw Professor Cato heten."

"Alec en Ora."

"En deze jongedame is niet getrouwd. Haar naam is…?"

"Betty Haverhill."

"En deze jongeman is geloof ik Italiaans."

"Ik ben Nello di Prieri."

"Zijn vader is Markies di Prieri," zei de kapitein met een grijns die zijn glinsterende gouden tanden ontblootte. "En nu is het tijd om te eten. *Zuppa di verdura.* Groentesoep."

"Mijn naam," zei Ted op luide toon, "is Ted Bunpole."

"Ja," zei de kapitein. "Ik was u vergeten. Mijn excuses. Deze heer is meneer Bunpole. Vreemde naam, nietwaar?"

"Wij hebben onze naam slechts kunnen traceren tot aan Willem de Veroveraar," zei Ted pompeus. "Toen was het Bonpoillez."

"En nu is het Bumpel." Betty zei het bijna hardop, maar hield zich nog in.

Na de soep volgde gegrilde vis met een groene salade, toen geroosterd kalfsvlees met sperziebonen en krieltjes, daarna fruit, kaas en koffie. Op iedere tafel stonden twee flessen wijn, een witte Soave en een rode Valpolicella.

Ondanks de aanwezigheid van Ted Bunpole achter haar had Betty het enorm naar haar zin. Ze kletste met Alec en Ora en met meneer McFinch (dat is in ieder geval hoe Betty zijn naam verstaan had).

"McFinch?" vroeg Harry Mayberry. "Dat klinkt Iers."

"Nee," zei Finsch. "Ik ben geen Ier. Mijn vader was een Belg. Ik heb mijn moeder nooit gekend. Ik ben Nederlands staatsburger. Mijn naam is Finsch. Mik Finsch."

"Hij woont in El Salvador," legde de kapitein nogmaals uit. "Hij is een koffieboer."

"Niet meer," zei Finsch. "Ik ben heel veel dingen geweest, maar nu ben ik niets." Hij tilde een fles wijn op en las het etiket. "Valpolicella. Een prima wijn." Hij wendde zich tot Ora. "Kan ik voor u inschenken?"

"Ga uw gang," antwoordde Ora.

"En u?" Hij hield de fles op naar Betty.

"Alstublieft," zei Betty, terwijl ze gefascineerd naar de grote hand staarde die bijna de hele fles omvatte. Er groeide zwart haar op de vingers, de nagels waren schoon en glommen licht, alsof ze professioneel gemanicuurd waren.

Betty keek omhoog naar het gezicht van Finsch en toen naar de wijn, en vermeed zorgvuldig om Mik Finsch de volgende minuten direct aan te kijken.

Hier aan het diner met zoveel inwoners van andere landen voelde Betty zich nu al in het buitenland. Op het eerste gezicht leken ze op de mensen thuis, maar er waren duidelijke verschillen: kleine gebaren, onbekende maniertjes, ongewone uitdrukkingen. Maar toch — Betty wierp een blik opzij — waar zou ze een meer excentriek uitziend stel kunnen vinden dan Alec en Ora? Of rechts van haar, aan de tweede tafel, een meer glibberige roze hagedis dan Harry Mayberry? Niettemin waren ze niet meer dan variaties op een bekend thema, huizen gebouwd van vertrouwde bakstenen. Hoe kon ze weten wat er omging in de hoofden van Nello di Prieri, of Mik Finsch, of Kapitein Frascatore, of zelfs de buitengewoon respectabele Salvadoraanse dames? Deze eigenaardigheden, dacht ze, waren nu precies wat reizen interessant maakte.

Kapitein Frascatore, een praatzieke, nieuwsgierige gastheer, maakte al snel duidelijk dat hij niemand zou toestaan zijn zaken privé te houden. Gedurende het diner en de bittere Italiaanse koffie erna kwam Betty erachter dat:

A: Alec Cato assistent-professor was aan de faculteit Engels van de Universiteit van Californië en dat hij een jaar vrij had genomen. Hij en Ora overwogen Moskou te bezoeken waar ze wellicht deel zouden nemen aan een of ander internationaal symposium. Mogelijk zouden ze naar Europa teruggaan via Kiev, de Krim en Istanbul.

B: Harry Mayberry een industriële stomerij bezat in Oakland, aan de overzijde van de baai van San Francisco. Hij had veel in Mexico gereisd maar had nog nooit een zeereis gemaakt.

C: Nello di Prieri, voor wie dit het laatste stadium was van een woelige reis om de wereld, zowel van aard als van geboorte een aristocraat was. Hij verklaarde dat hij de belichaming was van de meest pure principes van zowel pragmatisme als idealisme. "Ik probeer alles! Het maakt niet uit wat het is, als ik er niet aan dood ga — dan probeer ik het! En daarna, als het me bevalt, dan doe ik het nog een keer!" Hij had *ghat* gekauwd in Iran, betelnoten op Bali, coca in Peru; hij had opium gerookt in Singapore, marihuana in Los Angeles. Alleen de Himalaya's hadden hem ervan weerhouden om op zijn Vespa Nepal binnen te rijden.

D: Mik Finsch, die achteroverleunde met een air van toegeeflijke verveling, had weinig te vertellen. Zijn doen en laten was nauwgezet en formeel, met een soort van zwaarwichtige gratie. Toen Ora een ring bewonderde die hij om de pink van zijn rechterhand droeg, had hij met zijn afgemeten, zware stem geantwoord: "Ja, hij is mooi. Hij was ooit het eigendom van een vrouw in Djakarta. Ze probeerde mij met een mes te doden — een heel verschrikkelijk mes, hol en vol met gif, als de tand van een slang. Ik sloeg haar — hier!" Hij duwde een enorme vuist over de tafel heen tegen Betty's kaak aan. "Ik verbrijzelde het bot. De oorbel viel van haar hoofd." Hij keek kalmpjes naar de ring. "Het is mijn souvenir."

"En nu is hij koffieboer," zei de kapitein terwijl hij goedmoedig zijn schouders ophaalde, alsof hij wilde benadrukken hoe veranderlijk het leven van een man kon zijn.

Mik Finsch stak een sigaar op. "Toen had ik een rubberplantage. Maar ik kon niet blijven. Ze hebben veel mannen vermoord; ze hebben de vrouwen naar de bergen ontvoerd voor een langzamere dood, niet? Ze hebben de Nederlanders verjaagd terwijl die zoveel voor hen gedaan hadden. Dus ik heb nu vier jaar lang koffie verbouwd. Het maakt allemaal niet zo veel uit; als je maar weet hoe je om moet gaan met de inboorlingen."

E: De Salvadoraanse dames naar Los Angeles waren gekomen om familie te bezoeken en zouden uitstappen in La Libertad, de haven van de stad San Salvador.

"Het is jammer," zei de kapitein, "dat ze niet wisten dat we ook in Los Angeles een tussenstop maken. Nu zijn ze met de trein naar San Francisco gekomen. Ze hadden ook in Los Angeles kunnen opstappen."

"Hoelang blijven we in Los Angeles?" vroeg Betty.

"Niet lang. Een paar uur. We nemen wat vracht aan boord, en een passagier. Zij zal bij u slapen."

"O," zei Betty. "Ik vroeg me al af of ik de hut voor mij alleen zou hebben."

"Nee," zei de kapitein. "Maar ze is heel aardig. Heel mooi!" Hij kuste zijn vingertoppen. "Ze is de vrouw van onze agent in La Libertad; ze gaat hem bezoeken." Hij keek de tafel rond. "Er zullen veel mooie vrouwen aan boord de *Garda* zijn. Misschien houden we een schoonheidswedstrijd. Heeft u een badpak?" vroeg hij aan Betty.

"Ik doe mee aan een schoonheidswedstrijd voor vrouwen als de mannen ook hun badkleding aantrekken voor hun eigen schoonheidswedstrijd."

De kapitein ontblootte zijn tanden, hevig geamuseerd. "Waar is de schoonheid? Ik ben te dik en mijn benen zijn te dun. De bemanning zal me uitlachen."

"Ik geef het al meteen op," zei Harry Mayberry. "Ik ben te kaal en ik ben wit als bakvet."

"De wedstrijd is alleen voor meisjes," verklaarde Kapitein Frascatore.

"Ik wil wel in de jury," zei Harry Mayberry. "Al mijn hele leven lang bewonder ik mooie vrouwen. Jammer genoeg altijd vanuit de verte."

Mik Finsch knikte met zijn grote, donkere hoofd. "Mooie vrouwen zijn fantastisch. Want welbeschouwd, wat is de reden dat we op de wereld zijn, niet? Goede wijn," hij hief zijn glas, "goed voedsel, goede sigaren, en de vriendschap van mooie vrouwen." Tevreden dronk hij zijn wijn.

Na het diner liepen Betty, Alec, Ora en Ted naar de boeg, waar ze keken hoe het donkere water tegen de voorsteven spatte. De lucht was bewolkt, de nacht was gitzwart. Aan de kust zagen ze af en toe een groep lichtjes, en enkele keren het flikkeren van koplampen op de snelweg die langs de kust liep. Ted ging zo staan dat zijn schouder die van Betty raakte. Ze ging geïrriteerd opzij.

Ted boog zijn hoofd omlaag in haar richting. Betty kon zijn gezichtsuitdrukking niet zien, maar ze wist dat hij nijdig en nors moest zijn. Jammer dan. Ted moest lijden, daar was niets aan te doen. Als hij dacht dat hij haar milder zou stemmen door haar achterna te lopen, dan had hij het mis.

Ora Cato sprak: "Ik krijg het koud. Ik denk dat ik terugga. Ik wil de hut nog opruimen."

"Ik denk dat ik dat ook ga doen," zei Betty.

Ted pakte Betty bij de arm. "Ik wil met je praten."

Betty trok zich los. "Ik wil naar binnen, waar het warm is." Ze liep snel achter Alec en Ora aan. Ted bleef achter en staarde bitter naar de kust.

Onderweg naar de kajuit gooide Betty ieder spoor van medelijden van zich af; ze weigerde zich ook maar een greintje verantwoordelijk te voelen voor Ted. Natuurlijk — en hier stak Betty's geweten haar even ongemakkelijk — waren er momenten geweest dat ze, bij gebrek aan iets beters te doen met Ted had geflirt, hem had geplaagd, zich toeschietelijk en dan weer afstandelijk gedragen. Misschien een beetje vals — maar niet opzettelijk kwetsend. Betty had slechts haar arsenaal willen testen, als een jong katje dat zijn nagels scherpt aan het dichtstbijzijnde meubelstuk... Welnu, dat was verleden tijd. Geen geflirt meer — en zeker niet met Ted. Met Mik Finsch, misschien. Een milde flirt. Ze moest wel voorzichtig zijn, want Mik Finsch was zeker geen Ted Bunpole die met een scherp woord op zijn plaats gezet kon worden. Mik Finsch was een man van de wereld; hij zou weleens behoorlijk dominant kunnen zijn, en haar ego volkomen opzijschuiven.

Ze liep vanaf het donkere dek de heldere kajuit in, beklom de twee stalen trappen, wandelde de gang door naar haar hut. Het schip was nog onbekend terrein; ze nam een verkeerde afslag en belandde bijna in het stuurhuis. Ze liep terug hoe ze gekomen was en luisterde naar de geluiden van het schip. Ergens, waarschijnlijk in de radiokamer, klonk een *piep-piep-piep-piep*, hoger en hoger, tot het abrupt stopte. Alleen in de schemerige gang met een hele rij eikenhouten deuren voelde Betty zich plotseling nerveus, en ze was opgelucht toen ze veilig Hut #2 bereikt had.

Ze pakte haar koffers uit en legde haar spullen weg terwijl ze nadacht over haar medepassagiers. En Ted. Arme, malle, irritante Ted.

Tik-tik. Een voorzichtig, bijna verlegen klopje.

"Wie is daar?" riep Betty.

"Ik ben het. Ted."

"Wat wil je?"

"Ik wil met je praten."

Ze liep met grote passen naar de deur en rukte hem open, klaar om hem eens flink de waarheid te zeggen. Ted stond in de deuropening, verloren en terneergeslagen. "Och, kom er dan maar in ook," zei Betty. "Maar je kunt niet te lang blijven, want ik ga naar bed."

Ted kwam binnen en ging op een van de bedden zitten. Hij keek het vertrek rond. "Mijn hut is kleiner dan deze. Om eerlijk te zijn, slaap ik in de ziekenboeg."

"De ziekenboeg? Hoe dat zo?"

"Ik denk dat er verder geen plaats meer was."

"Ik dacht dat je bij meneer Finsch sliep."

Ted fronste. "Hij heeft een hut voor zichzelf alleen. En dat vind ik prima." Hij keek naar de plank boven Betty's bed. "Wat heb je meegenomen om te lezen?"

"Intellectueel spul. Niets dat jou zou kunnen interesseren."

"Je vindt jezelf nogal grappig, is het niet? Op een dag zal ik je nog eens een flink pak slaag geven."

"Is dat alles wat je te zeggen hebt? Je wilde zo ontzettend graag naar binnen. En nu ben je hier. Dus zeg wat je te zeggen hebt."

Ted staarde haar aan en streek met zijn hand door zijn korte blonde stekeltjeshaar. "Nou goed dan, ik zal het je zeggen. Ik wil je vertellen waarom ik meegekomen ben."

"Ik weet wel waarom. Om me achterna te lopen."

"Dat is het wel zo ongeveer. Ik ben van plan met je te trouwen —"

"Niet dat weer!"

"— en tot die tijd zal ik je beschermen."

"Ted," zei Betty geduldig. "Ik wil niet door jou beschermd worden!"

"Of je het nu leuk vindt of niet, je hebt mijn bescherming. Je hebt het *nodig*! Je bent zo onschuldig als een lam op weg naar de slachtbank!"

Even wist Betty niet wat ze zeggen moest. Ze haalde diep adem. "Ik trouw niet met je. Nooit. Laat dat eerst eens door die dikke schedel doordringen. Ik hou niet van je. Ik heb geen hekel aan je. Je laat me gewoonweg koud. En er is een ding dat ik wil benadrukken: als je denkt dat je mij door heel Europa heen kunt volgen en constant op mijn vingers kunt kijken, dan heb je het mis. Ik zal het niet toestaan."

Ted werd woedend. "Je bent een verwaande kleine heks!"

"Als je gezegd hebt wat je wilde zeggen, dan kun je nu wel gaan."

Ted sprong overeind. "Nee, dat is niet alles. Ik wilde je waarschuwen. Om voorzichtig te zijn."

"Voorzichtig? Waarvoor?" vroeg Betty, hoewel ze wel degelijk wist wat hij bedoelde.

"Voor Finsch. Ik heb zijn soort eerder gezien. Hij zou een meisje als jij regelrecht verslinden."

"Meneer Bumpel," zei Betty met heldere stem, "denk je nu echt dat ik geen enkele intelligentie bezit? Of moreel besef? Of gezond verstand? — om maar niet te spreken over het feit dat het jouw zaken helemaal niet zijn?"

"Ik heb je wel gezien," zei Ted met omfloerste stem. "Ik zag je wel smachtend naar hem kijken terwijl hij zat te grijnzen als een beer die tot zijn nek in de honing zit."

"Meneer Bumpel —"

"En stop met dat Bumpel. Mijn naam is Bunpole."

" — ik kan me niet herinneren dat ik jou heb uitgenodigd om mee te reizen. Ik weet niet hoe ik dit beleefd moet zeggen — maar wil je me alsjeblieft niet meer lastigvallen? Wil je alsjeblieft in Los Angeles van boord gaan?"

"Nee. Dat doe ik niet."

"Dan kan ik je er maar beter aan herinneren dat ik bijna tweeëntwintig jaar oud ben. Ik zal smachtend naar Finsch kijken, of naar wie dan ook, als ik daarvoor in de stemming ben."

Ted deed de deur open. "Ik waarschuw je, daar komt narigheid van, neem dat van mij aan!"

"Goedenavond Ted."

De deur sloeg dicht. Betty liet zich op het bed zakken en vouwde haar vingers in elkaar. Die verdomde Ted! Hij was al net zo lastig als Moeder. Dat bracht haar op een nieuwe, uitermate irritante gedachtegang. Betty dacht verder. Het was mogelijk, het was heel goed mogelijk. Morgen zou ze haar vermoeden uittesten, en als de zaken zo waren als ze nu vermoedde… Betty blies haar wangen op. Dat werd vuurwerk.

De hut was warm, door de hitte die via de stalen dekken vanuit de machinekamer omhoog kroop. Betty deed de patrijspoort zo ver mogelijk open, deed haar deur op slot, kleedde zich uit en ging naar bed.

Ze lag wakker in het donker. Door de patrijspoort klonk het ruisende geluid van bewegend water. Ze dacht dat ze ergens stemmen hoorde, onderdrukt en onverstaanbaar… Ze vroeg zich af hoe haar nieuwe kamergenote zou zijn. De vrouw van een scheepsagent in La Libertad. Een schoonheid, volgens de kapitein…

Toen ze wakker werd scheen het ochtendlicht grijs door de patrijspoort. Ze keek op haar horloge. Zeven uur. Betty stond slaperig op, waste haar gezicht, poetste haar tanden, borstelde haar haren, kleedde zich in een spijkerbroek met een wit poloshirt en sandalen en ging naar beneden.

Na het ontbijt nam ze een van haar boeken mee naar een plek in de luwte op het dek en nestelde zich ontspannen en tevreden in een stoel om te lezen en zo af en toe naar de bergachtige, grijsgroene kust te kijken. Ondanks Ted was de wereld een mooie plek. Nello kwam het dek op en keek haar kant op. Betty richtte al haar aandacht op haar boek. Nello wendde zich af.

Harry Mayberry verscheen. Hij zong een zeemanslied, en toen hij Nello zag haalde hij hem over tot een spelletje ringgooien. Het spel zag er amusant uit, en Betty stond op het punt om te vragen of ze mee kon doen toen Mik Finsch verscheen. Hij stond aan de reling naar de horizon te kijken, terwijl hij weelderige wolken rook uitblies van zijn verse sigaar. Toen trok hij een stoel bij en kwam naast Betty zitten. Hij strekte zijn benen. "Ha! Het is goed om te kunnen uitrusten. Er is tijd genoeg om goed uit te rusten op de *Garda*."

Betty stemde in.

"Ik heb niet altijd zo ontspannen gereisd," zei Finsch. "In de oorlog bezat ik een schoener." Hij schudde zijn hoofd en zijn halve glimlach leek wat weemoedig. "Er waren blanken die vluchtten voor de Japanners, en Japanners die vluchtten voor de blanken. Het was een gevaarlijke onderneming. Maar het verdiende goed." Hij nam een trek van zijn sigaar.

"U heeft voor de Japanners gewerkt?" vroeg Betty verbaasd.

"Waarom niet? Ze betaalden goed. Ik bracht hen waar ze heen wilden."

"Maar was de regering daar dan niet op tegen?"

"Uiteraard. Maar wat zou dat? Niemand kon iets bewijzen. Er gebeurden een heleboel rare dingen in de tijd."

"U heeft blijkbaar een heel interessant leven geleid," zei Betty met een sarcastische ondertoon.

Finsch maakte een gebaar van humoristische bescheidenheid. "Ik heb veel gezien. Ik heb veel gedaan. Veel mensen hebben geprobeerd mij te doden. Het is ze niet gelukt."

"U was hen voor?"

"Is dat geen natuurwet, dan?"

Betty wendde zich af, nestelde zich dieper in haar stoel en pakte haar boek weer op. Finsch keek haar met een geamuseerde blik aan. "U bent geschokt? U keurt mijn gedrag af?"

Betty dacht even na en antwoordde toen: "Eigenlijk wel, ja. Ik geloof het wel."

De glimlach van Finsch werd breder en hij ontblootte zijn grote witte tanden. Hij trok met duidelijk plezier aan zijn sigaar. "U zegt ja — maar u bedoelt nee. Vrouwen zijn vreemde wezens, maar ze zijn overal hetzelfde."

Betty deed haar mond open om verontwaardigd te protesteren, maar de stem van Finsch ging op dezelfde toon verder: "Bij boks-wedstrijden schreeuwen ze het hardst. Bij stierengevechten vallen ze flauw van vreugde als het rode bloed begint te vloeien."

"Als je het mij vraagt," zei Betty, "moet je pervers zijn om naar een stierengevecht te willen kijken."

Finsch haalde beminnelijk zijn schouders op. "Het doet er niet toe. U hoeft zich nergens afkeurend over uit te spreken. Mijn leven is nu rustig. Dit is veel beter. Naast een prachtige jonge dame zitten, een sigaar in de hand, filosoferend — dit is het beste wat het leven te bieden heeft."

"Ik hoop wel dat dit dure sigaren zijn," zei Betty peinzend.

"Hoezo?" vroeg Finsch.

"Ik zou niet graag naast een goedkope sigaar neergezet worden in uw lijstje van geneugten."

Finsch wierp een kritische blik op zijn sigaar en schudde toen ver-wijtend zijn grote, donkere hoofd. "Nu neemt u me in de maling. U denkt dat niets belangrijker voor mij is dan mijn sigaren. Ben ik dan zo stokoud?"

"Ik heb geen idee. Ben ik dan zo piepjong?"

Finsch lachte. "Dat is een gevaarlijke vraag. Men moet nooit met een vrouw over leeftijd spreken. Alleen maar over ervaring. Ik ben ervaren. Ervaring staat los van leeftijd. Ik ben niet langer onbezonnen." Finsch wierp een korte blik op Nello di Prieri. "Ik ben oud genoeg om de fijne dingen des levens te kennen en te weten hoe ik ervan moet genieten... Aha, daar hebben we uw verloofde."

"Mijn wat?"

Ted Bunpole kwam het dek op, keek snel om zich heen en fronste toen hij Betty en Finsch samen zag zitten. Hij liep naar de reling en keek naar het passerende water. En toen, zonder naar Betty te kijken, gleed hij quasi-terloops langs de reling; hij deed of het hem verbaasde dat hij ineens naast haar stond.

"Ted," zei Betty bedachtzaam, "ik vraag mij af waar meneer Finsch het idee vandaan heeft dat jij en ik verloofd zijn."

Ted staarde uitdagend omlaag naar haar gezicht. "Dat heb ik hem verteld."

"Je moet niet liegen tegen meneer Finsch, Ted. Hij liegt ook niet tegen jou."

"Het is zo goed als waar."

Betty voelde zich moe. Het was moeilijk om geduldig te blijven. "Nee, Ted. Hoe vaak moet ik het nu nog zeggen?"

Alec en Ora Cato kwamen naar hen toe.

"Wat gebeurt er? Opwindend nieuws?"

"Ja, min of meer," zei Ted met een afschuwelijke grijns. "Ik probeer Betty ervan te overtuigen dat wij uiteindelijk gaan trouwen."

Betty's geduld was nu bijna uitgeput. "Je probeert me te hersenspoelen. Ik zal bij deze een openbare verklaring geven. Ik trouw niet met Ted Bumpel. De hele Ted Bumpel kan me geen snars schelen. Ik wou dat Ted Bumpel het klooster in ging, naar de maan vloog, of verdronk."

"Dat lijkt me behoorlijk definitief," zei Alec.

Finsch rookte rustig verder. Ora keek naar Ted met een blik alsof hij een kalf met twee koppen was. Ted stond stijf en bleek rechtop, met de afschuwelijke glimlach nog altijd op zijn gezicht gepleisterd. Er was geen enkele elegante manier om zich uit deze discussie terug te trekken; hij probeerde zijn gezicht te redden door quasi-schertsend voet bij stuk te houden. "Wat Betty zegt telt niet. Ze is stapel op mij, maar ze wil het gewoon niet toegeven. Het is allemaal al geregeld — we gaan trouwen. En ik duld geen enkele inmenging."

Betty's laatste restje geduld smolt weg. "Ik zou je nog niet willen aanraken al was je de laatste man op aarde! Je bent een lastpak. Ik heb deze reis geboekt om van je af te komen en jij bent mij gevolgd tot op het schip! Ik wil niets meer van je horen! Als ik een korvijnagel kan vinden dan sla ik je hersens ermee in!"

Ze sprong overeind, rende naar haar hut en gooide zich op het bed, waar ze met harde ogen naar het plafond staarde. Die verdomde Ted! Ze had geen greintje sympathie meer voor hem. En dan te bedenken dat dit pas haar eerste dag op zee was!

Na een poosje vond ze een boek en slaagde erin iets te lezen. Tegen lunchtijd was ze gekalmeerd en schaamde ze zich een beetje over de hele scène aan dek. Wel, er was niets aan te doen, ze zou het moeten uitzingen.

3

De lunch bestond uit een eerste gang van *antipasto*, gevolgd door *spaghetti al burro, calamari alla romana* met *ensalata mista, fegato alla veneziana con fagiolini*, en ten slotte *frutta* en *caffè*. De *antipasto* bestond uit ham, augurken, olijven en sardines; *spaghetti al burro* was gewone spaghetti, met boter en Parmezaanse kaas; *calamari* waren kleine knapperige stukjes gefrituurde octopus, geserveerd met een gemengde salade; *fegato alla veneziana con fagiolini* was lever met uien en snijbonen; de *frutta* was een sinaasappel; *caffè* was het gebruikelijke donkere, bijna zwarte Italiaanse brouwsel. Betty probeerde vrolijk te zijn, maar Alec en Ora hadden weinig te zeggen en Mik Finsch leek er genoeg aan te hebben om haar vanonder zijn halfgesloten oogleden half vragend aan te kijken. Ted was al heel snel uit de eetzaal verdwenen, en Betty zag door de patrijspoort hoe hij mistroostig in de richting van de boeg wandelde.

Na de lunch was er niet veel meer te doen: feitelijk, bedacht Betty, zou er de hele reis lang niet veel te doen zijn behalve slapen, eten, lezen, kaarten en praten. Ze klom naar het bovendek en vond daar Mik Finsch, lui achteroverliggend in een dekstoel. Twee andere activiteiten kwamen in haar op: flirten met Mik Finsch en Ted Bunpole uit de weg gaan. Ze ging in de stoel naast Finsch zitten. Hij draaide zijn hoofd en bestudeerde haar intens.

Welnu, waarom ook niet? Ze wist dat ze er aantrekkelijk uitzag zoals ze zich had opgekruld in de dekstoel: haar spijkerbroek zat strak om haar benen, en haar poloshirt was zeker niet te wijd. Mik Finsch maakte geen geheim van zijn interesse. Het leek wel of zijn dierlijke aantrekkingskracht, of wat men het ook noemde, veel sterker was dan anders. Betty was ontspannen, maar absoluut niet slaperig — ze voelde zich springlevend. Opgewonden bijna.

"De lucht is in dit deel van de oceaan meestal zo bewolkt," zei Finsch. "De komende twee dagen zal het zeker zo blijven."

"O, ja?" Interessant. Finsch was een interessante man. Hij leunde in haar richting, en Betty voelde haar huid tintelen. "Je verloofde — heeft hij er geen bezwaar tegen dat ik met je praat?"

Betty lachte. "U weet hoe ik over zijn bezwaren denk."

"Een lastige situatie."

"Voor Ted. Niet voor mij. Weet u, ik denk dat mijn moeder hem heeft overgehaald om mee te gaan en een oogje op mij te houden. Het zou me niets verbazen als zij voor zijn reis betaald heeft. Hij heeft zelf helemaal geen geld."

"Hm," reageerde Finsch. "Heeft u een oppas nodig, dan?"

"Ik neem aan van wel," zei Betty. "Aangezien ik er een heb gekregen." Ze voelde zich licht gealarmeerd. Het gesprek liep uit de hand. Er klonk ineens een rokerige warmte door in de stem van Finsch, terwijl zij zelf op een zelfbewuste lagere toon was gaan spreken. "Waarom heeft u uw koffieplantage verkocht?"

Finsch antwoordde bedachtzaam. "Er waren drie redenen om te verkopen. Ten eerste had ik een heel mooi aanbod — meer dan honderdduizend dollar — van de Atlantic & Pacific Company. Ten tweede draait alles in Zuid-Amerika om politiek en persoonlijke vriendschappen. Als je veel smeergeld betaalt, familie bent van belangrijke personen, de mogelijkheid hebt om mensen te chanteren — dan gaat het je voor de wind. Zo niet, dan is het moeilijk. Ten derde begon Midden-Amerika me te vervelen. Dus heb ik de zaak verkocht. Ik ben naar San Francisco gegaan om de papieren te tekenen en mijn geld te krijgen; nu ga ik naar El Salvador om mijn weinige eigendommen op te halen. Ik zal daar van boord gaan, en kom dan meteen weer terug naar de *Garda* — zo eenvoudig is het."

Ted Bunpole kwam het dek op, wierp een woedende blik op Betty en Finsch, liet zich in een dekstoel zakken en leek in slaap te vallen. Even later kwam hij weer overeind en bleef een ogenblik staan, wankelend en met een eigenaardige uitdrukking op zijn gezicht. Plotseling draaide hij zich om en ging half-lopend, half-rennend in de richting van de trap.

"Hij is zeeziek," zei Mik Finsch met een brede grijns.

"Zeeziek?" Betty had uit voorzorg Bonamine ingeslagen. "Arme Ted...Nou ja, eigenlijk is het zijn verdiende loon."

Finsch stond op. "Kom mee; ik wil je iets laten zien."

Betty aarzelde terwijl in haar hoofd verschillende gedachten door elkaar liepen. "Dit is het dan!" zei het ene stemmetje ademloos. "Voorzichtig," klonk een ander, "hij is bijzonder slim en heel aantrekkelijk." "Maar jij bent ook slim en aantrekkelijk," klonk een derde, nogal idiote mening. "Je krijgt er problemen mee," waarschuwde een vierde stem. "Nou en," zei een vijfde. "Je bent oud en wijs genoeg om voor jezelf te zorgen. Dat heb je iedereen al tientallen keren verteld." "Ted zal woest zijn," klonk een zesde.

Finsch stak haar zijn hand toe. Betty negeerde alle stemmetjes, zette zich schrap en sprong lichtvoetig overeind. Ze zag hoe Finsch snel naar links en naar rechts keek terwijl ze het dek verlieten, bijna schichtig, alsof hij het beter vond als niemand hen kon zien. Betty bloosde, en keek ook naar links en naar rechts. Zij dacht er precies hetzelfde over.

Finsch nam haar mee door de gang en gooide de deur van zijn hut open met de zwierige handbeweging van een baron.

Betty stond even stil en keek hem over haar schouder aan. "Ik zou dit niet moeten doen," zei ze plotseling met ingetogen stem.

Finsch pakte haar bij de elleboog, hielp haar naar voren en sloot de deur. In de hut bevonden zich een leren tweezitsbank, een bureau, een ladekast en een bed. Finsch had zijn bezittingen met Spartaanse precisie neergelegd: een ivoren borstel en kam, een fles reukwater, een elektrisch scheerapparaat. Onder het bed was heel precies een grote leren koffer geplaatst.

Betty bleef aarzelend in het midden van de ruimte staan. Ze voelde zich stijfjes en ongemakkelijk. "Ga zitten," zei Finsch met een gebaar naar de bank. Hij opende de kast en haalde er een fles uit.

"Ik hoef niets," zei Betty snel. Toen ze nog aan dek waren had deze hele affaire een heel ander air gehad. De hut was verstikkend; Finsch leek ineens groter en lang niet meer zo aantrekkelijk; het bed was gênant opvallend aanwezig, waar ze ook keek, ze kon het niet vermijden.

Finsch ging door met zijn voorbereidingen en glimlachte op zijn gebruikelijke half-humoristische wijze. "Ik zal niet meer inschenken dan een klein slokje om te proeven. Het is het juiste moment voor een glas goede cognac. Een klein beetje maar — zo. En dan —" hij trok de koffer tevoorschijn, zette hem op het bed en deed hem open. Tussen zijn kleren lag een groot automatisch pistool, zwart met ivoren inlegwerk in de greep.

"Hemel!" riep Betty uit. "Waar is dat hele arsenaal voor nodig?"

Finsch pakte het pistool en hield het met een bijna teder gebaar omhoog. "Dit is mijn oudste vriend." Hij haalde het magazijn eruit en gaf het pistool aan Betty. "Ik heb een paar jaar met de Javaanse geheime politie gewerkt. Ik had heel veel vijanden. Ik moest mijn ogen goed openhouden, dat kan ik u wel vertellen."

Betty gaf het wapen terug aan Finsch. "En uw vijanden blijven u achtervolgen?"

"Nee. Niet meer. Dit was lang geleden, voor *merdeka*. Nu ben ik slechts wat u voor u ziet, een man die niets doet. Maar ik heb geleerd dat men altijd in staat moet zijn zichzelf te beschermen. Bekijkt u dit maar eens." Hij gaf Betty een harde zwarte capsule. "Weet u wat dit is?"

"Nee."

"Dat is gas. En dit?"

"Dat is een boksbeugel."

"Zeker. En dit is een kleine *kris*, die lijkt op een slang. Deze dingen heb ik natuurlijk niet om ze te gebruiken. Het zijn mijn souvenirs. Maar hier. Dit is iets dat ik u wil laten zien." Finsch pakte een groen voorwerp, bekeek het aandachtig en gaf het toen aan Betty: een kleine bol van jade, waarin drie parallelle rijen van Chinese tekens gegraveerd stonden. "Wat vindt u hiervan?"

"Het is heel mooi, uiteraard...Wat is het?"

"Het is een —" Finsch wreef over zijn kaak. "Ik ken het Engelse woord niet. Een symbool, een stukje magie."

"Talisman?"

"Talisman. Dat is een goed woord. Dit is mijn talisman. Hij is heel oud. Deze tekens vormen een gedicht. Er staat:

De sterren zijn fragmenten van een demonische zon, die
trachtte de maan aan te randen en voor straf werd vernietigd.

*Hij huilde groene tranen van pijn, negenennegentig groene
tranen, waarvan deze bol de zeventiende is.*

Betty hield de jaden bol tussen haar handpalmen. Hij voelde koel en
glad aan. "Hoe oud is hij?"

"Ik weet het niet," zei Finsch. "Sommigen zeggen vijfduizend jaar.
Sommigen zeggen niet meer dan drieduizend. Het was een schat
die toebehoorde aan het oude hof in Peking. De man van wie ik
hem gekregen heb was de keizerlijke folteraar." Finsch schudde zijn
hoofd. "Hij was een vreemde man, een dichter met een heel vreemde
gedachtewereld."

Betty gaf de bol abrupt terug aan Finsch.

"U bent van streek?" vroeg Finsch bezorgd. "Dat is niet goed. Men
moet de wereld nemen zoals ze is, zoals veel mensen over de hele aard-
bol haar vinden: een voorgeborchte waar alleen de allersterksten of de
mensen met het meeste geluk persoonlijke vrede kunnen krijgen."

"Maar zo is de wereld niet! Een mens kan zo gelukkig zijn als hij
zelf wil!"

Finsch trok een wenkbrauw op. "Het is niet goed te denken in ter-
men van geluk of goed, of kwaad. Deze dingen bestaan niet. Ze zijn
alleen voor priesters. Er zijn heel veel prettige dingen in de wereld,
maar om daarvan te kunnen genieten moeten we onze handen ernaar
uitstrekken. Is dat geluk? Misschien. Dus dan zijn we het uiteindelijk
toch met elkaar eens."

Betty lachte onzeker. "Ik weet het nog zo net niet. We gebruiken
dezelfde woorden, maar we bedoelen heel verschillende dingen."

Finsch haalde aimabel zijn schouders op. Hij draaide de jaden bol
rond met zijn vingers, legde hem zorgvuldig terug in zijn koffer en
pakte een klein flesje in een vuurrood gelakt kistje. "Dit is wat ik wilde
pakken. Ik ben snel afgeleid." Hij haalde het flesje uit het kistje. Het etiket was schitterend bedrukt met honderden bloemen in bleke, heldere
kleuren. Finsch schonk zorgvuldig vijf of zes druppels uit het flesje in
de beide glazen cognac.

"Wat is dat?" vroeg Betty met een mengeling van nieuwsgierigheid
en argwaan. Nu klonken er geen tegenstrijdige stemmetjes meer in
haar hoofd.

"Dit is een essence uit Java. Het heet 'Bloemen der Liefde'. Proef maar, het is echt lekker."

Betty tilde haar glas op en rook aan de inhoud. Een liefdesdrank? Drugs? Verdovende middelen? De cognac had een lichte geur, eerder scherp dan zoet, meer limoen dan muskus. Ze proefde; het smaakte naar gewone cognac. De 'Bloemen der Liefde' was nauwelijks te proeven. Ze proefde nogmaals. Gewoon cognac. Betty zette het glas neer en kwam kordaat overeind. "Ik denk dat ik —"

Mik Finsch stond op uit zijn stoel. Zijn grote lijf leek de hele ruimte te vullen. Betty deinsde achteruit.

"Je moet nog een keer proeven," zei Finsch. "Dat is het — hoe zeg je dat? — het ritueel." Hij gaf haar het glas aan met een flauwe, goedmoedige glimlach.

Betty vroeg niet wat het ritueel verder inhield. Ze nam het glas, maakte haar lippen nat en zette het op de ladekast. "En nu —" Mik Finsch legde zijn grote handen op haar schouders, trok haar naar voren en omhoog. Met dezelfde gemakkelijke halve glimlach kuste hij haar. Zijn kin raspte over haar gezicht, hij rook sterk naar zijn sigaren.

Betty wankelde achteruit en veegde haar mond af met de rug van haar hand.

Mik Finsch hield haar vast om haar middel en glimlachte vrolijk omlaag naar haar. "Jij mag mij wel, toch? Ik mag jou ook wel."

Betty staarde hem aan, zo verstard dat ze geen woord kon uitbrengen. Er klonken nu helemaal geen stemmen in haar hoofd, zelfs geen protesterende. Er was niets anders dan een onuitsprekelijke angst en krachteloosheid. Ze duwde tegen de armen van Finsch, maar die waren staalhard. Hij boog zijn hoofd nogmaals en kuste haar weer: op de mond, op haar voorhoofd, in haar nek. "Nee," hijgde ze. "Nee! Alstublieft, niet doen!"

Hij leidde haar in de richting van het bed, ging zitten en trok haar op schoot.

"Nee!" riep Betty op heftige toon. "Zo is het genoeg! Verdomme, laat me los!"

Finsch grinnikte en negeerde haar protesten volkomen. Zijn ene arm lag om haar schouders, de andere frunnikte aan de rits aan de zijkant van haar spijkerbroek. Dit is belachelijk, dacht Betty. Ik ken deze man nauwelijks, en hij gaat echt veel te ver. Ze probeerde ferm en vastberaden te klinken. "Alstublieft, meneer Finsch, ik heb absoluut geen —" Hij kuste haar weer; de woorden bleven in haar keel steken. Ze begon in paniek te raken. Hij was sterk als een beer. Ze kon gaan gillen. Zou iemand haar horen? Ze zou zich volkomen belachelijk maken. De rits gleed omlaag en haar broek hing ineens heel los om haar middel. Dit was afschuwelijk. Ze had dit uitgelokt, en nu moest ze de gevolgen aanvaarden. Ze voelde zich zwak en krachteloos, ze schaamde zich, ze was boos. "Hou *op*! Ik ga, nu meteen!"

De deur ging open en daar stond Ted. Betty was zo in de war dat ze niet eens verbaasd was. Ze had het kunnen voorspellen. Deze hele situatie was een farce.

"Nou, Ted," zei Betty, "zoals je ziet stoor je ons."

Ted leek wel een maniak. Hij brulde iets, sprong naar voren. Finsch rolde achterover zodat Betty, met haar losse spijkerbroek, over zijn borstkas viel. Hij hief zijn knieën op en gaf Betty een schop waar haar tanden van op elkaar sloegen. Hiermee hinderde hij zichzelf en Ted ontsnapte aan een schop in zijn maag.

Ted vloog Finsch naar de keel, terwijl Betty zich nog altijd tussen hen in bevond. De drie rolden over het bed. Betty slaagde erin zich los te wurmen en dook, haar broek ophijsend, in paniek een hoek van de kamer in.

De mond van Ted hing open, zijn ogen waren glazig. Finsch leek kalm, neerbuigend zelfs. Ted dook naar voren; de knie van Finsch schoot omhoog, maar Ted hield zich bruusk in en gaf een enorme vuistslag recht in het gezicht van Finsch, onder zijn jukbeen.

Het enorme hoofd van Finsch trilde en er verscheen een rode plek op zijn wang. Zijn grijns werd breder, hij ontblootte zijn tanden. Hij legde zijn handen op het bed en probeerde op te staan. Ted sloeg nogmaals, en Betty kromp in elkaar bij het geluid van de klap. De mondhoek van Finsch begon te bloeden. Hij was te stevig om tegen de grond geslagen te kunnen worden, zijn schedel was te dik om knock-out te gaan; hij kon alleen blauwe plekken incasseren en bloeden.

Ted lachte nu hardop, wild en haatdragend. Hij gooide al zijn onderdrukte emoties in het gevecht. Finsch probeerde met een dommige grijns op zijn gezicht om van het bed te komen, en deze keer lukte het hem. Hij stond rechtop, stevig als een boom. "Aha!" kraaide Finsch tevreden. Hij maaide een krachtige zwaai in de richting van Ted, die, als hij raak geweest was, Ted dwars door de deur de gang in zou hebben geslagen, maar Ted stapte naar voren, stompte met zijn vuist in de maag van Finsch, en toen Finsch zijn knie ophief pakte hij deze vast, tilde en gooide Finsch achterover terug op het bed, waarbij zijn hoofd met een enorme klap de wand raakte.

Betty kwam weer bij haar positieven. Ze schreeuwde; ze schreeuwde blijkbaar al enige tijd. Plotseling was de kamer overstroomd met opgewonden mannen in beige zomeruniformen: de kapitein, de scheepsofficieren.

Ted ademde zwaar uit, liet zijn armen vallen en duwde geïrriteerd de Italianen opzij die aan hem stonden te rukken en hem smeekten om tot rust te komen. Betty keek hem verrast aan: een nieuwe Ted; een dynamische, efficiënte, beangstigende Ted.

"Knoop dit goed in je oren, Finsch," zei Ted hijgend. "Waag het niet om nog eens zo'n geintje uit te halen aan boord van dit schip, anders zul je er erger van langs krijgen dan nu." Hij keek naar Betty. "En dan jij. Ik zat al te wachten op een situatie als deze."

Arme Ted. Hij hoefde alleen zijn mond maar open te doen om van bewonderenswaardige Ted weer terug te vallen tot suffe, opgeblazen, irritante Ted.

Ted maakte er geen half werk van. Hij sprak verder, en slaagde erin om het laatste restje vriendelijkheid dat Betty nog voelde te doen wegsmelten. "Vanaf nu," verklaarde hij, "ben jij mijn meisje. Ik trouw met je zodra we van boord gaan. En als je zelfs maar van opzij naar deze boerenkinkel durft te kijken, dan zal ik jullie er allebei van langs geven."

Betty huilde bijna van woede. "Waarom bemoei je je verdomme niet met je eigen zaken?" Niet de meest originele opmerking, maar de kracht waarmee ze haar woorden benadrukte gaven hem de bijtende kracht van een originele vondst.

Finsch sprak op rustige toon: "Kom nou. Dat was geen gevecht, dat was een klap van een lafaard. Laten we aan dek gaan, dan zal ik deze knul eens laten zien hoe echte mannen vechten."

"Nee, nee," riep de kapitein op scherpe toon uit. "Geen onzin meer!"

"Ik kan dit niet toestaan," zei Finsch. "Hij kraait als een ondermaats haantje."

"Meneer Finsch!" zei de kapitein. "Laat de zaak rusten; de passagiers horen niet te vechten. Niet op mijn schip. Het gebeurt niet! U moet elkaar de hand schudden."

Finsch zei niets, maar draaide zich om en liep naar de wasbak, waar hij een handdoek natmaakte en deze tegen zijn gezicht drukte.

Ted wendde zich tot Betty, en met zijn onfeilbare vermogen om precies het verkeerde te zeggen, zei: "Kom mee, Betty. Jij gaat met mij mee."

"Dat ga ik helemaal niet! Ik ben hier uit vrije wil gekomen; ik ga als ik dat zelf wil. Voor de laatste keer, wil je me alsjeblieft met rust laten?" Ze wendde zich wanhopig tot de kapitein. "Kunt u niet zorgen dat hij ophoudt met mij lastig te vallen? Kunt u hem niet van boord zetten?"

"Nee, nee, dat kan ik niet doen." De kapitein schudde geïrriteerd zijn hoofd. "Ik moet u allen vragen zich te gedragen zoals het dames en heren betaamt. U brengt mij in een heel moeilijke positie."

Ted deed een stap naar voren en prikte met zijn vinger in de borstkas van de kapitein terwijl hij met zijn andere hand naar Finsch gebaarde. "Staat u toe dat die kleine dwaas te pakken genomen wordt door dat zwijn van een Hollander? Ik vraag het u. Wilt u dat echt toestaan?"

De kapitein begon te zweten van ergernis en gêne tegelijk. "Het zijn mijn zaken niet," blafte hij. "Ik kan mijn passagiers niet leren hoe ze zich dienen te gedragen. Dat kan ik alleen met mijn bemanning. Maar ik denk dat u degene bent die zich in deze hut heeft binnengedrongen. Het is niet uw hut. Als meneer Finsch mejuffrouw Haverhill een glas cognac wil aanbieden —" hier hief de kapitein zijn handen en haalde zijn schouders op "— dan gaat dat u niets aan, en dan gaat dat mij niets aan. Dat zijn de regels van het bedrijf."

Ted draaide zich langzaam om in de richting van de deur. Finsch zei tegen zijn rug: "Ik zal u laten zien wat echt vechten is."

"Wanneer u maar wilt," zei Ted toonloos. "Wanneer u maar wilt."

"Nee!" riep de kapitein uit met fronsende wenkbrauwen. "Vanaf nu mogen er geen ordeverstoringen meer zijn. Ook dat zijn de regels. Het is niet veilig. Ik waarschuw u beiden," hier schudde hij met zijn vinger, eerst naar Finsch en toen naar Ted, "dat het afgelopen moet zijn. Tenslotte bent u hier voor uw plezier. Waarom kunt u niet redelijk zijn?"

Ted duwde de officiers opzij en verliet het vertrek. Finsch bleef bij de wasbak staan. "Hij overviel mij," zei hij tegen Betty. "Hij weet niets. Hij zal hier spijt van krijgen."

De kapitein schudde afkeurend zijn hoofd en vertrok, zijn ondergeschikten meenemend.

Betty keek Finsch spottend aan. "Nou, dat was leuk. U met uw 'Bloemen der Liefde'."

Finsch depte zijn pijnlijke wang met de handdoek terwijl hij zijn lippen naar achteren trok in een grimas die joviaal moest lijken. "Ik zal uw studentje een lesje leren. Hij zal ons de volgende keer niet meer lastigvallen."

"Er komt geen 'volgende keer', en als ik u was zou ik Ted niet al te veel ergeren. Hij is misschien niet de slimste, maar hij is goed in sport. Zoals football en boksen."

"Ha!" zei Finsch met een wrede geamuseerdheid. "Denk je dat ik een peuter ben? Als je mijn naam laat vallen langs de hele kust van Sunda, in Djakarta, in Palembang, dan zul je begrijpen wie ik ben."

"Ik begrijp meer dan genoeg. Ik begrijp dat het heel dom was om hierheen te komen. Ik begrijp dat iedereen mij schuins aan zal kijken voor de rest van de reis. Het is mijn eigen schuld, ik wil u niets verwijten. U slaat minstens net zo'n modderfiguur als ik."

Finsch, die met zijn handdoek over de wasbak gebogen gestaan had, draaide zijn grote donkere hoofd. "Dat is geen aardige opmerking."

"Misschien niet, maar dat kan me niet schelen. Ik ga nu. Dank u voor de cognac." Ze zwaaide de deur open en beende de gang in.

Ze ging naar haar hut. Ted Bunpole zat op haar bed. "Nee, nee, nee!" riep Betty vol wanhoop uit.

"Ik wil met je praten."

"Maak dat je wegkomt! Ik word gek van jou! Ik kan je niet luchten of zien!"

Ted stond op. Zijn gezicht was bleek. "Meen je dat echt?"

"Hoe vaak moet ik het nog zeggen? Begrijp je dan geen enkele hint?"

Ted knikte langzaam, met wrange geamuseerdheid. "De Hollander mag je broek uittrekken. En ik mag niet eens je hand vasthouden...Ja. Ik begrijp de hint." Hij liep langzaam naar de deur, probeerde hem te openen maar bleef staan stuntelen met de deurknop.

"Alsjeblieft, Ted — val me niet langer lastig."

"Ik heb je moeder beloofd dat ik op je zou letten," zei Ted somber. "Maar dat hoeft niet meer. Je kunt naar de hel lopen, via iedere route die je maar bedenken kunt."

Betty zei niets. Ze wendde zich af met vuurrode wangen. De deur ging dicht. Het slot klikte. Zachtjes, langzaam en definitief.

Betty liet zich op haar bed vallen, begroef haar hoofd in haar handen en bleef snikkend liggen.

4

De bel ging voor het diner. Betty kwam langzaam overeind. Haar ogen voelden rood aan, en ze voelde zich boos en lamlendig. Het laatste waar ze zin in had was om naar de eetzaal te gaan. Maar ze moest wel. Als ze in haar hut zou blijven maakte ze de situatie alleen maar erger. Ze moest door de zure appel heen bijten. Ze kleedde zich om in een eenvoudige blauwe jurk, waste haar gezicht, bekeek zichzelf kritisch en ging naar beneden.

De Salvadoraanse dames waren al bezig met hun soep. Harry Mayberry, Nello en de kapitein, die druk in gesprek waren, vielen stil toen Betty verscheen, en gingen toen op een andere toon verder. Mik Finsch knikte beleefd naar Betty toen ze ging zitten. Een laag talkpoeder camoufleerde zijn blauwe plekken, maar verborg ze niet. Alec en Ora bekeken Betty met onverholen nieuwsgierigheid. Ted was nergens te bekennen, en kwam ook niet binnen tijdens de maaltijd. Finsch had weinig te vertellen. Wat een rare situatie, dacht Betty: om hier te zitten eten recht tegenover een man die enkele uren geleden had geprobeerd haar aan te randen, of op zijn minst toch ernstig had geprobeerd haar te verleiden!

Finsch at methodisch en met smaak, volkomen nonchalant. Betty bekeek hem stiekem van opzij. Iedere beweging die hij maakte sprak van een onverzettelijke kracht. De manier waarop hij zijn mes door het vlees haalde leek op de Voorzienigheid zelve, een kracht die noch vlees, noch pees of bot kon weerstaan. Ze bestudeerde het vierkante gezicht met de afstandelijkheid van een anatoom: de stevige spieren in zijn wangen, de zware botten, de grove gelaatstrekken, het dikke zwarte haar. Typisch hoe goedgehumeurd en tolerant zijn mond leek. Voelde hij zich altijd zo kalm en zo geamuseerd?

Ze ging tegelijk met Alec en Ora van tafel. Zij wilden naar het bovendek, en Betty volgde hen de trap op. Bij de deur van Hut #2 bleef ze weifelend staan. Het was te vroeg om naar bed te gaan, maar toch…

Ora nam haar de beslissing uit handen. "Kom met ons mee naar boven. De frisse lucht zal je goed doen. En we sterven van nieuwsgierigheid."

Waarom niet? dacht Betty. Ze wilde praten, en het was beter om hun nieuwsgierigheid te bevredigen dan hen zich van alles en nog wat in het hoofd te laten halen. "Ik ga even een trui pakken."

Ze zetten de stoelen zo, dat ze uitkeken op de Stille Oceaan in het westen. De wolken gloeiden onder een halvemaan, als gekleurd glas, en het water had de doffe grijze glans van leisteen.

"Vertel ons alles," zei Ora. "We hebben alleen maar wilde geruchten gehoord."

"Nou—"

Alec had zijn pijp meegebracht en was die aan het stoppen. "Als ik het zeggen mag, deze nieuwsgierigheid waar Ora het over heeft geldt alleen maar voor haarzelf. Ze heeft een verdorven geest. Ze had socioloog moeten worden. Je hoeft niets te zeggen als je daar geen zin in hebt."

"Nee, dat geeft niet. Ik—"

"Goeie, lieve Alec!" sprak Ora. "Barmhartige, Christusachtige Alec, die altijd twee happen nodig heeft om een marshmallow op te eten."

"Ha, ha, vrouwlief," zei Alec toegeeflijk. "Het is mij allemaal om het even. Ik heb gewoon geen behoefte aan verdorvenheid."

"Wat een woord! Het is volkomen natuurlijk om geïnteresseerd te zijn in andere mensen!"

"Daar ben ik het mee eens. Natuurlijk en gezond."

Betty schraapte haar keel. "Uiteindelijk—"

"Verdorvenheid is goede therapie," ging Alec door. "Het verzacht onze eigen schuldgevoelens."

"Spreek voor jezelf!"

"Als we ons niet schuldig voelen, dan kunnen we genieten van de zonden van anderen zonder de gevolgen te hoeven ondervinden. Vandaar dat roddel zo'n geliefde bezigheid is."

Ora zuchtte geërgerd. "Let niet op hem. Soms kan hij zo diep zinken dat je hem niet eens meer kunt zien."

"Al goed," zei Alec terwijl hij zijn pijp opstak. "Ik zal zwijgen. Vertel ons maar wat er gebeurd is."

Betty had er ineens geen idee van waar ze moest beginnen. Voorzichtig begon ze: "Het is gewoon een van die dingen...Waarschijnlijk kan ik er over een jaar wel om lachen..."

Alec en Ora uitten meelevende woorden die Betty nauwelijks hoorde; ze ging op in de gebeurtenissen van die middag. "Wat ik niet snap is hoe ik in zoveel ellende verzeild geraakt ben. Ik ben naar de hut van Finsch gegaan om iets te drinken. Op zich is daar niets mis mee, tenminste, dat blijf ik mezelf voorhouden. Ik denk — als ik eerlijk ben — dat ik met hem heb geflirt. Hij heeft me serieus genomen." Ze haalde diep adem. "Hoe dan ook — het was alsof er een trein ontspoorde. Alles ging zo snel. Woef! Dit keer was ik zelfs blij om Ted te zien. Hij heeft Finsch flink in elkaar geslagen."

"Aha! Dat verklaart vriend Finsch zijn blauwe plek," zei Alec.

Betty lachte droefgeestig. "Dat is min of meer hoe de zaken ervoor staan. Ik voel me goedkoop, Finsch heeft een blauwe plek, Ted is ergens aan het pruilen. We zijn er geen van allen erg goed vanaf gekomen."

Alec zwaaide met zijn pijp. "Ik zou het allemaal niet al te serieus opvatten, vooral jij en Ted niet. Jullie zijn nog maar een stel kinderen. Voor Finsch ligt het anders. Hij heeft een hoge dunk van zichzelf, en hij heeft gezichtsverlies geleden."

"Ja," zei Betty bedrukt. "Hij heeft Ted bedreigd — hij zei tegen hem dat hij hem weleens zou laten zien wat echt vechten is."

"Finsch kan blijkbaar niet goed tegen zijn verlies," mompelde Alec bedachtzaam. "Als ik Ted was..." Hij maakte zijn zin niet af.

"Ik moet zeggen dat ik medelijden heb met Ted," zei Ora verbolgen. "Hij wil alleen maar galant zijn!"

Betty zuchtte. "Hij is een ezel. Maar ik heb ook medelijden met hem. Ik wou dat ik op een knopje kon drukken dat Ted linea recta terugstuurde naar San Francisco. O, wat werkt hij me op de zenuwen! Hij loopt me als een hondje achterna. Ik voel me net Ben Bolt. Ik wil niet verantwoordelijk zijn voor het geluk van Ted; het is verkeerd om zoveel macht te hebben over een ander! Ik wil het niet!"

"Het lijkt erop dat je het toch hebt," zei Alec. Hij kwam overeind. "Laten we kijken of we ergens een vierde man kunnen vinden voor een spelletje bridge."

"Ik ga met Ted praten," zei Betty vastberaden. "Misschien kan ik hem ertoe overhalen om in Los Angeles van boord te gaan."

Ora klopte Betty op de arm. "Maar laat de zaken niet weer uit de hand lopen."

"Nee."

5

Betty vond de hut van Ted nadat ze zeker vijf minuten door de gangen gedwaald had. Ze klopte op het eiken paneel. Er kwam geen antwoord. Ze klopte nogmaals en opende de deur op een kier. "Ted? Ben je daar?"

Het bleef stil. Betty deed de deur verder open en deed het licht aan. De hut was leeg. Ze zag een deuk in het kussen, de sprei was gekreukt. Ted's koffer, open maar niet uitgepakt, lag op de stoel.

Betty deed het licht uit en sloot de deur.

Ze ging naar beneden, naar het hoofddek. Ze verwachtte Ted daar aan te treffen, leunend op de reling, zwelgend in zijn misnoegen.

Geen Ted. Waar zat die idioot? Ze ging terug naar het dekhuis, keek in de eetzaal waar Alec, Ora, Nello en Harry Mayberry aan het kaarten waren. Geen Ted.

Ze klom naar het sloependek en ging de trap op naar de brug, keek het stuurhuis in. Het kompashuis gloeide en het licht viel op het gezicht van de stuurman die al zijn aandacht op de trillende naald van het kompas gericht had. De uitkijk stond door de patrijspoort naar buiten te kijken. Betty ging een tweede trap op, naar het bovendek; en inderdaad stond daar iemand op de vleugel van de open brug.

Betty ging naar de man toe. Hij draaide zijn hoofd om: het was Mik Finsch. Betty kon zijn sigaar ruiken en zag de gloed van de as.

"Goedenavond," zei Finsch met kalme, volkomen rustige stem.

"Ik ben op zoek naar Ted," zei Betty.

"Ik heb hem niet gezien," zei Finsch. "Misschien staat hij op de boeg, of is hij in zijn hut. Wilt u dat ik hem ga zoeken?"

"Nee, dank u. Waarschijnlijk vind ik hem in de eetzaal."

"Ach, maar u moet niet meteen weer weggaan. Kijk eens hoe de maan de wolken beschijnt!"

Betty probeerde zich terug te trekken zonder te laten merken hoe nerveus ze was. "Ik wil echt op zoek naar Ted."

"Hij doet er niet toe, wij zijn nu in gesprek. De nacht is prachtig, vind u niet?"

"Ja, erg mooi. Maar nu —"

"En wat denkt u nu?"

Betty had zich al omgedraaid, maar nu stond ze stil. Als Finsch geen enkel teken van schaamte vertoonde, waarom zou zij zich dan generen? "Denken?" vroeg ze koeltjes. "Waarover?"

"Het was toch niet zo vervelend, wel? Ik ben uiteindelijk toch niet zo'n slechte man."

"Als u het over vanmiddag heeft, dan moet ik zeggen dat ik alles het liefst zou vergeten."

"Prima, dan vergeten we het." Hij maakte een zwierig handgebaar, en de sigaar trok een doffe rode streep in de duisternis. "Het is vergeten, en we beginnen opnieuw."

"Absoluut niet."

"Maar als u toch alles vergeten bent —"

"Ik heb nog altijd een vage herinnering."

"Geweldig! Voor uw leeftijd bent u heel wijs. U ziet de realiteit voor wat hij is, en u bent niet boos."

Betty lachte hol. "Ik doe mijn best — met moeite — om het niet persoonlijk op te vatten."

Finsch schudde spijtig zijn hoofd. "Op een dag zult u terugdenken en dan zegt u misschien: 'Arme Mik Finsch, ik heb hem onrecht aangedaan.'"

"Alles is mogelijk, meneer Finsch." De man was koppig, dacht Betty, met een huid zo dik als die van een olifant. Maar zijzelf was niet minder koppig, zoals Ted kon beamen. Waar zat Ted dan toch? Ze ging naar de verschansing en zocht op het voorste dek. Onder de staalgrijze bewolking zag ze diverse schaduwen in elkaar overgaan, en er was niets anders te zien dan de romp van het schip en het schuim dat langs de zijkanten wegvloeide.

De stem van Finsch klonk vlakbij over haar schouder. "Het is een lange reis naar Genua. Ik ken Genua niet goed. Parijs is veel mooier. Misschien kunnen we elkaar in Parijs treffen. Wat een toeval zou dat zijn, toch? Er zijn heel amusante dingen te doen in Parijs, veel heel goede restaurants..."

Betty ging bij de reling vandaan en dook langs Finsch heen. "Ik geloof niet dat we elkaar in Parijs zullen zien."

"We zullen zien," zei Finsch buitengewoon goedgehumeurd. "Vrouwen zijn allemaal hetzelfde. Hoe harder ze nee! roepen, des te meer ze ja bedoelen."

"Ik ben anders. Hoe harder ik nee roep, des te meer ik nee bedoel."

Finsch grinnikte toegeeflijk. "Ik merk dat ik u geërgerd heb. Maar toch blijft u over mij nadenken. Wat is hij van plan? Ik zal open kaart spelen. Ik denk dat mannen en vrouwen op de wereld zijn om elkaar te vermaken. Het is net zoiets als de lucht. Waarom is die er? Zodat wij gratis en voor niets kunnen ademen. De bomen dragen vruchten. Waarom? Zodat de mensen kunnen eten. Dat is natuurlijk, nietwaar? En het is net zo natuurlijk —"

"Maar ik ben geen lucht; lucht is gratis, en ik niet. Ik ben geen boom, ik draag geen vrucht. Ik ben een mens, met mijn eigen ideeën over de lucht en de bomen. En ik ben hier zeer zeker niet om u een plezier te doen!"

Finsch gooide zijn hoofd naar achteren en lachte. "Daar! U heeft het gezegd! Nu voelt u zich beter! En nu — nu zullen we vrienden zijn. Hoe denkt u daarover?"

"Nog even," zei Betty, "en dan vraagt u me weer om naar uw hut te komen om een glas cognac te drinken."

"Waarom niet? We zullen drinken, en dan zijn we weer vrienden."

Betty begon haar kalmte te verliezen. "Vrienden! U heeft mij vanmiddag geprobeerd aan te randen. En u vertoont geen spoortje van spijt!"

Finsch zwaaide met zijn sigaar. "Ik ben een man. Moet ik er dan spijt van hebben dat ik mijn hoofd verlies vanwege een mooi meisje?"

Betty lachte kortaf. "Nou, ik heb besloten dat ik u niet zal laten arresteren wegens mishandeling, misschien is dat een troost. U bent al voldoende afgestraft."

"'Afgestraft'?" De houding van Finsch leek nog even lui en zelfgenoegzaam als eerder, maar nu klonk er een nieuwe ondertoon in zijn stem. "U denkt dat ik ben afgestraft? Is dat wat u denkt?"

"Ik ga naar beneden," zei Betty.

"Een ogenblikje." Finsch gooide zijn sigaar over de reling. "Ik had gehoopt dat ik deze middag zou kunnen vergeten. Die jonge aap is de moeite niet waard. Hij is hysterisch, als een vrouw. Maar nu besef ik dat ik de zaak recht moet zetten. Die jonge hond moet de afstraffing krijgen die hij verdiend heeft. Niemand zal kunnen zeggen dat die jonge student mij heeft afgestraft. Ik zal het tegendeel bewijzen."

Vanuit de donkere schaduw naast de uitlaat klonk ineens het geluid van een stoel die over het dek schoof. Ted sprong tevoorschijn. "Ik heb jullie gehoord. Ik heb alles gehoord!"

"Ted!" riep Betty, ernstig in verlegenheid gebracht. "Je hebt zitten afluisteren!"

"Wat zou dat? Dus de Hollander wil nog een portie, is dat het? Dan is hij bij mij aan het juiste adres."

"Ted, ben je gek geworden?"

"Hou je mond. Kom op, opschepper: hij s die vette kont van je eens hier op het luik, waar er licht is." Hij stak het dek over en ging de trap af.

"Meneer Finsch!" riep Betty. "Let toch niet op hem!" Maar Finsch had haar al opzij geduwd en beende nu achter Ted aan.

Betty aarzelde even maar haastte zich toen de voorste trap af, in de richting van de brug. De uitkijk keek verbaasd om. "Is de kapitein hier?" riep Betty. Zonder op antwoord te wachten rende ze het stuurhuis door naar de hut van de kapitein. Ze klopte op de deur en gooide deze open, maar de hut was leeg. Ze haastte zich omlaag naar het hoofddek, langs de gang naar de eetzaal. Ze rende naar binnen en keek koortsachtig om zich heen. Alec, Ora, Harry Mayberry en Nello zaten rummy te spelen; de kapitein en de machinist leunden over een schaakbord. Betty rende naar voren. "Kapitein, u moet ze tegenhouden; ze zullen elkaar nog verwonden."

"Wat gebeurt er?" De kapitein keek op, zijn ogen halfgesloten.

"Ted en meneer Finsch. Ze zijn aan het vechten."

De kapitein sprong overeind. "Waar zijn ze?"

"Buiten op het dek."

De kapitein beende de zaal uit, met Betty naast zich — de gang door en naar buiten, het achterdek op, waar een van de deklampen luik nummer twee helder verlichtte.

Midden op het luik stonden Ted en Mik Finsch tegenover elkaar. Finsch zag er bedaard en bijna lui uit; Ted had een rood gezicht en een wilde blik in zijn ogen.

"Hou hier onmiddellijk mee op!" brulde de kapitein, maar noch Ted noch Finsch letten op hem. Ted deelde plaagstootjes uit met zijn linkervuist; Finsch sprong naar voren en haalde uit met zijn rechterarm, alsof het een knuppel was. Ted bukte, stootte nogmaals en sloeg Finsch een bloedneus.

De kapitein stapte tussen hen in en duwde hen uit elkaar. "Ophouden nu! De eerstvolgende die nog een klap uitdeelt zal van boord gezet worden!"

"Maar hij blijft erom vragen," zei Ted, met glazige ogen en een grijns op zijn gezicht. "Als hij zich netjes gedraagt dan zal hem niets meer overkomen."

Finsch hield zijn zakdoek tegen zijn neus. "Misschien is het beter, kapitein, als u mij toestemming geeft deze jonge hond af te straffen…"

Ted grinnikte en draaide zich om. Hij sprong van het luik af. Finsch staarde hem na.

"Dit moet afgelopen zijn," verklaarde de kapitein. "Als iemand gewond raakt, dan wordt het bedrijf aangeklaagd, en dan zeggen zij: 'Kapitein Frascatore, waarom heeft u dit toegestaan?' En dan zeg ik: 'Ik probeer vriendelijk te zijn tegen meneer Finsch, die boos is.' En dan zeggen zij weer —"

"Maar kapitein," zei Finsch verbaasd, "ik ben helemaal niet boos, ik wil gewoon deze jonge hond laten zien —"

"Toe nou, meneer Finsch," zei de kapitein op overredende toon. "Dit is een plezierreis. U moet zich ontspannen. Ik zal meneer Bunpole vragen om zijn verontschuldigingen aan te bieden voor de klap die hij u heeft gegeven. En dan is het afgelopen met de problemen. Wat zegt u daarop? Kom, laten we met elkaar iets drinken."

Betty, Ora en Alec gingen terug naar de eetzaal, met Harry en Nello achter hen aan. Harry Mayberry ging aan de rummytafel zitten en pakte zijn kaarten weer op. "Mijn beurt, geloof ik."

"Ja," zei Alec, "waarom niet?"

Ora bestudeerde haar kaarten. "Nog een geluk dat onze dokters ons niet voor onze rust op een zeereis gestuurd hebben."

Enkele ogenblikken later kwam de kapitein de eetzaal binnen. Hij wierp een zure blik op Betty en ging terug naar het schaakbord. Hij keek de zaal rond. "Waar is meneer Bunpole?"

Niemand wist het.

De kapitein bromde en keek omlaag naar het bord. "Het moet afgelopen zijn met deze ellende." Zijn ogen schoten kort in de richting van Betty. "Iedereen moet meewerken."

"U hoeft mij hier niet op aan te kijken," snauwde Betty. "Ik had helemaal niets te maken met deze hele toestand."

De kapitein gromde nogmaals; de machinist kwam bij hem zitten en het schaakspel werd hervat.

6

Betty zat stilletjes in de hoek van de eetzaal. Men had haar uitgenodigd mee te doen met een spelletje rummy, maar ze had dit afgeslagen; ze wilde alleen maar passief blijven zitten. Ze zat een halfuur lang bijna bewegingloos, gekalmeerd door de beweging van het schip. Noch Finsch noch Ted vertoonde zich. Betty herinnerde zich dat ze Ted had willen spreken, maar op dit moment voelde ze zich niet in staat hem te gaan zoeken. Waar kon hij zijn? In bed? Het leek waarschijnlijker dat hij ergens in zijn eentje in het donker zat te mokken; hij deed altijd precies datgene dat haar het meest irriteerde. Waarom drong de waarheid nu niet tot hem door? Ze tobde over Ted. Hij is niet dom, hij is niet gesloten, het enige dat er mis is met hem is dat hij zichzelf niet kan zien zoals anderen hem zien. Ted was natuurlijk niet uniek hierin; niemand wist ooit precies wat voor beeld ze creëerden in de hersenen van anderen. Onopvallend bespiedde ze de vier kaartspelers. Vier stel hersenen, vier unieke bolwerken gevuld met persoonlijke gedachten. Hoe fascinerend was het raadsel van de persoonlijkheid! Ieder van deze mensen heeft andere gevoelens, ziet het leven in andere kleuren. Kijk nou naar Harry Mayberry: een zachtroze sater, of, als je zijn grijze tonsuur in aanmerking nam, een verdwaalde monnik. Betty bestudeerde hem, probeerde te zien wat zich achter zijn uiterlijk, dat haar afstootte, kon bevinden. Hij hield zijn kaarten stevig vast en speelde vastberaden, zonder overbodige bewegingen. Dat moest toch iets betekenen. Nello maakte het ene flamboyante gebaar na het andere, sloeg zijn kaarten tegen de tafel alsof hij probeerde vliegen te meppen. Hij speelde roekeloos en zonder enige berekening. Het was een kleinigheid, maar Betty stelde vast dat ze de wellustige ouwe Harry Mayberry aardiger vond dan de aantrekkelijke jonge Nello.

Ze draaide haar hoofd om en zag Alec's blik op haar rusten, wat haar eraan herinnerde dat zijzelf ook ten goede of ten kwade beoordeeld werd aan de hand van de signalen, karaktertrekken en maniertjes waarvan zij zich grotendeels niet bewust was.

Ze dacht weer aan Ted…Waar bleef die malle Ted nou toch? Ze slaakte een diepe zucht en besloot nogmaals om hem te gaan zoeken en met hem te praten. Ze richtte zich op op haar knieën en keek door de patrijspoort naar het voordek. Het licht weerspiegelde in het glas en ze kon niets zien. Het zag er koud uit daar in het donker, en Betty ging weer zitten. Vervloekte Ted, om zoveel problemen te veroorzaken!

Ze kwam in beweging en liep zo onopvallend mogelijk de eetzaal uit. Ze stond even stil in de gang. Het was bijna middernacht; waarschijnlijk lag Ted al op bed. Maar het kon geen kwaad om toch even die kant op te lopen, voor het geval Ted *toch* de martelaar uithing in de winderige duisternis.

Ze ging het dek op, liep op de tast naar de boeg maar zag niemand. Even bleef ze staan om te genieten van de eenzaamheid en de beweging van de boeg; toen liep ze rillend terug naar het dekhuis.

Ted was blijkbaar gaan slapen. Betty was zelf ook wel toe aan haar bed; ze zou onderweg naar boven wel even bij hem gaan kijken.

Ze liep naar Ted's hut en klopte daar op de deur. Net zoals de vorige keer gaf niemand antwoord. En net als de vorige keer deed ze de deur open en riep: "Ted! Slaap je?"

Geen reactie.

Betty knipte het licht aan. Het bed zag er nog precies hetzelfde uit: de deuk in het kussen, de gekreukte sprei. Geen enkele verandering, behalve…Betty haastte zich de kamer in. Op het kussen lag een opgevouwen stukje papier. Daarop stond met blokletters: *Mejuffrouw Betty Haverhill*.

Met trillende handen vouwde ze het papiertje open. Op het briefje stond:

Mijn allerliefste lieveling:

Ik heb me als een idioot gedragen en een heleboel problemen veroorzaakt. Ik kan niet zonder jou leven, dus ik zeg je vaarwel.

Voor altijd de jouwe,

Ted.

Hoofdstuk III

1

DE KAPITEIN DRAAIDE HET SCHIP en ging op halve snelheid langs dezelfde route terug. De maan was ondergegaan, de zee was zwart als inkt. De zoeklichten gleden als motten over het water; iedereen stond aan de reling te kijken en te luisteren.

Na twee uur gaf de kapitein de zoektocht op en ging de *Garda* verder op haar route. De zoeklichten bleven over het water spelen en de passagiers bleven zoeken tot de kapitein aankondigde dat ze nu weer op de plek waren aanbeland waar Ted's vermissing het eerst was opgemerkt. Er was geen hoop meer, zei hij met ruwe stem, en hij liet de zoeklichten uitzetten.

Betty weigerde naar bed te gaan en bleef op de vleugel van de open brug staan. De kapitein had geweigerd nogmaals terug te varen, en Betty verbeet zich van woede.

"Het heeft geen zin," had hij geblaft. "Er zijn stromingen, het water is ijskoud. We hebben al heel veel tijd verspild, en met een schip is tijd geld."

"Wilt u alstublieft niet zo tegen mij schreeuwen," sprak Betty ijzig.

De kapitein schudde verbeten zijn hoofd, draaide zich op zijn hielen om en beende weg.

Uiteindelijk konden Ora en Alec haar overhalen naar de eetzaal te komen. Het was nu vier uur in de ochtend, en Alec ging naar zijn bed.

Twee uur later bereikte de *Garda* de haven van Los Angeles. Er klonk een scheepsbel tussen het stuurhuis en de machinekamer, en het schip viel stil.

Betty en Ora gingen aan dek. De lucht was nog steeds bewolkt, de deken van wolken verstikte de zonsopgang en leek alle kleur aan het land en de zee te onttrekken. Het schip bewoog nauwelijks nog door het water dat golfde en glansde als aluminiumverf. Voor de boeg lag een grijze woestenij van pakhuizen, boortorens en opslagtanks.

Een sloep kwam langszij en de loods kwam aan boord. De telegraafklokken rinkelden; de *Garda* kwam in beweging, versnelde en doorkliefde de golven voor de boeg.

Een halfuur later trok een sleepboot het schip tegen de walkant aan. Er werden trossen geworpen, haspels afgerold aan de voor- en achterzijde, en toen lag de *Garda* stil.

Betty en Ora keerden terug naar de eetzaal, maar in het grijze daglicht zag deze er treurig uit. "Wat ga je nu doen?" vroeg Ora, ongewoon verlegen.

"Ik denk dat ik maar naar bed ga."

"Ik bedoel later."

Betty liep naar de patrijspoort en keek naar buiten. Er was weinig te zien: het dek, de werf, de zijkant van een pakhuis, een stuk land van misschien anderhalf, twee hectare, volgegroeid met zonverbrand onkruid, een snelweg die al druk bezet was. Ze wendde zich af. "Ik ga niet naar huis, als je dat bedoelt."

"Je hebt groot gelijk," zei Ora. "Tenslotte is dit niet jouw schuld."

"Maar ik voel me toch schuldig." De tranen sprongen in haar ogen, niet voor de eerste keer deze lange nacht. "Op de een of andere manier... Ach, laat maar. Laten we maar naar bed gaan."

2

Er werd op de deur geklopt. Betty werd met een schok wakker. Ze sloeg haar badstof badjas om zich heen, deed de deur open en kreeg te horen dat de kapitein haar wilde spreken in zijn hut.

Betty trok een donkergroene rok en trui aan, en kamde lusteloos haar haren. Ze voelde zich vermoeid en suf, en vaag misselijk. Ted was bij leven een lastpak en een ergernis geweest, maar de dood van Ted liet een onplezierig gat achter in het universum. Ted was al zolang ze zich kon herinneren in haar leven geweest. En nu was er geen Ted meer, met zijn stijlvolle nieuwe kleren en zijn opzichtige cabriolet.

In de hut van de kapitein zaten een aantal mannen, die allemaal opstonden toen ze binnenkwam. De kapitein maakte de introducties, maar de namen zeiden haar niets. Eén van de aanwezigen was de consul van Italië, de ander was een sergeant van de havenpolitie, in burger, en de andere twee waren agenten van de Mediterranean Line.

De kapitein was ingetogen en beleefd. "Ik begrijp dat u van streek bent; toch moeten we een officieel rapport opmaken over de gebeurtenissen van de afgelopen nacht."

"Uiteraard," zei Betty. "Ik vind het niet erg." De mannen waren meelevend, en leken haar niet verantwoordelijk te stellen voor de waanzinnige daad van Ted. Ze leken vooral geïnteresseerd in zijn afscheidsbrief.

"Zou u het handschrift van meneer Bunpole herkennen?" vroeg de politieagent, een kleine, donkere man met heldere ogen als die van een vogel. Hij heette McElroy.

"Misschien. Ik weet het niet zeker."

"Had hij de gewoonte om persoonlijke berichten te typen — brieven, notities, dat soort zaken?"

"Ik weet het niet... Ik heb nooit een brief van Ted ontvangen — tot gisteravond."

"Heeft u hem gisteravond horen praten over zelfmoord?"

"Nee. Ik kan het echt niet geloven. Hij was altijd zo — nou ja, normaal. Ik weet dat hij van streek was — maar om in de oceaan te springen! Het is gewoon belachelijk."

"Er gebeuren soms vreemde dingen. U heeft het briefje uiteraard gelezen. Wat vond u ervan?"

Betty stamelde verbijsterd: "Wat ik ervan vond?"

"Ik bedoel, klinkt het als Ted? Is dit de manier waarop hij praat?"

Plotseling kwam er een verschrikkelijk vermoeden op in Betty. Ze kromp ineen in haar stoel. "Mag ik het briefje nog eens zien?" vroeg ze hees.

McElroy, die het papier voorzichtig tussen zijn vingernagels hield, zei: "Raak het alstublieft niet aan."

Betty las de getypte woorden:

Mijn allerliefste lieveling:

Ik heb me als een idioot gedragen én een heleboel problemen veroorzaakt. Ik kan niet zonder jou leven, dus ik zeg je vaarwel.

Voor altijd de jouwe,

Ted.

Ze schudde haar hoofd. "Ik weet het niet. Het klinkt — vreemd."

McElroy knikte. "Niet als Ted, dus?"

"Niet echt. Hij zou meer klagen — zichzelf meer opwinden. En dan zou hij medelijden met zichzelf krijgen en zich bedrinken... Ik snap gewoon niet hoe Ted zomaar de oceaan in heeft kunnen springen."

De kapitein maakte een rusteloze beweging. Hij maakte aanstalten om iets te zeggen, toen keek hij met een veelbetekenende blik naar de consul, die zijn lippen tuitte. De oudere van de twee agenten zei: "Dit is uiteraard allemaal speculatie."

McElroy knikte zuur. "Wanneer heeft u Ted voor het laatst gezien?"

"Toen iedereen hem zag, buiten op het luik. Ik ben enige tijd later naar hem op zoek gegaan."

"Hoeveel later?"

"Ik weet het niet precies. Een uur ongeveer, denk ik... Heeft iemand anders hem nog gezien nadat hij het luik verliet?"

"De officier van de wacht en de uitkijk hebben hem allebei naar de boeg zien lopen. In ieder geval hebben ze een man gezien in een lichte trui — waarschijnlijk Ted. De matroos weet ook niet precies hoe laat het was. Even na tienen. Dat is de laatste keer dat iemand hem gezien heeft. Later zagen ze u naar boven gaan en terugkomen... Kunt u ons verder nog iets vertellen, mejuffrouw Haverhill?"

Betty keek de kapitein aan, die naar haar zat te kijken met ogen als stalen kogels.

"Ik neem aan dat kapitein Frascatore u al heeft verteld over de vecht-partijen van Ted?"

"Jawel." McElroy weidde er niet verder over uit.

Betty zei nogal zwakjes: "Nou, dan denk ik niet dat ik u nog iets kan vertellen."

McElroy stond op. "Dank u, Juffrouw Haverhill. Ik denk dat dat alles is wat we nodig hebben. U was van plan verder te reizen met dit schip?"

"Ja... Maar ik denk dat ik maar beter mijn moeder kan bellen." Betty trok een grimas. "Kunt u mij vertellen waar ik een telefoon kan vinden?"

De jongere agent sprong overeind. "Ik zal het u laten zien. U zou het nooit alleen kunnen vinden."

Hij leidde haar naar het hoofddek, de gangen door, door de voorraadruimte. "Dit is een vreselijke schok voor u," sprak hij meelevend. "Maar u moet het niet de rest van uw reis laten beïnvloeden."

"Nee," antwoordde Betty vaag. "Maar ik maak me eigenlijk niet zo druk over mijzelf. Het gaat om Ted! Zelfmoord! Ik kan het nog altijd niet geloven!"

"Onder ons gezegd en gezwegen, ik denk niet dat ook maar iemand het echt gelooft. Behalve dan Kapitein Frascatore, die zich verplicht voelt het te geloven."

Betty keek met iets meer aandacht naar de agent. Hij was een korte, stevig gebouwde man, midden dertig, met roodblond haar en een rond, vriendelijk gezicht. Hij had een zenuwtrek in zijn lip en zijn ogen keken verontschuldigend omlaag; hij droeg een gekreukt bruin pak, een kleur die stevig vloekte met zijn roestig-rossige haar. Op zijn bovenlip prijkte een vlot getrimde snor, als een soort heldhaftig symbool van de galante, humoristische man die die hij dacht te zijn.

"Wat gebeurt er nu verder?" vroeg Betty.

De agent haalde zijn schouders op. "Waarschijnlijk niets. Nu in ieder geval niet. Het schip vaart onder Italiaanse vlag, McElroy heeft geen enkel gezag; hij onderzoekt de zaak op verzoek van de consul. Als hij kan bewijzen dat er een misdaad gepleegd is — echt bewijzen — dan kunnen ze het schip misschien een paar dagen aan de ketting leggen. Maar anders —" hij haalde nogmaals zijn schouders op.

"Maar er zijn toch zeker wel vermoedens, of op zijn minst een mogelijkheid dat —"

"Dat doet er niet echt toe."

Betty huiverde. "Arme Ted."

"U moet bedenken dat het veel geld kost om een schip als de *Garda* in de vaart te houden," zei de agent verdedigend. "Bijna vijftienhonderd dollar per dag. De kapitein wil geen uur langer dan noodzakelijk in de haven worden opgehouden…En tussen haakjes, mijn echtgenote komt vandaag aan boord. Ze zal uw hut delen." Hij zweeg even en zei toen opgewekt: "Ze is een beste meid; ik weet zeker dat u en zij met elkaar zullen kunnen opschieten."

"Ik dacht dat ze getrouwd was met iemand in San Salvador."

"Nee, niet San Salvador — El Salvador. El Salvador is het land, San Salvador is de hoofdstad. Maar ik ben inderdaad die man. Ik vlieg morgen naar het zuiden. Isabelle wil naar La Libertad komen, maar ze heeft een hekel aan vliegtuigen."

Ze waren bij de telefooncel aanbeland; Betty ging met tegenzin naar het toestel. Ze haalde diep adem en belde naar huis, op kosten van haar moeder.

Moeder was verbijsterd en ontzet. "Je komt natuurlijk meteen terug?"

"Nee, Moeder."

"Maar Betty, dat is het meest —"

"Moeder, ik kan hier niet vrijuit spreken. Ik heb alleen gebeld om het u te vertellen."

"En wie moet het aan Martha Bunpole vertellen?" riep Moeder uit. "Ik durf haar niet onder ogen te komen! Ik kan dat echt niet!"

"De kapitein zal haar waarschijnlijk bellen, of anders de politie. Het is onze verantwoordelijkheid niet. Het is in ieder geval niet de mijne."

"Je bent absoluut harteloos!"

"Dat ben ik absoluut niet! Laten we nu geen ruzie maken, Moeder."

"Ik vind dat je echt naar huis moet komen!"

"Nee, Moeder. Ik moet nu ophangen, want het schip zal weldra vertrekken. Het is een afschuwelijke zaak, en het spijt me enorm, maar aan de andere kant had Ted ook het recht niet om zomaar mee te komen op deze reis."

"Hoe kun je zoiets *zeggen*!"

"Maar hoe dan ook, ik kom niet naar huis. Dus — zorg goed voor uzelf, en maak u geen zorgen!"

"Je bent een koppig en harteloos meisje," verklaarde Moeder op zachte, kille toon.

"Dat ben ik absoluut niet. Maar ik ben ook geen dwaze hysterische vrouw."

"Nou goed dan, Betty. Je moet doen wat jou goeddunkt."

Betty voelde zich iets beter toen ze de telefooncel uitstapte. Ze had erg tegen het gesprek opgezien, maar het was niet zo vervelend geweest als ze gevreesd had. Arme Ted. Dit was het meest schokkende, meest tragische dat haar ooit overkomen was! Maar toch — het was niet haar schuld geweest. Een zorgwekkende gedachte drong zich aan haar op. Zou het zo kunnen zijn dat…Nee, natuurlijk niet. Ze wendde zich tot de agent. "Hoe was uw naam ook weer?"

"Alan Calder. Mijn vrouw heet Isabelle. Ze komt vanmiddag. Het schip vertrekt om zes uur."

"Ik neem aan dat u meneer Finsch kent. Hij woont in El Salvador."

Calder knikte kortaf. "Ja. Ik ken Finsch. In ieder geval van horen zeggen."

"Hij heeft zijn plantage verkocht, of hoe dat dan ook heet."

"Dat weet ik."

"Hij heeft blijkbaar een interessant leven geleid," probeerde Betty.

Calder zei niets.

Ze liepen terug naar het schip. Vanaf de kade zag het er enorm uit: een grote zwarte romp, de masten, de hijskranen, het dekhuis. Alan Calder bleef abrupt staan aan de rand van de loopplank, en krabbelde met een soort wanhopige gêne aan zijn snor. "Ik zou u om een gunst willen vragen," zei hij plotseling. "Ik weet dat het vreemd is — ik ken u niet, u kent mij niet. Maar het gaat om Isabelle. Ze is — nou ja, een beetje een nerveus type. Beste meid en zo, maar — nou ja, u zult een hut met haar delen." Alan Calder vond het onmogelijk om zijn gedachten onder woorden te brengen. Hij maakte een overmoedig geruststellend gebaar en grinnikte charmant. "Vergeet wat ik gezegd heb. Jullie zullen vast goed met elkaar kunnen opschieten…Ik moet nu echt gaan."

"Bedankt dat u me naar de telefooncel gebracht heeft," riep Betty hem achterna.

Hij gaf nog een kwieke zwaai met zijn arm en sprong toen in een van de auto's die op de kade geparkeerd stonden, waarna hij gehaast wegreed.

3

Betty had zowel het ontbijt als de lunch gemist. In plaats van terug te keren naar het schip liep ze naar een kraam en bestelde een hamburger en een milkshake. De eigenaar stond de toonbank af te vegen, maar hij keek op om naar de *Garda* te wijzen, die verderop lag aangemeerd.

"Ziet u dat schip? Een van de passagiers is gisteren overboord gesprongen, zo de oceaan in. Ze hebben hem niet teruggevonden. Wat denkt u daarvan?"

"Dat klinkt niet bepaald verstandig."

"Dat denk ik ook. Hij moet sowieso niet goed bij zijn hoofd zijn geweest, anders had hij niet op zo'n oude roestbak gereisd."

"Mijn moeder denkt er net zo over," zei Betty. Ze betaalde hem, slenterde de kade langs naar het schip, en beklom de loopplank.

Vanuit de kombuis kwam het gekletter van pannen en de geur van het avondeten. Uit de eetzaal van de bemanning klonken staccato stemmen in het Italiaans. Uit de machinekamer klonk het zachte sissen van de stilstaande ketels, het tikken van metaal op metaal. Weer thuis, dacht Betty.

Geen van de passagiers was te vinden. Betty ging naar haar hut, ging naar binnen, deed de deur op slot en liet zich op het bed vallen, met het idee dat ze even zou gaan rusten voor het avondeten.

Maar de gedachte aan Ted hield haar wakker. Ze zag verschrikkelijke beelden in haar hoofd: een lichaam dat door de diepte zweefde, met bungelende armen, een openhangende mond en starende opaalwitte ogen. Arme ouwe Ted... Betty zuchtte diep. Stel dat ze geweten had dat hij zoiets als dit van plan was? Zou ze er dan in toegestemd hebben met hem te trouwen?... En dan was er nog de andere mogelijkheid, het idee dat McElroy bij haar had opgewekt, en dat Alan Calder min of meer bevestigd had. Ted was er de man niet naar om zelfmoord te plegen; het was niet rationeel! Ze dacht na over het briefje, de zinnen, het feit dat het getypt was. Ongetwijfeld zouden de officiële instanties het onderzoeken op vingerafdrukken, maar waarschijnlijk zouden ze alleen de hare vinden. Niet die van Ted, of van wie dan ook. En wat konden ze bewijzen? Niets; tenzij er ooggetuigen waren — en als het op de boeg was gebeurd, in het donker, wie had er dan iets kunnen zien?

Het was een moeilijke situatie. Wat kon ze doen? Betty Haverhill, privédetective. Nee, dat sloeg nergens op. Er viel waarschijnlijk weinig te ontdekken. Waarschijnlijk was Ted uit eigen vrij wil de oceaan in gesprongen. Ze zouden er wellicht nooit achter komen... Hoe dan ook, ze had genoeg van somberheid. Al het piekeren in de wereld zou Ted niet terugbrengen.

Ze friste zichzelf op en ging naar het bovendek. De Salvadoraanse dames waren aan het ringgooien, met weinig talent maar veel enthousiasme. Alec en Ora, Harry Mayberry en Nello zaten in dekstoelen onder de overkapping, en een van de scheepsjongens stond flesjes bier open te maken.

"Blijf toch alstublieft zitten," zei Betty toen Harry Mayberry galant aanstalten maakte om overeind te komen.

Harry Mayberry ontspande zich. "Heeft u misschien ook trek in een flesje bier?"

"Graag."

Alec bekeek Betty aandachtig door de rook van zijn pijp heen. "Je ziet er beter uit, minder grauw, minder bleek."

"Miserabele ervaring," mompelde Harry Mayberry.

"Ik neem aan dat ze van alles gevraagd hebben?" vroeg Alec.

"O, ja. Ik heb hen verteld wat ik kon."

"Wat leken zij ervan te denken?"

"Ik weet het niet. Ik denk niet dat ze veel hebben om mee te werken."

"Nee."

De scheepsjongen kwam meer bier brengen. Betty ging in een dekstoel zitten en ontspande zich, hopend dat ze niet meer over Ted hoefde te praten. Hij leek al ver weg, al deel van haar verleden. En dit was het hier en nu. Ze zat op het dek van de *Garda*, dronk bier en keek uit over de kade in de richting van San Pedro. Een taxi kwam hobbelend aangereden en stond stil naast het schip. Alan Calder sprong kwiek naar buiten en hielp een vrouw met uitstappen.

"Onze nieuwe passagier," zei Betty. "Haar naam is Isabelle."

Hoofdstuk IV

1

ISABELLE STOND NAAST DE TAXI en bestudeerde de *Garda*. Ze was blond, slank, gracieus. Alan Calder danste om haar heen als een terriër, vervuld van gedienstige trots en zorgzaamheid.

Harry Mayberry maakte een zacht, jankerig geluidje achterin zijn keel. "Ik ben verliefd."

"Ze is getrouwd," merkte de immer-praktische Nello op.

"Wat maakt dat nu uit?" Harry Mayberry hief zijn ogen ten hemel. "Ze is een mens. En als ze dat niet zou zijn, dan verander ik mijn nationaliteit, of mijn diersoort, of hoe je dat dan ook zegt. Als ze een aap is, dan ben ik vanaf nu een wollige witte aap. Als ze een rups is, dan kruip ik achter haar aan. Als ze een kip is, dan ga ik met haar op stok."

"En als ze een geit is," sprak Ora, "dan kun je blijven wat je bent."

"Ze is allesbehalve een geit," zei Alec stellig. Ora keek hem verrast aan. "Jij ook al?" Ze draaide zich om en bestudeerde Isabelle nogmaals. "Wat heeft zij dat ik niet heb?"

Betty voelde even iets dat heel veel weg had van afgunst. Nu waren er twee knappe meisjes aan boord van de *Garda*. En Isabelle was meer dan gewoon knap. Haar gelaatstrekken waren verfijnd, gesloten en uitdrukkingsloos, als het gezichtje van een verveelde elfenprinses. Haar haren waren bleekblond, de kleur van room, en omhulden haar gezicht als een wolk van zeeschuim.

Mijn nieuwe kamergenote, dacht Betty zuur. Ze voelde zich ineens minder ontspannen. Met Isabelle aan boord had ze concurrentie, of ze nu wel of niet wilde concurreren. "Laat maar zitten," zei Betty tegen zichzelf. "Voor mijn part is ze de koningin van de Stille Oceaan; ik ga me er niet druk om maken."

Isabelle merkte het groepje aan dek nu op. Ze wierp hen een terloopse blik toe, maar schonk hen verder geen aandacht. Een van de scheepsjongens kwam van het schip af en pakte haar koffers. Alan begeleidde haar zorgzaam naar de loopplank; ze gingen aan boord en verdwenen uit het gezicht onder het sloependek.

Alec tikte met zijn pijp tegen de reling. "Ze lijken niet erg bij elkaar te passen."

"Nee," zei Ora bedachtzaam. "Hoe heeft hij haar ooit zo ver weten te krijgen? Is hij rijk?"

"Jullie zijn erg cynisch," zei Betty. "Alan is een heel aardige man. Hij heeft me eerder vandaag geholpen een telefoon te vinden."

Alec dronk zijn glas bier leeg. "Iets zegt mij dat we ons de *Garda* nog lang zullen heugen."

Betty stond op. "Ik ga naar mijn hut. Misschien wil ze nog iets weten."

Alan Calder en Isabelle waren net de hut ingegaan toen Betty verscheen. Alan begroette haar met bijna overdreven vriendschappelijkheid. "Daar bent u dan! Ik heb Isabelle al van alles over u verteld! Dit is Betty Haverhill, lieveling."

Isabelle knikte en schonk Betty een snelle glimlach. De wijd-opengesperde grijze ogen keken oplettend, maar zonder enige interesse. Betty zag dat ze niet veel ouder was dan zijzelf — vierentwintig of vijfentwintig misschien.

"Ik heb tot nu toe in dit bed geslapen." wees Betty. "En dit is mijn kledingkast. Het maakt verder niet zo veel uit, ze zijn precies hetzelfde."

Isabelle knikte onverschillig. "Ik verwacht niet te veel."

"Ik laat jullie even rustig jullie zaken regelen," zei Betty. "Deze hut is iets te krap voor drie personen."

"Het is krap voor twee personen," zei Isabelle. Ze keek Alan even aan. "Maar ik neem aan dat er niets aan te doen is."

"Ik zie je straks wel weer," zei Betty opgewekt terwijl ze achterwaarts de hut uit liep. Ze ging terug naar het bovendek.

"En?" vroeg Harry Mayberry. "Kunnen jullie met elkaar opschieten?"

"Prima."

"Als je bezwaren hebt tegen haar, dan wil ik haar wel ruilen voor Nello."

"Daar zou ik geen bezwaar tegen hebben," zei Nello.

Betty keek op haar horloge. "Zes uur. We zouden om zes uur vertrekken."

"Ze zijn nog altijd aan het laden," zei Ora. "Het zal nog wel een paar uur duren."

"Neem nog wat bier," zei Harry Mayberry, terwijl hij haar een halflege fles aanreikte.

"Best."

Mik Finsch verscheen aan dek en voegde zich bij het groepje. Betty staarde zonder op te kijken in haar bierglas.

"Een lelijke haven," zei Finsch. "De meeste havens zijn lelijk, maar als je het mij vraagt is dit een van de ergste. Ik hou absoluut niet van Los Angeles."

"Je moet eraan wennen," zei Alec.

Even hing er een korte, zware stilte.

"Tja," zei Finsch bedachtzaam. "Het zal fijn zijn om weer in Europa te zijn. Ik ben er in geen twintig jaar geweest. Er is vast heel veel veranderd."

"Misschien krijgt u heimwee naar El Salvador," suggereerde Ora.

"Nee," zei Finsch. "Ik ben wel klaar met de tropen. Niet meer. Ik heb er genoeg van. Het is geen gezonde omgeving voor een mens." Hij hief zijn enorme armen omhoog en liet ze naast zijn lichaam vallen. De grote handen met de dikke vingers, bedekt met zwarte haren, hingen nog geen meter van Betty's gezicht.

Weer viel het stil.

Finsch wreef over zijn gezicht; zijn handen raspten over zijn kin. "Ik denk dat ik me maar eens ga scheren voor het avondeten. Met zoveel dames in de buurt moet een man om zijn uiterlijk denken."

"Doe voor mij geen moeite," zei Ora droogjes.

"Ik zal een derde van mijn gezicht ongeschoren laten," zei Finsch op beleefde toon. Hij wandelde terug over het dek, liep de trap af en verdween uit het zicht. Nello slaakte een diepe zucht. Alec leunde achterover in zijn stoel. Ora schudde furieus haar hoofd. "Wil iemand nog meer bier?" vroeg Harry Mayberry. "Nee? Ik hoef ook niet meer. Dit Italiaanse bier is niet al te best."

Ora stond op. "Het is bijna etenstijd. Ik ga naar beneden."

Betty volgde haar de trap af en sloeg af bij Hut #2. Isabelle was nergens te zien, hoewel haar vier koffers midden in de kamer op de vloer stonden.

Betty waste haar gezicht, borstelde haar haren met stevige halen en deed een klein beetje lippenstift op. Toen ze zichzelf in de spiegel bekeek vond ze haar donkergroene trui niet echt goed staan, dus ze kleedde zich om in een zwart met wit gestreepte blouse. Ha, dacht Betty sarcastisch. Ik concurreer niet met mijn nieuwe kamergenote. Dat niet. Maar ik hoef ook niet gekleed als een padvinder aan het diner te verschijnen.

Ze rende de gang door in de richting van de trap. Ze dacht aan Ted (er waren nog geen vierentwintig uur voorbij; het leek wel een week!) en minderde vaart. Als de geest van Ted over het schip waarde, dan wilde ze niet dat hij zou denken dat ze volkomen harteloos was.

Ze bereikte het hoofddek. Uit de gang naar de eetzaal klonk het geluid van stemmen: de joviale lach van de kapitein, de bariton van Alan Calder die nerveus een aantal lettergrepen achter elkaar uitbracht met een ritme alsof hij steentjes tegen iemands raam stond te gooien. Ze hoorde Finsch brommen en Isabelle's heldere lach. Blijkbaar was men Ted al vergeten: een incident tijdens de reis, droevig, maar het was het beste om het te negeren.

Betty kwam de eetzaal binnen. De kapitein en de machinist zaten op hun gebruikelijke plaatsen te wachten op de bel voor het diner. Recht tegenover de kapitein, op de plaats van Harry Mayberry, zat Alan Calder. Isabelle zat op Betty's plaats, tegenover Mik Finsch. Terwijl Betty onzeker bleef staan kwamen Alec en Ora door de tegenoverliggende deur naar binnen en gingen op hun plaatsen zitten.

De kapitein merkte Betty op. "Aha!" zei hij tegen Isabelle. "Daar is uw kamergenote. Twee mooie meisjes in één hut. Mooi. Dat hebben we niet vaak aan boord van de *Garda*. Dit is mejuffrouw Haverhill."

Isabelle keek over haar schouder naar Betty. "We hebben al kennis gemaakt."

Alan deed een halfslachtige poging om op te staan en liet zich toen weer in zijn stoel zakken. Hij zag er nerveus en vermoeid uit, en keek naar Isabelle met de blik van een spaniël. Als Isabelle naar Alan keek was haar gezicht volkomen uitdrukkingsloos.

Betty stond onrustig tegen de achterste muur geleund. De gong voor het diner had nog niet geklonken; ze kon Isabelle moeilijk vragen op te staan uit haar stoel. De kapitein merkte het op en trok begripvol zijn wenkbrauwen op. "Een nieuwe passagier. We moeten nadenken over de zitplaatsen."

Isabelle haalde haar aantrekkelijke schouders op. "Het maakt mij niet uit waar ik zit. Ik zit hier goed, als niemand anders zich daaraan stoort."

De gong klonk; de Salvadoraanse dames kwamen binnen en gingen zitten. Harry Mayberry ging achter Alan staan, zo dichtbij dat Alan voorover moest leunen om zijn uitpuilende buik te vermijden. "Sorry. Zit ik op uw plek?" vroeg Alan. Hij ging naar de tafel achter in de zaal, waar Ted Bunpole gezeten had. "Waarom kom je niet hier zitten, lieveling?" riep hij naar Isabelle. "Dit is onze laatste maaltijd samen voor langere tijd."

"Maar tien dagen," zei Isabelle onverschillig. "En ik zit hier prima."

Betty plofte neer in de stoel tegenover Alan. Ze at haar soep met een chagrijnig gezicht. Alan Calder, die de helft van zijn aandacht had gericht op het gesprek aan de tafels aan de voorzijde, probeerde manmoedig om amusant te zijn, en Betty dwong zichzelf om vriendelijk te blijven. Er was één zaak die haar interesseerde. "Hoe zit het met Ted?"

"Ted? Ted Bunpole?" Alan Calder maakte een grimas. "Miserabele situatie... ik denk niet dat er veel mee gedaan wordt. Het kan zijn dat er meer onderzoek gedaan wordt als het schip eenmaal in Genua is — een misdrijf aan boord van dit schip is in principe een misdrijf begaan in Italië —"

"Misdrijf?" Betty sprong er meteen bovenop. "Denken ze dat er misdrijf in het spel is?"

Alan Calder rolde een broodkruimel tussen zijn vingers en gooide deze toen opzij. "Ik bedoel in algemene zin. Misdrijf, ongeluk, zelfmoord, doodslag. Ik weet niet wat er gaat gebeuren. Waarschijnlijk helemaal niets."

"Arme Ted."

Alan Calder draaide de wijnfles op zo'n manier dat het etiket recht voor hem stond, verplaatste zijn vork, trok aan zijn stropdas. "Er zijn geen aanwijzingen. Niemand is naar voren gekomen met nadere informatie."

"Ik wou dat ik het wist," mompelde Betty. "Echt zeker wist!"

"Dat is het hem nou net. Speculatie is één ding, beschuldigen is iets heel anders."

De conversatie aan de andere tafels klonk heel wat vrolijker.

"Finsch verkoopt zijn *finca*," zei de kapitein tegen Isabelle. "U zou hem moeten kopen. U heeft genoeg tijd. En dan kunnen u en Alan te paard over uw land rijden."

"Geweldig," riep Isabelle zachtjes uit. "Ik ben dol op paardrijden."

"Ziet u nou wel?" zei de kapitein terwijl hij zijn handen spreidde.

Alan ging rechtop zitten en trok zijn manchetten recht. "Ik heb niet zo veel tijd als u zou denken," sprak hij op barse toon tegen de kapitein. "Ik heb het heel druk met mijn werk. Vergeet niet dat ik behalve Mediterranean ook Coyle & Dumas, Gorgas Lines en Pan-Pacific vertegenwoordig." Hij wierp een snelle blik op Finsch. "Trouwens, Finsch heeft de boel al lang verkocht."

Finsch maakte een wegwerpgebaar. "Dat is zo. Ik ben klaar met koffie. Honderdtwintigduizend dollar, dat hebben ze mij betaald."

"Dat is een goede prijs," zei Alan.

Finsch knikte tevreden. "Maar het is dan ook een goed bedrijf, als het tenminste goed geleid wordt. Er valt veel geld te verdienen met koffie. Meer dan met rubber."

"Wat gaat u doen met al uw geld?" vroeg Isabelle op plagerige toon.

Finsch lachte. "Ik weet het nog niet. Misschien koop ik een stuk land. Misschien ga ik handelen in fijne juwelen. Ik ken zekere mensen in Ceylon en Damascus en Istanboel. En in Liberia kun je heel goedkoop diamanten kopen. Wie weet? Misschien geef ik alles gewoon aan de armen."

"U heeft geen familie?"

"Nee. Niemand."

"Waarom geen grote motorsloep in Tanger?" stelde Nello brutaal voor. "Wat denk je daarvan, Finsch? Ik wil wel met je meedoen. We kunnen Amerikaanse sigaretten naar Spanje en Italië brengen. En nylonkousen, antibiotica, alles waar tekort aan is."

Finsch haalde zijn schouders op. "Waarom ook niet? Deze dingen zijn noodzakelijkheden voor de mensen. Het is geen misdaad om ze goedkoop te leveren."

Alan Calder lachte kort en blaffend en slikte dit haastig in. Isabelle keek met een koele blik over haar schouder. Alan hield zich weer bezig met de wijnfles.

Het was een ongebruikelijke romance, bedacht Betty. Hoe ter wereld was zij er ooit toe gekomen om met hem te trouwen? Alan was een goeie vent, maar totaal niet Isabelle's type.

"U bent nogal nerveus, is het niet?" vroeg Betty op geruststellende toon.

Alan keek haar aan alsof haar opmerkzaamheid hem verbaasde. "Ja, ik geloof wel dat ik nerveus ben — vandaag de dag hoort dat bij het leven." Zijn ogen waren een donker hazelnootbruin, en zo rusteloos als de vleugels van een vlinder. Hij zou veel aantrekkelijker zijn, bedacht Betty, als hij erin zou slagen kalm te blijven, zijn kleren netjes te houden en op te houden met al dat friemelen aan wat er ook maar binnen zijn bereik kwam.

"U zou met ons mee moeten komen naar El Salvador. De rust zal u goed doen."

"Ik heb de tijd niet. Ik ben al twee dagen te laat. Ik zou als een wrak aankomen. Te langzaam, veel te langzaam."

"Dat vind ik nu juist zo prettig," zei Betty. "Ik heb geen haast. Hoelang blijft de *Garda* in La Libertad?"

"Dat ligt aan de vracht. Misschien één dag, misschien twee. Misschien maar een paar uur. La Libertad is niet echt de moeite waard, een typische tropische havenstad, smerig als de zonde, heet als de hel. Om het echte landschap te ontdekken moet je het binnenland in. Bergen, bomen, bloemen, rivieren. San Salvador is een leuke stad, voor Midden-Amerikaanse begrippen."

"San Salvador, El Salvador. Ik haal ze altijd door elkaar."

"El Salvador is het land. San Salvador is de stad. Vraag me niet waarom. U zou een trip moeten maken naar het binnenland. Het is hier en daar echt pittoresk. En dan zijn er nog de meren."

"Ik zou dat best willen, maar als we maar een dag in de haven blijven —"

Alan maakte een zorgeloos gebaar. "Verlaat de *Garda* in La Libertad en reis dan volgende maand verder met de *Maggiore*. U zou heel Midden-Amerika kunnen zien voordat u verder reist naar Europa."

"Ik wist niet dat dat mogelijk was."

"Dat is zeker mogelijk. Als er plaats is, en dat is er meestal wel. Als u uw reis een maand wilt onderbreken, dan kunt u mij opzoeken in La Libertad."

"Ik denk dat ik waarschijnlijk gewoon met de *Garda* verder reis."

Alan dronk zijn espressokopje leeg. "We hebben het er wel over in La Libertad. Excuseer mij." Hij draaide zich om in zijn stoel, kwam overeind en liep de zaal door om zich over Isabelle te buigen. "Ben je klaar, lieveling? Over een uur vertrekt het schip."

Ze keek hem zonder enige expressie aan. "Ik ben nog niet eens aan mijn koffie begonnen."

"Nou, schiet dan op, dan gaan we samen aan dek."

"Ik heb geen zin om in de wind te gaan staan. Ik haat wind. Als we moeten gaan, waarom dan niet naar de salon, of de zitkamer, of hoe het dan ook heet."

"De zitkamer!" riep Alan met een wanhopige vrolijkheid. "Zitten doe je aan dek, in de dekstoelen! Dit is een vrachtschip, geen sanatorium!"

Mik Finsch sprak op humoristische toon: "De *Garda* is geen drijvend paleis, is het wel? Nee. Ik heb op heel veel eersteklas schepen gevaren. Maar de *Garda* zal ons brengen waar we moeten zijn."

"Precies," zei Alan. "Het is een prima manier om te reizen. Ik wou dat ik zelf mee kon!"

Isabelle stond op. "Laten we dan maar aan dek gaan, als jij dat wilt."

Alan liep met veel drukte naar voren en begeleidde haar de deur uit. Betty voelde een zekere sympathie voor Isabelle. Een echtgenoot als Alan kon je aardig op je zenuwen gaan werken.

Ze verliet de eetzaal en liep naar voren, in de richting van de boeg, waarbij ze zich een weg moest banen tussen de dokwerkers die over de luiken zwermden. Hier vond ze, lichtelijk tot haar verrassing, Sergeant McElroy, die op zijn knieën het dek bestudeerde.

"Op zoek naar aanwijzingen?" was Betty's niet helemaal geslaagde poging tot humor.

"Zo noemt met dat, neem ik aan." McElroy stond op. "Zo af en toe komen we sporen tegen: vezels, huid, bloed, dat soort zaken."

Betty keek om zich heen en huiverde. "U denkt dat het hier gebeurd is?"

"Mogelijk. Ik ben nergens zeker van."

"Het is wel het meest geïsoleerde plekje aan boord."

"Er zijn andere mogelijkheden. Het dek achter de reddingsboten, de windroos, de vleugels van de open brug."

"Heeft u nog iets nieuws ontdekt?" vroeg Betty ietwat timide.

McElroy schudde zijn hoofd. "Niet veel bijzonders. De stuurman zag iemand in lichte kleding naar voren gaan en zag ook weer iemand in lichte kleding terugkomen. De uitkijk zag iemand in donkere kleren naar voren gaan. Uiteraard letten ze niet echt op de details."

"Ted had een lichtgrijze trui aan. Betekent dat —"

"Het enige dat we hieruit kunnen afleiden is dat twee mensen naar voren zijn gegaan, en dat er maar een is teruggekomen."

"Maar in dat geval —"

"Het is niet voldoende," zei McElroy. "De kapitein is de enige die het zeker weet. Hij zegt dat het zelfmoord was. Ik kan hem niet tegenspreken. Er hangt een luchtje aan dit hele schip, maar voor hetzelfde geld komt dat gewoon uit de ballasttank... Dat briefje, bijvoorbeeld."

"Ja, dat briefje."

De fluit van het schip siste eerst, en floot vervolgens in een lange, klaaglijke stoot.

McElroy zuchtte diep. "Nou, het is zo'n beetje tijd voor mij om te vertrekken."

Ze liepen samen het dek af. Betty vroeg: "Is dit het enige onderzoek dat er gedaan gaat worden?"

"Daar lijkt het wel op. Technisch gezien is het de verantwoordelijkheid van de Italiaanse autoriteiten, en Italië is vijftienduizend kilometer hiervandaan. We hebben niet veel aanwijzingen."

"Ik wou dat ik iets zinnigs kon bedenken."

"Een zaak als deze is moeilijk te duiden. Het kan zijn dat Ted gesprongen is. Of dat hij tegen de grond geslagen is en overboord is gerold. Ik zou het graag zeker weten. Ik doe dit werk al twintig jaar, en ik vind het nog altijd erg opwindend als er iemand om het leven komt."

"Ik zou het ook wel willen weten," sprak Betty op grimmige toon.

McElroy lachte. "Nou, nogmaals tot ziens, en ik wens u een prettige reis verder."

"Dank u. Tot ziens."

2

Gele schijnwerpers schenen vanaf de kade; de masten en de kranen wierpen vreemde schaduwen over de luiken. Een sleepboot voer naar de boeg; matrozen gooiden een meerkabel omlaag, die werd vastgemaakt aan een ring op het dek van de sleepboot. De trossen aan de kade werden losgegooid; de sleepboot bracht het water in beweging, een donkere lijn verscheen tussen de kade en het schip. De telegraaf piepte, de machines ronkten, de *Garda* gleed de stroming in.

Betty, Alec en Ora, Nello en Harry Mayberry zaten in dekstoelen langs de reling te kijken hoe de lichten van Long Beach over het water weggleden. Zonder aanwijsbare reden begon Betty te huilen. De tranen stroomden over haar wangen terwijl ze zich beschaamd verontschuldigde tegenover de anderen.

"Het is heel normaal," zei Ora. "De opgekropte spanning komt los."

Betty wreef met de rug van haar hand over haar ogen. "Ik weet niet wat er ineens over mij heen kwam. Ik denk dat het de oceaan is — zo duister en droevig, met die mooie lichtjes achter ons."

"De duistere oceaan," sprak Alec met plechtige stem. "Een heel krachtig symbool — het staat gelijk aan de dood."

Ora maakte een afkeurend geluid.

"Schimp wat je wilt, maar het is de waarheid," zei Alec.

Betty lachte droefgeestig. "In ieder geval heb je gedeeltelijk gelijk. Ik zag de oceaan en dacht aan Ted."

Na een korte stilte sprak Harry Mayberry op speculerende toon: "Ik vraag me af hoe Kameraad Finsch zich vermaakt vanavond?"

"Hij is in de eetzaal," reageerde Nello met vrolijke stem. "Hij en Isabelle drinken een glaasje cognac samen."

"Ik was juist van plan haar iets te drinken aan te bieden," zei Harry Mayberry. "Maar nu denk ik dat ik dat maar achterwege laat."

"Ach — u houdt niet van concurrentie?"

"Ik wil de reis graag afmaken."

De *Garda* gleed naar het zuiden langs de kustplaatsen: Seal Beach, Hermosa Beach, Laguna Beach. Om halftwaalf gingen Alec en Ora naar beneden. Harry Mayberry begon te gapen en sprong overeind. Nello bleef hoopvol zitten, maar Betty, die Nello niet echt mocht, wenste hem een goedenavond en ging ook naar beneden.

Isabelle lag al in bed; ze rookte een sigaret en las de *New Yorker*. De patrijspoort was dicht; de hut leek buitengewoon warm en benauwd.

Isabelle keek op, knikte en las verder in haar tijdschrift. "Denk je niet dat het hier warm is?" vroeg Betty voorzichtig. "Misschien kunnen we beter de patrijspoort openzetten."

"Ik ben net over een verkoudheid heen," zei Isabelle. "Ik durf niet op de tocht te gaan zitten."

Betty gooide haar kleren uit, waste haar gezicht en ging op het bed liggen. Zweet liep in stralen van haar af, de lakens voelden plakkerig aan. Uiteindelijk viel ze in slaap, verdoofd door de warmte, gehypnotiseerd door het brommen van de motoren.

3

Betty werd wakker met hoofdpijn en gezwollen oogleden die zo zwaar aanvoelden als dakpannen. Ze bleef even lusteloos liggen, maar sprong toen als in een vlaag van razernij uit het bed. "Ik moet deze stinkende hut uit!"

Ze waste haar gezicht met koud water, poetste haar tanden; ze vroeg zich even af of ze zou kunnen douchen, maar het was al tien voor halfacht. Over tien minuten was het tijd voor het ontbijt. Isabelle lag nog steeds te slapen, met een gebronsde arm nonchalant over haar gezicht gedrapeerd.

Betty trok een spijkerbroek, een blouse en een paar sandalen aan, bond haar haren bij elkaar in een paardenstaart. Isabelle was inmiddels wakker en lag haar uitdrukkingsloos aan te kijken.

"Het ontbijt is over vijf minuten," zei Betty.

"Ik ben nog nooit in mijn leven zo vroeg wakker geweest," zei Isabelle. "Ik ben dol op slapen."

"Er is verder niet zo veel te doen," zei Betty. "Slapen, eten en lezen."

Isabelle's kille grijze ogen namen haar onderzoekend op. "Ik heb gehoord dat jouw vriendje overboord gesprongen is nadat jullie uit San Francisco vertrokken waren."

"Ja. Hij is gesprongen — of gevallen."

"Mensen die vallen laten geen briefjes achter."

"Mensen die springen gebruiken geen typemachines." Betty liep naar de deur. "Ik zie je zo beneden."

"Okidoki." Isabelle zwaaide haar slanke benen over de rand van het bed. Betty ging de hut uit.

In de eetzaal bleef ze even staan. Waar zou ze gaan zitten? Op haar oude plekje of aan de tafel achterin?

Verdraaid nog aan toe, dacht Betty, wie het eerst komt, die het eerst maalt. Ze ging op haar oude plek naast Alec zitten.

Alec trok zijn wenkbrauwen op. "Goedemorgen. Goed geslapen?"

"Goed genoeg. Waar is Ora?"

"Ze komt er zo aan. Jij en ik zijn vroeg vanochtend."

Behalve de Salvadoraanse dames, die altijd op tijd waren voor iedere maaltijd, waren zij de enige passagiers in de eetzaal.

Even later kwam Ora, gevolgd door Harry Mayberry en Nello. De kleine tafel achterin de eetzaal leek ineens op te vallen. Ik stel me aan, dacht Betty: mensen die zo nadrukkelijk hun rechten opeisen komen altijd verhit en onelegant over. Aan de andere kant vissen de aardige mensen altijd achter het net.

Isabelle kwam de eetzaal in, gekleed in een zwarte stierenvechtersbroek en een turquoise trui. Ze stond stil. Betty voelde de ijzige grijze ogen in haar nek prikken.

Isabelle ging bescheiden aan de achterste tafel zitten. Betty voelde zich warm en ongemakkelijk. De overwinning — als het al een overwinning was — voelde nogal hol.

Mik Finsch kwam de eetzaal ingeslenterd, gekleed in een witte linnen broek en een wit overhemd met korte mouwen. Hij ging naast de achterste tafel staan en sprak op een humoristische, zorgzame toon: "Ach, wat triest. Alleen, eenzaam, als een verloren kind.

Dat kunnen we niet toestaan. Als u het goed vindt, kom ik bij u zitten."

Isabelle wierp een snelle blik omhoog die de vraag van Finsch leek te beantwoorden. Hij ging in de stoel tegenover haar zitten. Blijkbaar was de tafelschikking nogmaals gewijzigd, en deze laatste verandering leek definitief.

4

Toen de passagiers naar het bovendek gingen waren de eerste blauwe vlekken tussen de wolken verschenen. Het vooruitzicht op zonlicht vrolijkte iedereen op. De Salvadoraanse dames gooiden ringen met meer kabaal en opwinding dan ooit. Harry Mayberry wees Nello op een volkomen ingebeelde zwarte vliegende vis. "Kijk dan…Te laat. Je bent gewoon niet snel genoeg. Daar is er nog een, zwart als de zonde…"

Alec en Ora discussieerden over de exacte kleur van Ora's haar. "Woorden zijn woorden en haren zijn haren," zei Ora ongeduldig. "Wat maakt het nu uit?"

"Je mist het belangrijkste punt. Woorden zijn de ruwe bouwstenen van poëzie, en van alle kunstvormen is poëzie de meest expressieve. Tomatenrood, steenrood. Dat zijn poëtische beelden."

"Barst maar met je poëzie. Zing je gedichten maar ergens anders. Gewoon rood is goed genoeg."

"Garnalenrood…Zonnebrandrood…Rhode Island Rood."

"Echt, Alec," zei Betty, "je bent helemaal niet aardig."

Ora lachte bitter. "De eerste twee jaar dat we getrouwd waren noemde hij me steevast Reynaerde."

Nello trok aan Betty's paardenstaart. "En dit dan? Een wonderbaarlijke creatie, vinden jullie ook niet?"

"Nello, blijf alsjeblieft van me af."

"Niets is zo decadent als de mode," verklaarde Nello. "Herenmode, damesmode. Denk je eens in hoeveel parasieten er in een creatie als deze kunnen huizen!" Hij wees naar de paardenstaart. "In communistische landen is dit verboden, net als jazzmuziek en Coca-Cola. In Rusland zouden ze dit doen." Hij pakte de staart en deed alsof hij hem wilde afknippen.

Betty maakte Nello's vingers los. "Aangezien wij kapitalisten zijn mogen we helemaal zelf weten wat we met ons haar doen."

"Ik wil zo niet worden aangesproken!" zei Nello vastberaden. "Ik ben geen kapitalist."

"Nee?" vroeg Harry Mayberry. "Wat ben je dan? Methodist?"

"Ik ben een communist," sprak Nello waardig. "Zoals iedere man met een geweten."

"Daarom is Nello zo bescheiden over zijn titel," gniffelde Harry Mayberry. "Hij wil niet dat mensen denken dat hij een aristocraat is."

"Nello is een aristocratische communist," verklaarde Betty.

Nello schudde zijn mooie hoofd. "Jullie lachen om mij, maar ik heb dingen gezien die jullie niet zouden willen geloven, al zou ik er een uur over volpraten. In India zijn mensen die alles, maar dan ook alles willen doen voor een of twee roepies."

"En nog minder ook, volgens Nello, als je een beetje afdingt," zei Harry Mayberry.

"De wereld is aan het veranderen, rond jullie voeten aan het verkruimelen," waarschuwde Nello. "De dinosaurussen zijn uitgestorven, de feodale baronnen —"

"Als je het over de duivel hebt," mompelde Ora toen Mik Finsch het dek op kwam. Hij liep ongehaast naar het groepje in de dekstoelen en liep langs hen heen naar de vleugel van de open brug.

Harry Mayberry wendde zich tot Betty. "Waar is die mooie kamergenote van je?"

"Ik heb geen idee. Het kost me moeite genoeg om te onthouden waar ik zelf ben."

Vijf minuten later verscheen Isabelle aan dek. Ze had haar trui omgeruild voor een strapless zwart hemdje. Ze bleef onder de overkapping staan, wisselde enkele beleefde opmerkingen met Alec en Nello, negeerde Betty, Ora en Harry Mayberry. Vervolgens ging ze aan de andere kant van het dek zitten en begon haar *New Yorker* te lezen.

Finsch ijsbeerde kalmpjes over de open brug. Hij ging op de stuurboord-vleugel staan om de lucht te inspecteren, om een bedachtzame wolk sigarenrook naar de horizon te blazen. Hij draaide zich om, liep naar de bakboordvleugel en bleef daar staan om de droge heuvels van zuidelijk Californië te bekijken. Blijkbaar was hij tevreden met wat hij zag; hij knikte, wendde zich af, en tot zijn grote verrassing stond er ineens een dekstoel, met daarin Isabelle Calder, lui achteroverleunend.

"Aha," zei Finsch. "De lucht klaart op."

"Inderdaad," zei Isabelle.

"Uw echtgenoot," zei Finsch met een veelbetekenende schalkse halve glimlach, "zou er waarschijnlijk bezwaar tegen hebben als ik met u praat?"

"Ik stel me zo voor van wel."

Finsch trok een stoel bij. "Het was een fout van Alan om zijn mooie vrouw alleen te laten reizen."

"Hij heeft me gewaarschuwd voor mannen zonder scrupules," zei Isabelle. "Ik heb hem uitgelachen. Mensen met scrupules zijn altijd zo saai; Alan heeft zoveel scrupules dat ik het bijna gênant vind."

Finsch leek na te denken. "Heb ik scrupules? Of niet? Ik weet het niet. Het is niet iets waar ik me druk over maak. Ik hoop in ieder geval dat ik u nooit in verlegenheid zal brengen."

Isabelle strekte voorzichtig haar tenen. "Dank u wel."

Betty bekeek het tafereel van de andere kant van het dek. Isabelle rolde haar tijdschrift op tot een stevige koker waarmee ze tegen haar heup tikte terwijl ze sprak. Haar ijzige grijze ogen glommen, het air van somber misnoegen was verdwenen. Een vrouw met wisselende stemmingen, dacht Betty. Finsch leek het ook nogal naar zijn zin te hebben. Betty sneerde in zichzelf. Jaloers? Natuurlijk niet. Het was alleen dat — nou… Nou wat? Betty dacht na over hoe ze eruitzag. Spijkerbroek, geruite bloes, paardenstaart. Ze ging na wat ze aan kleding in de kast had hangen. Grijze gebreide jurk: te warm. Witte korte broek, wit poloshirt. Beter — maar nog altijd niet in dezelfde klasse als Isabelle met haar strakke zwarte broek. Ik negeer ze gewoon allebei, dacht Betty. Het is belachelijk om te concurreren. Zelfs als ze zou winnen, wat zou de prijs dan zijn? Finsch?

5

De lunch was voorbij: *antipasto, cannelloni*, een salade van waterkers en komkommer, kip *cacciatore*, rosbief. Isabelle gaapte en rekte zich uit.

"Ik moet echt mijn spullen gaan uitpakken, maar eigenlijk wil ik alleen maar slapen."

"Ik heb maar weinig bezittingen," sprak Finsch. "Ik ben binnen een uur klaar om te vertrekken, naar welk deel van de wereld dan ook."

"Hemel!" riep Isabelle lieftallig uit. "Het kost me een week om de energie te verzamelen. Ik ben van nature een lui mens!"

"Ik ben ook lui," beweerde Finsch. "Maar ik heb mijn hele leven lang hard gewerkt! Zo verschrikkelijk hard! Maar nu niet meer." Hij hield een lucifer bij zijn gebruikelijke sigaar na de lunch. "Het werk is voorbij. Nu moeten anderen voor mij werken."

"Dat is allemaal leuk en aardig," zei Harry Mayberry vanaf zijn plaats aan de middelste tafel. "Maar je moet dat wel weten vol te houden."

"Waarom niet?" vroeg Finsch. "Ik ken heel veel mooie plekken waar de beste dingen in het leven te vinden zijn. In Madeira, in Majorca, in Istanboel, kan zelfs een arme man comfortabel leven, en ik ben niet arm."

"U heeft geluk," zei Isabelle. "Ik heb niet veel gereisd. En als je Alan hoort, dan is El Salvador zo'n beetje Shangri-La."

Finsch trok aan zijn sigaar, maar zei niets. Betty voelde een steek van medelijden met Isabelle. Alan had blijkbaar een heel romantisch beeld geschetst. Hoe had hij La Libertad omschreven? "— een typische tropische havenstad, smerig als de zonde, heet als de hel." Er stond Isabelle een schok te wachten. Geen wonder dat Alan zo nerveus was.

Isabelle verontschuldigde zich en verliet de eetzaal. Finsch boerde zacht, trok aan zijn sigaar en legde zijn vlakke handen op de tafel. "Ik denk dat ik ook maar eens ga uitrusten. Maar eerst nog een rondje over het dek om de lunch te laten zakken, dat is het beste." Hij hees zichzelf overeind en wandelde de gang in.

Enkele ogenblikken bedachtzame stilte volgden op zijn vertrek.

"Ik denk," zei Harry Mayberry terwijl hij in de verte staarde, "ik denk dat er graafwerken zijn bij het kruispunt."

"O, ja?" vroeg Alec fijntjes.

"Ik kan het ruiken. Je kunt een oude expert niet voor de gek houden. Er is uiteraard nog niets definitiefs gebeurd."

Betty voelde het schaamrood naar haar kaken stijgen bij de gedachte aan haar eigen korte affaire met Mik Finsch. Ze vroeg zich af of Harry in haar geval ook de diagnose van 'graafwerk bij de kruising' gesteld had. Het hele idee ergerde haar zo dat ze tegen hem in ging. "Ze heeft pas gisteravond afscheid genomen van haar man; ze ziet hem over een week weer terug!"

Harry Mayberry keek haar aan met een blik zo vol kennis, zo cynisch en zo liederlijk dat Betty er verder maar het zwijgen toe deed.

HOOFDSTUK V

1

DE GARDA WAS VIJF DAGEN onderweg vanuit Los Angeles, en halverwege La Libertad. De bergen van Jalisco staken scherp omhoog, als gebroken tegels, vijftien kilometer naar het oosten. De zee glansde als speksteen, het weer was heet, de lucht was onbewolkt maar bleek en mistig.

Na vijf dagen voelde Betty zich alsof ze nooit ergens anders gewoond had. Haar medepassagiers? De omstandigheden hadden hun karaktertrekken aangescherpt zoals water de kleur van droge kiezels intenser maakt. Betty vond hen de meest unieke personen ter wereld. In een brief naar Tante Ethel trachtte ze een korte karakterbeschrijving van iedereen te geven. Ze schreef:

> Dit zijn de mensen in mijn leven. Zoals u wel gemerkt zult hebben ben ik niet over iedereen even enthousiast. Mik Finsch en Isabelle klitten samen en laten niemand anders toe. De rest vermoedt uiteraard het ergste.
>
> Het effect van de verdwijning van Ted — ik neem aan dat we het zelfmoord moeten noemen — begint langzaam maar zeker te slijten. Het lijkt nu al alsof het jaren en jaren geleden is gebeurd — het effect van dit leven aan boord. Ik kan nog steeds niet geloven dat het gebeurd is. Het lijkt absoluut onwerkelijk. Ik neem aan dat het voor die arme Ted wel degelijk reëel genoeg is. Op Ted en mijn temperamentvolle blonde kamergenote na is de reis plezierig genoeg. Als ik me niet vaag schuldig zou voelen over Ted — maar ik weiger dat nog langer te doen. Het

was mijn schuld niet, en ik ga mijzelf niet inbeelden dat ik op
de een of andere manier in de rouw ben. U moet niet denken
dat ik harteloos ben; het is gewoon zo dat het leven doorgaat,
en Ted betekende sowieso helemaal niets voor mij. Het blijft
vreemd, maar het heeft geen zin om er te lang over na te denken.
Misschien was het een of ander ongeluk. Welnu, genoeg over Ted.
Ik zal het niet meer over hem hebben. Isabelle zal het schip in La
Libertad weer verlaten. Ik wou echt dat ze die Mik Finsch mee
zou nemen! Maar aangezien haar echtgenoot haar zal komen
ophalen neem ik aan dat dat niet tot de mogelijkheden behoort.

Ik slaap tien tot twintig uur per dag, en ik ben bang dat ik
zwaarder begin te worden. Het schip vaart gestaag met een snel-
heid van elf knopen, er zijn bakken zonlicht en ik heb nu al de
kleur van een te lang gebakken wafel. Dus tot de volgende keer...

Betty ondertekende de brief en herlas hem. Ze had veel geschreven, maar nog meer weggelaten. Terwijl ze de envelop dicht likte keek ze naar de andere kant van het dek, waar Isabelle Calder lag te zonnen in een extreem korte broek en een haltertopje dat niet veel groter was dan de gemiddelde zonnebril. Haar kleur was nog mooier dan die van Betty. Finsch was binnen, hij was na de lunch even gaan slapen, zoals zijn onvermijdelijke routine dat voorschreef. Betty keek stiekem naar Isabelle. Haar gezicht in ruste was lief en kinderlijk. Hoe had die nerveuze, transpirerende Alan Calder haar ooit weten over te halen om met hem te trouwen? Het was een onoplosbaar raadsel.

In één opzicht was Isabelle de ideale kamergenote: ze was stil. Ze sprak zelden of nooit en liet Betty absoluut met rust. De concurrentiestrijd waar Betty bang voor was geweest, was nooit van de grond gekomen omdat Isabelle zich gedroeg alsof ze al gewonnen had. Betty voelde een mengeling van ergernis en opluchting hierover. De dierlijke aantrekkingskracht van Finsch had net als een magneet twee polen: het stootte evenzeer af als dat het aantrok. Betty voelde nu nog slechts afkeer voor Mik Finsch. Maar niettemin had hij zijn attenties jegens haar wel gênant snel afgebroken. IJdelheid, ijdelheid! dacht Betty. Ze keek nogmaals stiekem naar Isabelle, keek en vergeleek. Ze waren even groot, met hetzelfde ronde, slanke figuur, en ze waren allebei zongebruind. Daar hield de gelijkenis ook wel op. Betty's gezicht was gewoontjes en asymmetrisch, en haar charme zat hem meer in haar uitstraling van vrolijke vrijgevigheid. Isabelle had een perfect gevormd gezicht, en spreidde een bijna onbeschaamde levendigheid tentoon. Ze stond altijd schitterend op foto's, terwijl Betty als ze kiekjes bekeek vaak het gevoel had dat iemand een grap met haar had uitgehaald.

Isabelle draaide haar hoofd om en zag Betty naar haar staren. Ze trok haar wenkbrauw een haarbreed omhoog en ging anders liggen. De zon was echter erg heet, en Isabelle besloot dat ze lang genoeg had liggen bakken. Ze stond op, liep het dek over en verdween.

Ik zal me deze reis nog lang heugen, dacht Betty. En hij is nog maar net begonnen. Maar als ik het nog vijf dagen volhou ... Plotseling kwam er een gedachte op in Betty. Na het zonnebaden wilde Isabelle altijd even douchen. Betty sprong op alsof ze gestoken was. Ze rende naar beneden.

Te laat. Uit de douche klonk het geluid van stromend water. Betty's schone handdoek was nergens te bekennen. De handdoek van Isabelle lag, nat en platgetrapt, in de hoek waar ze hem die ochtend na haar douche had neergesmeten.

Betty ging op het bed zitten. Nog vijf dagen. Op de avond van Isabelle's vertrek zou ze zichzelf op champagne trakteren ... Maar Mik Finsch zou blijven. Betty bad. Lieve God, laat ze alstublieft samen vertrekken!

2

In haar brief had Betty veel geschreven en veel weggelaten. Terwijl ze met de brief tegen haar vingers tikte dacht Betty na over de gebeurtenissen van de afgelopen vijf dagen. Zonder Isabelle zou het een heerlijke reis geweest zijn. Zelfs de aanwezigheid van Finsch zou draaglijker geweest zijn — tenslotte hoefde ze geen hut te delen met Finsch.

Betty probeerde eerlijk te zijn. Misschien dat ze allebei wel fouten maakten, misschien was zij wel even schuldig als Isabelle ... Nee. Betty zette dat idee van zich af. Niemand kon zo irritant zijn als Isabelle. Omdat ze zich ergerde over de noodzaak om een hut te delen, had Isabelle besloten de zaken zo in te richten als zij dat wilde.

Als Betty bezwaar maakte, dan moest ze Ted maar achterna springen; dat las Betty in ieder geval af uit de manier waarop Isabelle kribbig haar schouders ophaalde. Om te beginnen was daar de onenigheid over de patrijspoort. Isabelle had die eerste nacht haar zin gekregen en de patrijspoort was dicht gebleven. De tweede nacht was nog warmer geweest dan de eerste. Betty was al uit haar humeur omdat Isabelle een derde douche had genomen en de handdoek van Betty had geleend. Toen Betty naar bed ging was de patrijspoort gesloten geweest, en de hut stonk naar sigaretten, parfum, menselijke adem en natte handdoeken.

Betty stond in de deuropening en sprak met zachte, verwonderde stem: "Hoe hou je dit uit? Het is hier om te stikken!"

Isabelle keek even op van haar tijdschrift. Ze was fris als een lelie. "Blijkbaar heb je een snelle verbranding. Het is hier precies goed."

"Ik kan er niet tegen. We moeten frisse lucht hebben."

Isabelle huiverde. "Er staat een vreselijk koude wind vannacht. Ik haat wind."

"Waarom kruip je dan niet onder de dekens?" vroeg Betty. "Je mag mijn deken wel hebben."

Isabelle deed alsof ze het niet hoorde.

Betty zei: "Ik hoop dat je roostert," en ging de hut uit.

Ze beende met nijdige passen naar de eetzaal. Daar waren Mik Finsch en Harry Mayberry bezig om Nello in te wijden in de regels van het pokeren. Betty ging bij hen zitten om te kijken, en begon Nello al snel van advies te voorzien.

Het spel liep niet goed af. Om één uur liep Betty somber de trap op, zo vervuld van Mik Finsch dat Isabelle's koppigheid niet langer zo belangrijk leek.

Ze deed zachtjes de deur open, deels uit consideratie, deels omdat ze wilde proberen om stiekem voor elkaar te krijgen wat ze met luid protest niet had kunnen bereiken. Isabelle zou dan misschien dood kunnen gaan aan een longontsteking, maar er moest gewoon frisse lucht in de hut komen. Betty zette de deur met de haak op een kier en sloot het gordijn, dat speciaal om deze reden boven de deur was gehangen. De gordijnringen ratelden. Isabelle kwam overeind op haar elleboog. "Wat ben je aan het doen?"

"Ik laat wat frisse lucht de hut binnen."

Isabelle zei klaaglijk: "Ik kan niet slapen als de halve bemanning mij kan zien liggen."

"Ik vind het ook niet prettig," zei Betty op redelijke toon. "Maar het is beter dan stikken."

Isabelle liet zich weer op haar kussen vallen. "Verdomme... Nou, doe dan die patrijspoort maar open als het zonodig moet."

"Het is een warme nacht."

"Poeh."

Betty sloot de deur, deed de patrijspoort open. Ze kleedde zich uit en klom haar bed in. De lakens stonken naar oude tabak. Betty zuchtte. Voor het eerst vroeg ze zich af of tien dagen met Isabelle wel uit te houden zouden zijn. Ze had wel verwacht dat er kleine irritaties zouden zijn... Het beste ervan maken — de risico's van het reizen — tien dagen, nu nog maar acht...

Betty werd met hoofdpijn wakker. De patrijspoort zat weer dicht, en het daglicht dat erdoor scheen had de kleur van melk met water.

Betty sleepte haar benen uit bed en ging zitten. Ze greep naar haar horloge en las met enige inspanning de tijd af. Halfzeven. Isabelle draaide zich om en werd wakker. Ze zag er fris en koel uit.

"Goedemorgen," zei Betty op neutrale toon.

"Goedemorgen," zei Isabelle.

Nog acht dagen, dacht Betty. God geve haar de kracht om het te verdragen! Het kon alleen nog maar erger worden voordat het beter werd.

3

Het werd overdag nu zo warm dat de patrijspoort openbleef zonder verdere onenigheid. Maar naarmate het warmer werd begon Isabelle steeds vaker te douchen — als ze wakker werd, na het zonnebaden, voor het avondeten, voordat ze naar bed ging, en op ieder willekeurig moment dat ze er zin in had. De eerste paar keer dat ze een douche nam gebruikte Isabelle haar eigen handdoek, maar daarna pakte ze vaak zonder na te denken die van Betty. Als Betty dan zelf wilde douchen was er niets anders over dan een natte prop textiel. Na de tweede keer dat dit gebeurde liet Betty haar handdoek zien aan Isabelle. "Ik hang mijn handdoek hier — aan deze haak. Dit is jouw handdoek — nu hoeven we ons niet meer te vergissen!"

Isabelle knikte zonder noemenswaardige interesse, en voor de derde dag achtereen...vroeg Betty geïrriteerd: "Alsjeblieft, Isabelle, kun je niet gewoon je eigen handdoek gebruiken Elke keer dat ik hem wil pakken heb jij hem al gebruikt."

"Ik neem aan dat ik een lastige kamergenote ben," zei Isabelle op een niet erg overtuigende verontschuldigende toon. "Maar goed — het maakt verder niet zoveel uit. Het is niets om je druk over te maken. Laat de steward hierheen komen, hij kan armenvol handdoeken brengen."

"Dat is nu precies mijn punt," zei Betty. "Hij brengt mij iedere dag een schone handdoek. Ik heb er maar eentje nodig. Waarom regel jij zelf niet iets met hem? Vraag of hij twee of drie handdoeken kan brengen?"

Isabelle snoof en haalde haar schouders op. "Dat is nou precies waar ze op zitten te wachten. Als je om extra diensten vraagt, dan verwachten ze een fooi. Het is niet dat ik gierig ben, maar ik vind dat ze hun werk moeten doen zonder hun hand op te houden."

Betty bleef zonder weerwoord op het bed achter terwijl Isabelle naar buiten wandelde om zich bij Mik Finsch te voegen.

Op de vierde dag vouwde Betty haar handdoek op en legde hem in haar kledingkast, volkomen tevreden met de gedachte dat Isabelle zich nu enorm aan haar zou ergeren.

Op de vijfde dag schreef ze haar brief aan Tante Ethel. Bruno, de steward, was laat met het opruimen van de kamers, en Betty was vergeten voorzorgsmaatregelen te nemen. Isabelle had een schone handdoek nodig gehad en de eerste de beste gepakt.

Intussen had Betty wat meer inzicht gekregen in Isabelle's gedachtenprocessen. Toen ze dus terugliep naar het bovendek was ze niet alleen boos, maar ook lichtelijk geamuseerd. Isabelle gebruikte haar frontaalkwabben zo min mogelijk, en gaf er de voorkeur aan om zich te laten leiden door de impuls van het moment. Het verleden en de toekomst waren vage begrippen voor Isabelle, maar ter compensatie was haar heden buitengewoon levendig en kleurrijk. Ze genoot met volle teugen, ze ergerde zich met diepe walging. Isabelle kon er niet tegen om zich plakkerig te voelen: ze moest douchen. Isabelle had dus een handdoek nodig. Er waren er twee, de ene nat en slap, de andere schoon en droog. Het was eenvoudig te voorspellen welke van de twee Isabelle zou oppakken. Klachten? Daar zou ze zich later wel druk om maken, of liever gezegd, die zou ze later wel negeren... Betty zuchtte diep. In dit geval stond *tout comprendre* helemaal niet gelijk aan *tout pardonner*. Maar ze moest er maar mee leren leven. Er zat niets anders op. Over vijf dagen zou Isabelle nog slechts een herinnering zijn.

Mik Finsch kwam de trap op; de top van zijn breedgerande hoed kwam eerst in zicht, toen zijn donkere hoofd met de grove gelaatstrekken; toen zijn massieve schouders, zijn brede romp in een blauw overhemd met korte mouwen; daarna volgden de heupen gehuld in een beige korte broek en de blote, gespierde benen; als laatste volgden zijn voeten in witte gymschoenen. Hij knikte Betty uitermate vriendelijk toe en liet zich met een zwaai en een kreun in de schaduw neervallen, waarna hij een sigaar opstak waar hij met smaak aan begon te trekken.

Betty keek vanuit haar ooghoek naar hem. In haar brief had ze gehint naar de kameraadschap die er groeide tussen Isabelle en Finsch, maar ze had de saillante details achterwege gelaten. Er was iets aan deze hele situatie — een gemak, een brutaliteit, een schaamteloosheid — dat Betty buitengewoon shockerend vond. Geen van beide leken ze zich iets aan te trekken van de meningen van de andere passagiers, hoewel ze aan dek wel min of meer de schijn ophielden. Zodra Isabelle verscheen liep Finsch naar haar toe, de zware geur van zijn sigaar meevoerend in de wind. Dan zetten ze hun dekstoelen naast elkaar en spraken geanimeerd en met veel humor met elkaar, tot de halve glimlach van Finsch zich verbreedde in een grijns terwijl het gezicht van Isabelle een levendigheid vertoonde die ze blijkbaar bewaarde voor dit soort gelegenheden; ze zou haar hoofd schuin houden, haar lippen tuiten, haar wenkbrauwen optrekken, provocerend met haar heupen draaien.

Het was voornamelijk Finsch die aan het woord was, in lange, afgemeten zinnen of enorm botte grappen die Isabelle blijkbaar goed bevielen, want haar klaterende lach was over het hele dek hoorbaar. Af en toe ging ze met plotselinge opwinding rechtop in haar stoel zitten om hem tegen te spreken, uit te dagen of te plagen. Wat hen betrof reisden ze samen op hun eigen persoonlijke jacht. Ze negeerden de rest van de passagiers volkomen. Wanneer de zon onder het afdak kwam

verhuisden ze naar een koelere plek op het dek, of soms direct boven
Hut #2.

Dit veroorzaakte een vreemde en memorabele situatie. In het plafond van iedere hut onder het dek zat een ventilator, die door een lage,
paddenstoelvormige kap beschermd werd tegen de weersinvloeden.
Deze stalen paddenstoelen groeiden overal op het dek. Niemand sloeg
er acht op — behalve Betty. Een keer of twee was het namelijk voor-
gekomen dat zij in de hut zat terwijl Finsch en Isabelle Calder recht
boven haar zaten. Ieder woord dat ze spraken filterde door de ventilator
naar beneden, zacht, maar met onnatuurlijke helderheid. De eerste
keer dat het gebeurde had Betty het ongemakkelijk en gênant gevonden; de tweede keer was ze behoorlijk geschrokken.

Soms liepen Finsch en Isabelle samen naar de boeg om vliegende
vissen of dolfijnen te bekijken. Soms zaten ze in de eetzaal met een fles
bier of een glas cognac. Soms verdwenen ze en zag Betty ze urenlang
niet meer. Soms verdween Alec of Ora ook wel, of Harry, of Nello, maar
ze wist altijd waar zij waren en wat ze deden. Als Finsch en Isabelle
verdwenen kon Betty er ook wel naar raden waar ze heen waren en wat
ze aan het doen waren.

Aan de andere kant van het dek nam Finsch zijn hoed af om zichzelf koelte toe te wuiven. Hij nam de sigaar uit zijn mond, bekeek hem
goedkeurend, stak hem terug en nam een lange, diepe teug, waarna
hij de rook langzaam uit zijn mond liet ontsnappen. Een weerzin-
wekkende man, vond Betty. Fascinerend om te zien, dat wel, met zijn
grote donkere gezicht en zijn sfinxachtige glimlach. Maar hij was geen
prettig mens, absoluut niet. Onder het masker van vriendelijkheid
was hij duister, fel en geniepig. Hij kon ontzettend slecht tegen zijn
verlies. Betty dacht terug aan het spelletje poker op de tweede avond
aan boord. Nello kende het spel niet, en daarom was hij zwaar aan het
verliezen; tot Betty hem begon te helpen en Nello begon te winnen:
eerst weinig, maar toen steeds meer — potten van vijftien cent, vijfentwintig cent, zestig cent met een full house tegenover de drie azen van
Finsch.

Naarmate de munten zich voor Nello opstapelden werd Finsch
steeds minder joviaal. Zijn grijns was nog slechts gemaakt vrolijk, zijn
blik werd doffer. Nadat Nello zestig cent gewonnen had, wonnen Harry

Mayberry en Finsch ieder een klein bedrag, waarna Nello een straat bij elkaar kreeg en nogmaals vijftig cent won.

Harry Mayberry had zijn handen ten hemel geheven. "Ik ben er klaar mee!"

"Schei je ermee uit?" had Finsch gevraagd.

"Ik ben blut, tenzij ik een briefje van twintig aanbreek, en daar heb ik geen zin in. Ik weet wanneer ik verslagen ben: het gebeurt me vaak genoeg."

"Beginnersgeluk," bromde Finsch. Hij ging dichter bij de tafel zitten. "We kunnen nu niet stoppen. Ik sta op verlies."

"Zo werkt het altijd," zei Betty. "Dat is de theorie van het spel. Iemand wint, en een ander verliest."

"Meestal ben ik dat," zei Harry Mayberry. "Ik ben blij dat ik nu eens niet de enige ben."

"We zijn nog niet klaar," zei Finsch terwijl hij ernstig van de een naar de ander keek. "Ik lig drie dollar en eenenveertig cent achter."

"O, mij best," zei Harry Mayberry. Hij wendde zich tot Nello. "Leen me eens een dollar of twee."

"Waarom niet?" zei Nello goedgemutst. "Hier — twee dollar."

Finsch pakte een grote zwarte portefeuille uit zijn binnenzak en trok er twee briefjes van vijf uit. "Nu spelen we."

Bij de eerste hand keek hij zorgvuldig naar zijn kaarten en opende met vijftig cent.

"Au!" mompelde Harry Mayberry. "Dat is niet misselijk."

"Nu spelen we echt," zei Finsch.

Nello had alleen maar een paar tienen. Betty gebaarde dat hij moest passen, maar Nello, die overmoedig was geworden na een aantal gelukkige spelletjes, negeerde haar. Hij gooide vijftig cent in de pot. Harry paste. Finsch trok twee kaarten, Nello trok er drie. Er zat niets bij waar hij iets aan had, en hij deed geen enkele moeite om zijn teleurstelling te verbergen. Betty keek naar Finsch en zag hem naar zijn eigen kaarten kijken. Ze voelde meer dan dat ze zag hoe hij een besluit nam. Met onheilspellende precisie schoof hij een dollar de pot in. Nello werd hier onzeker van. Hij maakte aanstalten om zijn hand neer te leggen, maar Betty reikte langs hem heen. "We zien uw dollar en maken er twee van."

De grijns van Finsch verbreedde zich en zijn tanden schitterden. "Heel goed. Twee dollar, en nog twee van mij."

"Ik dacht dat we gewoon voor ons plezier speelden," protesteerde Harry Mayberry.

"Ik heb een heleboel plezier," zei Finsch.

"Ik ook," reageerde Betty vrolijk. "Nog twee dollar. En dan verhogen we met —" ze telde "— twee dollar en zevenenzestig cent — meer hebben we niet."

"Twee dollar zevenenzestig," herhaalde Finsch op klinkende toon. "Ik verhoog met tien dollar."

"Dat kan niet," zei Harry Mayberry tegen hem. "Je kunt alleen maar aanvaarden."

Finsch keerde langzaam zijn grote hoofd naar Harry toe. "Ik volg dat soort onzinnige regeltjes niet."

Harry haalde zijn schouders op. "Dat zijn de regels van het spel. De inzet is beperkt tot het geld dat op tafel ligt. Als iemand zijn laatste geld inzet, dan moet de ander dat aannemen of zijn kaarten wegleggen. Anders zouden miljonairs ieder spel winnen."

Finsch knikte langzaam. "Goed dan. Laat maar zien."

Nello aarzelde om zijn twee tienen op tafel te leggen. Betty pakte de kaarten uit zijn hand en legde ze op tafel. "Een paar tienen," verklaarde ze vrolijk. "En wat heeft u?"

Finsch knikte nogmaals, en stopte bedachtzaam zijn kaarten terug in het dek. "U bent heel slim. Maar ik speel nooit op deze manier."

"Wij hebben geen behoefte aan uw koffieplantage," zei Betty, "dus we dagen u niet verder uit."

"Dank u," zei Finsch. "Hoewel ik niet langer een koffieplantage bezit…Wel, dat is wel genoeg voor vanavond."

"Nee," riep Nello uit. "Nu drinken we cognac. Ik heb een liter in mijn hut."

"Goed," zei Finsch. "Ik zal een glas cognac met jullie drinken."

Nello ging zijn fles halen en Betty stond op. "Ik ga naar bed. Welterusten allemaal."

"Kom terug, schoonheid," zei Harry Mayberry, terwijl hij probeerde haar te grijpen. Betty ontweek hem echter en rende de trap op naar haar bed.

De volgende dag had Harry Mayberry zich beklaagd over zijn kater, terwijl Nello ongewoon stil was. Finsch was zijn gebruikelijke vriendelijke zelf, en Betty hoorde uiteindelijk van Harry dat het spel bij de fles cognac hervat was. Finsch had zijn geld teruggewonnen, plus nog tweeëntwintig dollar meer.

Betty slikte haar eerste impulsieve opmerking in. In plaats daarvan zei ze: "Misschien heeft Nello zijn les nu geleerd."

"En ik ook," zei Harry Mayberry. "Ik geef de voorkeur aan een vriendelijk spelletje — of ik nu win of verlies."

"Sommige mensen kunnen er niet tegen om te verliezen," zei Betty.

"Nou ja, gelukkig is Nello alleen zijn geld maar kwijtgeraakt," antwoordde Harry.

Dit was drie dagen geleden gebeurd. En nu, terwijl Betty op het dek zat en vanuit haar ooghoeken naar Finsch keek, vroeg ze zich af wat er zou gebeuren als Finsch straks in La Libertad Isabelle zou verliezen.

Drie dagen later werd er een licht geworpen op deze vraag, toen het schip nog geen zesendertig uur van La Libertad verwijderd was. Het nieuws bereikte Betty via de ventilator — dit was de tweede keer dat Betty zonder het te willen een gesprek afluisterde. De eerste keer dat het gebeurde was op de ochtend nadat de *Garda* de tropen binnengevaren was en zich naar het zuidoosten gewend had, voorbij Kaap Falso aan de punt van Baja California. Toen was het tien uur geweest; Betty zat op haar bed om de rits van haar korte broek te repareren. In de verte hoorde ze stemmen; Betty besteedde er geen aandacht aan; er klonken altijd wel ergens stemmen op diverse plekken op het schip. Deze stemmen waren echter weliswaar heel zacht, maar wel verbazend helder. Betty herkende onbewust het brommen van Finsch en de heldere sopraan van Isabelle. En op dat moment had een woord van universeel belang haar aandacht getrokken: "— geld." Het was Isabelle's stem, vaag en licht als de stem van een elfje. "Hij heeft drieduizend dollar besteed aan mijn operatie, en dat is het enige waarover hij kan praten. Ik heb een hekel aan dat soort mannen. Het soort dat altijd precies tot op de cent nauwkeurig weet hoeveel geld hij op zak heeft."

Isabelle had het blijkbaar over haar echtgenoot — wie anders? Ze leek niet te beseffen dat Finsch inmiddels al berucht was als de gierigste man aan boord van het schip.

Uit de ventilator klonk de zware bariton van Finsch, minder helder dan de stem van Isabelle, maar het klonk als een vraag, in de trant van: "Een operatie van drieduizend dollar? Dat is een heleboel geld."

"Jawel," zei Isabelle op een schattige toon. "Maar ben ik dat dan niet waard?"

"O, veel, veel meer." En toen zei Finsch iets dat Betty blozend in elkaar deed krimpen, maar dat Isabelle blijkbaar reuze grappig vond, want ze lachte haar zilveren lach.

Toen vroeg Finsch nog iets — iets over de operatie. Isabelle hield abrupt op met lachen. Heel even, bijna onmerkbaar, leek ze te aarzelen, maar toen zei Isabelle: "Mijn neusholtes. Die waren gedraaid als kurkentrekkers. Het was een heel vervelende operatie. Je kunt de littekens gelukkig nauwelijks zien."

"O, ja. Inderdaad, ja."

Betty maakte haar naaiklusje af. De conversatie was op een vreemde manier fascinerend, maar toen ze haar broek aantrok was het geluid van haar beweging genoeg om de zwakke conversatie te overstemmen.

Dit was de eerste keer geweest dat ze Mik Finsch en Isabelle had horen praten. De tweede keer was vier dagen later, onder vrijwel dezelfde omstandigheden. Het was wederom tien uur in de ochtend. Betty was Hut #2 ingegaan om een nieuw rolletje in haar camera te doen. Boven zich hoorde ze stemmen. Betty luisterde, half-beschaamd, half-geïnteresseerd. Ze zaten nu dichter bij de ventilator; de stemmen waren duidelijker te verstaan. Isabelle beklaagde zich over de hitte. "Ik had me nooit kunnen voorstellen dat het zo heet zou kunnen zijn! Ik kom net uit de douche en nu plak ik alweer!"

"Hitte hoort er nu eenmaal bij in de tropen," zei Finsch met absolute ernst. "Dit stelt nog niets voor. El Salvador is een stuk warmer."

"Dat alleen al is een reden voor mij om niet van boord te gaan," verklaarde Isabelle. Betty knipperde met haar ogen. "Ik weet niet wat Alan zich in het hoofd haalde toen hij me zei dat San Salvador hetzelfde klimaat had als Los Angeles."

"San Salvador is koeler dan La Libertad, dat is zo," gaf Finsch toe. "Het ligt hoger, dus er is ook meer wind. Maar om nu te zeggen dat het koel is — nee."

"Alan had waarschijnlijk durven zweren dat het zo koud als Labrador was om maar te zorgen dat ik zou willen komen. Hij heeft honderd dollar bespaard door me met deze ouwe schuit te laten reizen — en je wilt niet weten wat voor verhalen hij heeft opgehangen! Heerlijk eten! Ik kan de helft van die rotzooi niet door mijn strot krijgen. Hutten geschikt voor een koningin. En ik zit vast aan dat stomme grietje, en nu zit ik met haar opgezadeld voor de hele reis, tot Italië aan toe."

"Dat maakt niet uit," zei Finsch. "Het is gebeurd, en nu zijn we blij met die gierigheid van Alan. Nu hebben we er allebei profijt van. Je zult Parijs zien, Brussel, Amsterdam: allemaal geweldige plaatsen. De mooiste muziek, de beste restaurants. Je zult gerechten eten die je nog nooit eerder geproefd hebt!"

"Maar je zou toch niet willen dat ik dik werd?" vroeg Isabelle op plagende toon. "Als ik dik word, dan word ik lui."

"Ik zal wel zorgen dat je niet dik wordt. Je zult heel veel lichaamsbeweging krijgen."

"Meer dan nu?"

"Dat mag ik hopen."

Betty liet zich op het bed zakken. In plaats van nog anderhalve dag Isabelle zou ze nog drie weken met haar opgescheept zitten! Ze staarde naar het plafond. Nog drie hele weken!

HOOFDSTUK VI

1

DE GARDA HAD AL een aardige afstand afgelegd: door de grijsgroene wateren onder de bewolkte hemel van Californië, toen langs de uitgedroogde kust van Zuid-Californië, voorbij Kaap Falso en langs de monding van de Golf van Californië tot Kaap Corrientes; voorbij Acapulco, in de nacht, toen alle knipperende neonverlichting goed te zien was; over de onbetrouwbare Golf van Tehuantepec, en toen dichter voor de kust die er hier groen en uitnodigend uitzag, met hoge bergen die vlak achter het strand omhoog kwamen. In de avondschemering, langs de kust van Guatemala, was de *Garda* onthaald op een schitterend schouwspel van bliksem, met schichten als boomwortels die de zwarte fluwelen hemel openreten. De *Garda*, ineens heel klein onder dit natuurgeweld, was zo traag als een minutenwijzer onder de bui doorgetrokken en had het splinterende licht en de rollende donder achter zich gelaten — verder en verder achter zich, tot er nog slechts een lichte flikkering zichtbaar was aan de noordelijke horizon.

De nacht van het onweer was de negende, minder dan vierentwintig uur voordat ze La Libertad zouden bereiken. Betty had enorm genoten van de avond — want over vierentwintig uur zouden zij, Isabelle en Mik Finsch elkaar nooit meer hoeven te zien.

Tot de middag van de negende dag had Betty naar de zee zitten staren, verstijfd van wanhoop. Na negen dagen had ze een grotere hekel aan Isabelle dan ze ooit in haar leven aan iemand gehad had. Het kostte haar moeite om te gaan slapen, omdat ze dan naar Isabelle moest kijken, dezelfde lucht in moest ademen, die rook naar Isabelle's parfum, haar sigaretten, haar vieze ondergoed. (Isabelle, die oneindig precies was met de kleding die ze droeg, verloor iedere interesse in een kledingstuk als ze het eenmaal had uitgetrokken en gooide alles op een hoop in een hoek.) Negen dagen lang had Betty de uren geteld en toen, in plaats van dat ze nog maar een dag had, waren er ineens tweeënhalve week bijgekomen!

Het probleem loste zichzelf op toen ze ineens een idee kreeg. In La Libertad zouden de Salvadoraanse dames van boord gaan; er zouden twee hutten vrijkomen. Waarom kon ze niet naar een van die hutten verhuizen?

Zodra de gedachte in haar opkwam, kwam Betty in actie en ging op zoek naar de kapitein.

Ze vond hem in zijn zitkamer, bezig met het invullen van een logboek. Hij groette haar met voorzichtige beleefdheid, maar met een ondertoon van wantrouwen. Hij leek zich er echter niet aan te storen dat ze hem onderbroken had — nodigde Betty zelfs uit om een aperitiefje te drinken. Betty stemde in en nipte van de vermout waar de kapitein een scheutje Campari aan toegevoegd had.

Betty had geen idee hoe ze haar verzoek diplomatiek moest inkleden, dus ze kwam meteen ter zake. "Ik neem aan dat u weet dat Isabelle van plan is om op het schip te blijven, dat ze niet in La Libertad van boord gaat?"

De kapitein haalde zijn wenkbrauwen op en draaide het glas vermout rond. Hij leek slecht op zijn gemak. "Het is vervelend," zei hij uiteindelijk. "Heel vervelend voor Alan Calder. Maar ik ben niet verbaasd."

Betty kon ook nu geen discrete woorden vinden om zich in uit te drukken. "Ik wil graag een andere hut. Ik zou liever een hut voor mezelf alleen hebben. Als de Salvadoraanse dames straks van boord gaan, dan zijn er twee lege hutten. Ik dacht —"

De kapitein hief zijn hand op en schudde zijn hoofd. "Onmogelijk."

"Onmogelijk?" riep Betty met een stem die luider en schriller was dan ze gewild had. "Waarom?"

De kapitein pakte een wit velletje papier. "Dit is een radiotelegram van onze agent. Van Alan Calder. De details voor mijn vracht in La Libertad. Er gaan vijf passagiers van boord. Misschien vier, als mevrouw Calder aan boord blijft. We krijgen vijf nieuwe passagiers die naar Barcelona willen. Er zullen dus elf passagiers zijn, twaalf met mevrouw Calder erbij."

Betty zakte in elkaar in haar stoel. Tranen sprongen in haar ogen. "Ik moet iets doen. Ik kan die vrouw niet uitstaan. Ik kan en wil niet met haar in een hut blijven."

De kapitein had duidelijk moeite om vriendelijk te blijven. "Ik kan niets voor u doen. Er zijn geen andere accommodaties."

"Dan ga ik zelf van boord!" zei Betty. "Ze is onmogelijk! U kent haar niet! Ze gebruikt mijn handdoek, ze wast haar stinkende kleren niet. Ze raakt haar douchemuts kwijt en pakt de mijne! Ze is beledigend en aanstootgevend, ze is —" Betty hield abrupt haar mond. "Ik kan simpelweg niet met haar op hetzelfde schip blijven!"

"Kom, kom!" zei de kapitein kordaat. "Het komt wel goed."

"Jazeker," antwoordde Betty grimmig. "Het komt wel goed. Omdat ik in La Libertad van boord ga, en met het volgende schip verder zal reizen. Alan Calder zei dat het mogelijk was, en dat ben ik dan ook van plan."

De kapitein schraapte zijn keel en knikte kortaf. "Prima. U moet doen wat u zelf wilt. Het volgende schip is de *Maggiore*. Zodra we in La Libertad zijn moet u Alan Calder opzoeken. Hij is de agent. Hij zal de zaken regelen; hij kan u vertellen of het mogelijk is."

"Mogelijk? Waarom zou het niet mogelijk zijn?"

"Misschien is er geen ruimte. We kunnen maar twaalf passagiers meenemen. En er gaan heel veel mensen van El Salvador naar Spanje. Ik denk wel dat het kan. Maar u zult het met Alan Calder moeten regelen."

"Goed," zei Betty. "Ik ga naar Alan Calder." Ze stond op. "Dank u voor de vermout."

Betty ging naar Hut #2, een ruimte die ze tot in de grond van haar hart haatte. Met een beetje geluk zou ze alleen zijn terwijl ze zichzelf opfriste. Maar Isabelle was er ook, en was bezig om zich voor te bereiden op haar douche voor de lunch. Ze droeg een witte badstof badjas en houten slippers; ze had een handdoek in haar hand, en Betty's felrode douchemuts. Betty sprak op een toon die haar zelf vreemd in de oren klonk: "Verdomme, kun je nou eens van mijn spullen afblijven?"

Isabelle staarde haar aan. "Waar heb je het over?"

"Mijn douchemuts."

Isabelle keek naar de muts alsof ze was vergeten dat ze hem in haar hand had. "O. Is dat de jouwe?"

"Ja, die is van mij."

"Sorry," zei Isabelle stijfjes. "Ik heb hem gewoon gepakt. Ik dacht dat het de mijne was."

"Die van jou is blauw. De mijne is rood."

Isabelle gooide de muts op het bed, deed haar kast open, rommelde wat rond op de plank en vond daar haar blauwe douchemuts. Betty voelde zichzelf een beetje belachelijk. Wat stelde zo'n douchemuts nu helemaal voor? Als iemand anders hem gedachteloos had opgepakt, zoals Isabelle dat blijkbaar gedaan had, dan had Betty zich daar niet druk om gemaakt. Maar Isabelle!

Terwijl Isabelle de hut uit liep keek ze over haar schouder naar Betty. Het was verder geen bijzonder tijdstip, geen bijzondere gebeurtenis. Maar dit was het beeld van Isabelle dat Betty de rest van haar leven zou bijblijven: het beige-blonde haar, nu verwaaid en rommelig, met de douchemuts achterop het hoofd als een blauwe baret; het lieve, kinderlijke gezicht dat sterk in contrast stond met de ijzige grijze ogen. Toen was ze verdwenen. Ze kwam iemand tegen in de gang — Betty hoorde haar stem, gevolgd door een dreunende lach: Finsch.

Het was een vreemd toeval dat Betty, toen ze zelf op de gebruikelijke tijd na het eten ging douchen, Finsch ook in de gang tegenkwam. Finsch lachte met zijn gebruikelijke half-glimlachende beleefdheid, en Betty glipte langs hem heen, zich op een belachelijke manier bewust van zijn dierlijke aantrekkingskracht en haar eigen naakte lichaam onder de witte badstof van haar badjas, en van het feit dat een jonge vrouw er nooit op haar best uitziet met een douchemuts op haar hoofd.

Terwijl ze zich waste schold ze zichzelf uit. Jaloers! Op Isabelle? Nonsens! Aangetrokken tot Finsch? Nog meer nonsens! Finsch had een seksuele uitstraling. Hij maakte dat zij zich meer bewust werd van zichzelf, van het proces van menselijke voortplanting. Maar buiten dat — niets! Niets dan afkeer.

2

De middag verstreek terwijl de *Garda* door het oogverblindende zonlicht gleed. Vijf mijl naar het oosten zagen ze vulkanen bezaaid met bossen, boerderijen en weiden, met toppen die schuilgingen boven een somber wolkendek. Het werd avond, en nacht; nog twaalf uur voor ze in La Libertad waren. De passagiers zaten op het bovendek, iedereen was op zijn eigen manier opgewonden. De Salvadoraanse dames kwetterden als kanaries. Ora en Betty zaten naast hen. Ora maakte plannen voor hun tijd aan de wal, Betty zweeg voornamelijk. Finsch en Isabelle hadden twee dekstoelen op de vleugel van de open brug getrokken en zaten op zachte toon te praten. Het werd een moeilijke dag morgen. De eerste twee personen die aan boord zouden komen waren de quarantainebeambte en Alan Calder. Betty vroeg zich af wie het hem zou vertellen, en hoe. Het zou wel een scène worden. Pijnlijk, gênant. Maar wat er ook zou gebeuren, zij ging het schip verlaten. Ze mocht Alec en Ora, tolereerde Nello en was nogal gesteld geraakt op Harry Mayberry, al was hij dan een wellustige oude boef. Maar er zouden aan boord van de *Maggiore* vast even aardige mensen zijn, en — zo hoopte ze — niemand als Finsch of Isabelle.

Iemand kwam achter Betty staan en trok aan haar oor. "Nello," zei Betty, "gedraag je."

"Ik doe mijn best," zei Nello, "maar je bent zo mooi. Ik denk dat ik je vanavond ga kussen."

"Ik denk het niet."

Een scheepsjongen kwam naar boven met flesjes bier op een dienblad. "Drink!" riep Harry Mayberry. "Het is een warme nacht."

"Ik neem het met plezier aan," zei Betty. "Ik ga zelfs een tweede ronde bestellen, nu meteen." En ze gaf haar bestelling door.

De kapitein kwam uit de kaartenkamer en nam ook een flesje bier aan. "Morgen om negen uur: La Libertad."

"Is er een haven?" vroeg Alec. "Gaan we aan wal?"

"Nee, nee, nee. We gaan voor anker. Er is geen haven, geen waterkering, helemaal niets. De sloep zal u aan wal brengen. U zult verbaasd zijn."

"Hoe dat zo?"

"Als u bij de pier komt, dan zijn daar enorm hoge golven. U kunt niet zomaar uitstappen. Dus u moet in een mandje gaan zitten, en de kraan tilt u op. De dames gillen altijd."

"En als we eenmaal aan wal zijn, wat dan?" vroeg Harry Mayberry. "Mooie señorita's? Chili con carne? Renbanen? Fiësta's?"

De kapitein lachte. "Wat is er te doen? Niets. U kunt bier drinken, en zwemmen aan het strand. Maar u moet voorzichtig zijn. Veel mensen verdrinken. Er zijn hoge golven. Veel — hoe noem je dat? — omlaag-trekken."

"Onderstroom."

"Ja. Onderstroom."

"En haaien?" vroeg Betty.

"Er zijn haaien, maar ze komen niet zo dicht bij de kust. U moet niet voorbij de branding zwemmen. Daar zijn haaien. Maar hier is het niet zo erg. Ze zijn niet zo groot als in Panama. Daar moet u echt nooit gaan zwemmen, bij Panama."

Finsch mengde zich in het gesprek. "De grootste haaien van de wereld vind je in de Suluzee. Ik heb zelf ooit een witte haai gedood van negen meter lang. Hij had een stuk ijzeren ketting in zijn maag."

Betty wendde zich tot de kapitein. "Waarom zien we niet meer haaien? Ik dacht dat we overal van die driehoekige vinnen zouden zien als we eenmaal in de tropen waren."

De kapitein schudde ernstig zijn hoofd. "Ze zijn er wel. Als we het schip zouden stilleggen, als u in het water zou gaan zwemmen, dan zou u de haaien wel zien."

"Het zijn akelige beesten," zei Finsch met een zware stem, "kwaad-aardig als de duivel zelf. Ze weten hoe boosaardig ze zijn, en ze haten mensen omdat die dat ook weten en hen doden."

"Laten we het liever hebben over de señorita's in La Libertad," zei Harry Mayberry. "Hebben ze rozen achter hun oren? Dansen ze de fandango?"

Finsch gniffelde. "Het zijn indianen. Er zijn geen señorita's. Om señorita's te zien moet u naar San Salvador."

"Daar gaan we heen. La Libertad, San Salvador."

"San Salvador is de stad. El Salvador is het land. Dat is het verschil."

Alec vroeg de kapitein: "Hebben we tijd om naar San Salvador te reizen?"

"Ja, waarom niet? Ik zal het de agent vragen. We hebben een hele vracht koffie in te laden. We zullen een hele dag bezig zijn. Dus u kunt reizen. Het is een halfuur met de bus, door de jungle, de berg op."

"Prima," zei Harry. "Als de señorita's niet naar mij komen, dan zoek ik hen op."

Ora lachte spottend. "Je zou niet weten wat je met een señorita aan zou moeten als je er een tegenkwam."

"Ik weet wat ik zou moeten. Maar of ik het zou kunnen is een tweede."

"Eén ding moet ik u adviseren," zei de kapitein terwijl hij zijn vinger schudde in de richting van Ora Cato, "u moet niet dronken worden in La Libertad."

"Ik was het niet van plan," zei Ora. "Hoewel ik moet bekennen dat ik ook niet van plan was het te laten."

"Ik zal u zeggen waarom. Als men dronken is, doet men rare dingen, vooral als het erg heet is. Ze zouden u in de gevangenis kunnen gooien, en daar komt u niet zo makkelijk weer uit."

"Dat is waar," zei Finsch. "De gevangenis in La Libertad is een plaats waar ik liever niet op bezoek ga. Hij is heel erg heet en heel erg smerig."

Harry Mayberry lachte nerveus. "Een paradijs voor de toerist. Je kunt verdrinken in de onderstroom of in de gevangenis gegooid worden."

"Nee, nee," zei de kapitein. "Zo erg is het nu ook weer niet. Maar u moet niet in de problemen komen, want dat is heel ongemakkelijk en zou een heleboel geld gaan kosten. Finsch weet daar alles van."

"Ja, dat is waar. Je moet overal smeergeld betalen, anders krijg je niets voor elkaar. Ik ben er niet rouwig om dat ik El Salvador ga verlaten."

Isabelle sprak met heftige emotie: "En dat is dus waar die verdomde Alan mij had willen laten stranden!"

Er viel een ongemakkelijke stilte. Iedereen leek te weten dat Isabelle niet van plan was om van boord te gaan.

Plotseling riep Harry Mayberry uit: "Drinken, mensen, drinken! Bruno, meer bier! Dit is een cruise voor ons plezier, geen begrafenis."

3

De volgende ochtend was de *Garda* nog maar vijf kilometer van de prachtige groene kust verwijderd. Op het strand schitterden de schuimende golven, hoge bergen reikten naar de hemel tot de details vervaagden in de mistige verte.

Om acht uur zagen ze gebouwen aan de kust voor hen, gevolgd door een paar olietanks. Een halfuur later kwam de haven in zicht — een smalle constructie die zo'n vierhonderd meter over het water uitstak, met een roestig rood pakhuis aan het eind.

Om negen uur kwam de *Garda* rond de kaap en gleed de kleine baai in, waarachter La Libertad te vinden was.

Er was weinig te zien. De stad was verborgen achter hoge bomen. Langs de kust groeiden palmen. Op een klif aan de rechterzijde stond een lang groen gebouw met een veranda waarboven aan de kant van de zee een bord hing met het woord HOTEL erop. Er waren een aantal restaurantjes aan het strand, hun muren vol met gekleurde borden waarop advertenties stonden voor bier en frisdranken.

De *Garda* gleed tot minder dan een halve mijl voor de kust en toen plofte het anker met veel kabaal het water in.

Betty was nerveus. Ze wilde Alan Calder onderscheppen zodra hij aan boord kwam, voordat hij op zoek ging naar Isabelle. Dan kon ze haar vraag stellen en snel antwoord krijgen. Ze had goede hoop, maar vreesde ook dat het niet mogelijk zou zijn.

Isabelle stond samen met Finsch op de vleugel van de open brug. Ze hadden hun vingers ineengestrengeld. Finsch droeg zijn breedgerande hoed en zag er onverstoorbaar uit. Nello kwam achter Betty staan, sloeg zijn armen om haar middel en boog zijn knappe hoofd over haar heen. "Nello!" zei Betty nijdig. "Alles heeft zijn plaats en zijn tijd, maar dit is geen van beide!"

"Vertel me dan wanneer wel!"

"Nooit!"

"Nooit? Een heel lange tijd!"

"Dat weet ik."

Harry Mayberry kwam bij hen staan, zeer tot Nello's misnoegen.

"Het gordijn gaat zo meteen omhoog voor de Tweede Akte," zei Harry. "Kijk ze daar nou staan. Wie vertelt het de echtgenoot?"

"Wie doet dat over het algemeen in dit soort situaties?" vroeg Betty.

"Er zijn geen regels voor," zei Harry. "Ik heb het op allerlei manieren te horen gekregen. Mijn eerste vrouw ging ervandoor met al mijn geld. Mijn tweede vrouw reed weg achterop het paard van een jockey. Ze zei dat ze van me zou scheiden, maar ik heb nooit meer iets van haar vernomen. Mijn derde vrouw —"

"Hoe kon je nou opnieuw trouwen als je niet eens zeker wist dat je van je tweede vrouw gescheiden was?"

"Mijn tweede vrouw? Verdraaid, ik weet niet eens hoe het met de eerste zat. Ik trouw gewoon."

"Harry Mayberry! Je bent een bigamist!"

"Misschien wel. Niemand heeft er ooit wakker van gelegen."

Nello wees. "Daar komt de sloep."

Ze vernauwden hun ogen en probeerden de gezichten en houding van de mannen aan dek te zien.

"Dit is ongemakkelijk," zei Betty tandenknarsend. "Ik zou liever ergens anders zijn."

"Isabelle ook," zei Harry Mayberry. "Ze krijgt alle kleuren van de regenboog."

"Dat is dan een probleem. Zij moet wel aanwezig zijn."

"En hier komt Alan, vrolijk en onbezorgd, ongeduldig wachtend op het moment dat hij zijn vrouw over de drempel van hun nieuwe rieten hut kan dragen."

De sloep kwam deinend over de blauwe golven aangezet — steeds dichterbij. Een man in een lichtbruine broek en een wit overhemd met korte mouwen, nog altijd zonder herkenbaar gezicht, wuifde met zijn arm naar het schip. Dat zou vast Alan zijn. Betty wendde haar blik af van de reling. Het was net alsof ze naar een executie stond te kijken. Ze had haar eigen zaken te regelen. Hopelijk zou ze Alan even ter zijde kunnen nemen voor een seconde of vijftien! Ze had maar één vraag te stellen: "Meneer Calder — kan ik een maand hier blijven en dan verder reizen met de *Maggiore*?" Hij zou ja of nee zeggen — zo simpel zou het zijn.

"Excuseer mij," zei Betty. Ze rende omlaag naar het hoofddek, waar twee matrozen de scheepstrap al hadden neergelaten.

De sloep kwam hortend en stotend over de golven. Aan dek stonden twee mannen in uniform, met pistolen; een man met een aktetas, een donkere bril en gekleed in een steenrood pak; een man in het wit, met een rond, plat gezicht en een dunne rode baard; en Alan Calder. Alan zocht het schip af naar een teken van Isabelle, die inmiddels uit zicht verdwenen was. Alan stond stijf van verwachting en ongeduld.

Betty wachtte nerveus aan de top van de trap. De kapitein kwam naast haar staan. "Aha! Ik zie dat u gespannen bent."

"Ik wil hem spreken voordat hij het slechte nieuws te horen krijgt."

"Verstandig, verstandig. Alan Calder, hij is een opgewonden man." De kapitein, vriendelijk nu hij wist dat Betty het schip zou verlaten, gaf haar een schouderklopje. "Kom met mij mee naar mijn hut. Daar gaan we allemaal heen, en daar kunt u uw zaken meteen regelen. Ik denk dat ik hem een kleine hint zal moeten geven. Het is niet prettig, maar een kapitein heeft wel meer onprettige dingen te doen."

De sloep kwam vlak naast de zijkant van het schip, nog altijd deinend op de golven. En eindelijk liet Isabelle zich zien; Alan zwaaide breed met zijn hele arm; blijkbaar was de begroeting van Isabelle minder uitbundig, want Alan's arm leek ineens wat slapjes te worden.

De sloep voer voorzichtig dichter bij de scheepstrap. De man in de donkere bril en het steenrode pak wachtte zijn kans af en sprong toen over. Een matroos ving hem op en hielp hem zijn evenwicht te hervinden. Alan Calder volgde hem, en toen de man met de rode baard.

De kapitein wachtte aan het eind van de valreep, schudde eerst de hand van de man met de donkere bril, en toen die van Alan Calder. "Laten we naar mijn hut gaan," zei de kapitein tegen Alan. "De eerste stuurman vangt de dokter en de havenmeester wel op." Hij zei iets in het Spaans tegen de man met de donkere bril, die een nauwgezette buiging maakte en zich tussen de Salvadoraanse dames door een weg baande naar de eetzaal, op de voet gevolgd door de man met de rode baard.

Alan probeerde weg te komen. "Een ogenblik! Ik ren eerst even naar boven om mijn vrouw gedag te zeggen, en dan kom ik meteen naar u toe."

De kapitein greep hem bij de arm. "Kom eerst met mij mee! Daarna kunt u uw vrouw begroeten. Er is tijd genoeg. Ze kan toch niet van het schip af. Het kost maar een paar minuten."

Calder gaf toe, maar overduidelijk met behoorlijke tegenzin. Hij gromde binnensmonds.

"Eerst naar mijn hut, dus," zei de kapitein terwijl hij Betty gebaarde dat ze hen moest volgen.

Ze klommen naar het brugdek, waar de kapitein hen zijn hut in begeleidde met ietwat meer ceremonieel dan noodzakelijk. "Ga zitten. Glaasje cognac?"

Alan knikte stuurs; Betty sloeg het aanbod af.

De kapitein opende zijn drankenkast, pakte twee glazen en een fles. Dit was Betty's kans.

"Meneer Calder, in Los Angeles zei u tegen mij dat ik in El Salvador zou kunnen blijven en daar op het volgende schip zou kunnen wachten — de *Maggiore*. Is dat nog altijd mogelijk?"

Alan trommelde met zijn vingers op de tafel. "Ik denk het wel, maar ik weet het niet zeker. Ik moet dat op kantoor even nakijken."

"Wanneer kan ik het zeker weten?"

"Zodra ik weer aan wal ben — over een uur of zo. Eerder weet ik het niet. Kom mij maar opzoeken op mijn kantoor."

"Waar is uw kantoor?"

"Ik ben verhuisd; ik zit nu boven in het Miramar. Iedereen kan het u wijzen: dat grote groene hotel op de heuvel...Nou, kapitein —"

Kapitein Frascatore hield zijn hand op. "Rustig aan, Alan. Ik moet je even spreken."

Betty zei: "Excuseert u mij," en maakte aanstalten om op te staan. Maar in de deur stonden Isabelle, en achter haar, een onverschillige uitdrukking op zijn gezicht, stond Finsch.

Alan sprong overeind, rende naar voren, botste tegen Betty aan, duwde haar terug in haar stoel. "Isabelle, lieveling! Daar ben je dan! Hoera!" Hij spreidde zijn armen.

Isabelle keek hem somber aan. Ze stapte naar achteren. Alan stond stil, knipperde met zijn ogen, keek heen en weer van Isabelle naar Finsch.

"Alan," zei Isabelle, "kun je even meekomen, het dek op? Ik heb je iets te vertellen."

Alan deed traag enkele passen naar voren. Betty ving een glimp op van zijn gezicht. Hij wist wat er ging gebeuren. Betty dook ineen in haar stoel, miserabel en koud.

"Wat is het probleem?" stamelde Alan.

Isabelle kon niet langer wachten; ze had alles opgekropt, en het moest naar buiten. Haar stem klonk vanuit de gang, laag en hees en met een lelijke rasp in haar keel. "Ik zal het kort houden. Ik ga hier niet van boord. Ik reis verder naar Europa."

"Is dat zo?"

"Ja. Ik ga verder."

"Wat heb ik verkeerd gedaan?" Alan's stem ging omhoog en nam een bijna zeurderige toon aan. "Waarom behandel je mij zo?"

"Laten we verder niet in details treden, Alan."

"Maar is dit niet heel plotseling? Heb je dan helemaal niet aan mij gedacht?"

"Nee, helemaal niet. Ik denk aan mijzelf. Als ik het niet doe, doet niemand het."

"Ik heb altijd rekening met je gehouden! Jij kwam voor mij altijd op de eerste plaats. En de laatste, en alles daar tussenin!"

"Het heeft geen zin om er verder over uit te weiden. Het spijt me, maar het is wat het is, en verder ga ik er niets over zeggen. Behalve dan dat ik ergens de scheiding zal aanvragen, zo snel als ik maar kan."

Alan kon zich niet langer inhouden. Hij barstte uit, half stamelend: "Dat is lekker dan! Ik neem aan dat je verwacht dat ik nu op mijn rug rol en doe alsof ik dood ben." Plotseling merkte hij Finsch op. "Nu begrijp ik het. Mijn goede kameraad Mik Finsch. Hij zit hier achter." Alan lachte, een onnatuurlijke, sardonische, blaffende lach. "Je weet niet veel van Finsch, wel dan?"

"Ik weet genoeg."

"O. Dus je geeft het toe?"

"Laten we er geen theatervoorstelling van maken, Alan. Er zijn genoeg mensen die tot de conclusie komen dat ze niet meer samen verder willen. Ik ben er een van."

"En je hebt Mik Finsch gekozen om samen mee verder te gaan, dan? Dame, je hebt een slechte kerel uitgezocht."

Finsch tuitte zijn lippen en maakte een gebaar met de palm van zijn hand alsof hij wilde aangeven dat Alan zich te veel opwond en dat hij hem niet serieus nam.

Alan deed een snelle stap naar voren. Isabelle deinsde achteruit. "Blijf uit mijn buurt."

"Heeft hij je ook verteld waarom hij El Salvador verlaat? Nee? Nou, dan zal ik dat eens uit de doeken doen. De politie heeft hem gezegd dat hij moest vertrekken. Hij heeft geluk gehad. Hij heeft een meisje bijna om het leven gebracht. Haar ouders besloten zeshonderd dollar te aanvaarden in plaats van naar de rechter te stappen. Ik heb zomaar het idee dat Finsch ook aardig wat agenten heeft moeten afbetalen."

Finsch uitte een peinzend gegrom achterin zijn keel.

Alan's stem werd hoger. "Maar het kan me niet schelen, Finsch. Neem haar maar mee. Ze is helemaal van jou. Er is maar één klein detail dat ik wil regelen. Het gaat je geld kosten. Ze heeft me drieduizend dollar gekost."

"Zo is het wel genoeg, Alan!" zei Isabelle furieus.

"Hou je mond! Ik heb het tegen Finsch. Geld wil ik zien, contant geld. Ik heb voor haar betaald, en je kunt haar krijgen als je mij betaalt."

"Waar heb je het over?" zei Finsch.

"Waar ik het over heb? Ik zei het toch. Ik heb hier een kostbaar stuk handelswaar. Ik heb het gekocht, ik heb ervoor betaald. Ik ben niet van plan het weg te geven."

"Je lijkt wel gestoord."

"Helemaal niet. Ik zal het je laten zien. Een beeld zegt meer dan duizend woorden. Kom maar in het licht. Iedereen mag meekijken." Alan liep achteruit de hut in. "Kom mee, Finsch. Jij bent de koper, dus je hebt het recht om te weten wat je krijgt."

Finsch slenterde de hut in. Hij knikte naar de kapitein, negeerde Betty. Isabelle bleef in een hoekje staan, trillend van haat.

Met een veel te vrolijke lach haalde Alan een foto uit zijn portefeuille. "Dit zijn wij, een week voor ons trouwen. Alan en Isabelle. Een leuk jong stel."

Finsch pakte de foto op en keek er met afstandelijke nieuwsgierigheid naar. Hij trok zijn wenkbrauwen op en gooide de foto terug op de tafel. Betty ving een glimp op: een stevige Alan, zonder glimlach, met een ernstig gezicht; een jonge vrouw die op Isabelle leek en toch ook weer niet. De vrouw op de foto was mager; de huid was over haar gezicht gespannen als perkament over een lampenkap. Haar borstkas leek wel een vogelkooi, haar benen waren palen. Het gezicht leek maar vaag op Isabelle. De mond was vertrokken in een verlegen glimlach, de neus was buitengewoon: hij hing omlaag van haar voorhoofd als een enorme stalactiet.

"Opmerkelijk, is het niet?" zei Alan. "Isabelle was heel sportief in die dagen. Kijk eens wat een lieve glimlach ze had? Ik ben op haar gevallen vanwege die glimlach. Toen we eenmaal getrouwd waren werd ze zwaarder. Haar huid zag er beter uit. Ze begon haar haren beter te verzorgen. Op een dag keek ik haar aan en zei: 'Isabelle, waarom gaan we niet naar een specialist om je neus recht te laten maken.' Ze riep: 'Hou je dan niet van me zoals ik ben?' Hoe dan ook, we zijn gegaan. Drieduizend dollar. Maar wát een verandering. Niet alleen in uiterlijk. Ik wist dat ik haar kwijt was op de eerste dag dat ze thuiskwam. Ze was niet bij de spiegel weg te slaan. Welnu, Finsch, dat is het hele verhaal. Ze heeft me drieduizend dollar gekost. Je kunt haar hebben — voor drieduizend."

Finsch glimlachte, pakte een sigaar uit zijn zak, beet het uiteinde eraf en stak hem aan, zonder zijn glimlach te verliezen. "Je vrouw heeft een eigen wil, is het niet?"

"Dat heb ik zeker," zei Isabelle. "Ik blijf niet in dit stinkende gat, en daar blijf ik bij."

"Hoe wil je vertrekken?" vroeg Alan, lichtelijk nieuwsgierig.

"Vertrekken? Op dezelfde manier als dat ik gekomen ben. Ik blijf aan boord van dit schip."

"Aha, maar je zult van boord moeten. Je hebt maar geboekt tot aan La Libertad."

"Wat zou dat? Ik kan de rest van de reis nu meteen bijboeken."

"Bij wie?"

"Bij de kapitein."

"Ga je gang."

Isabelle wendde zich tot de kapitein. "Hoeveel kost het om naar Europa te gaan?"

De kapitein hield zijn handen op. "Ik kan u niet helpen. Alan is de agent. Misschien heeft hij alle plaatsen al verkocht. We mogen niet meer dan twaalf passagiers meenemen."

"Dat slaat nergens op. Ik heb al een hut, en ik blijf daar."

Finsch blies nadenkend een wolk rook de lucht in. Hij keek vanuit zijn ooghoek naar Alan. "Mag ik vragen of er nog plaats beschikbaar is?"

"Op dit moment niet."

"Is dat een poging tot chantage?" De stem van Finsch klonk zacht en vlak.

"Ik zeg je nogmaals, Finsch. Je zou haar niet hebben willen aankijken voordat ik die drieduizend dollar aan haar uitgaf. Ik ben niet van plan om jou te laten genieten van iets waar ik voor betaald heb. Je betaalt me wat ze kost, en dan kan ze aan boord van de *Garda* blijven. Zo niet — dan niet."

"Belachelijk," zei Finsch op verveelde toon.

"Niet in mijn ogen," zei Alan. "Ergens ben ik blij dat het voorbij is — omdat ik wist dat het zou gebeuren. Jullie twee verdienen elkaar."

"Dank je," zei Finsch.

"Nou, hoe zit dat, Finsch? Is ze drieduizend waard?"

Isabelle wendde zich tot Finsch en wilde iets zeggen, maar ze zei niets. Finsch rolde zijn ogen omhoog naar het plafond.

"Doe een bod, Finsch. Geef me wat jij denkt dat ze waard is!"

Isabelle draaide zich om en rende de gang in. Finsch liep achteruit de hut uit en wandelde onbekommerd achter haar aan.

Een steward kwam de hut binnen en zei iets tegen de kapitein. De kapitein knikte, kwam zwaar overeind.

"De dokter en de havenmeester wachten op me."

"Hoelang duurt het voordat we van boord kunnen?" vroeg Betty.

"Misschien een halfuur. Niet lang. Zodra de sloep terug is."

HOOFDSTUK VII

1

BETTY KLOM OMHOOG naar het bovendek en ging op de open brug staan, maar de zon was zo fel dat ze zich terugtrok onder de overkapping. De lucht was zwaar en kalm; nu het schip stillag was er geen wind meer, en alles om haar heen leek te schitteren en te trillen in de warmte. Betty's blouse hing slap, haar spijkerbroek plakte tegen haar benen als nat papier. Ze keek verlangend naar de stad, die in ieder geval de illusie van koelte gaf, in de schaduw van al die hoge bomen.

Een sleepboot vertrok van de pier in de richting van de *Garda*, met daarachter een laadbak met een enorme berg grote beige zakken, blijkbaar gevuld met koffie. Betty zocht naar de sloep, maar die was nergens te bekennen. Misschien achter de pier? Toen klonk er gebrom en gesputter langszij, en daar ging de sloep, schuin over de schitterende groene golven. Betty rende naar de reling, bang dat ze de aansluiting had gemist. Maar er was slechts één man op de sloep: Alan Calder. Blijkbaar zou de sloep hem eerst aan land zetten en dan terugkomen.

Betty liep terug naar haar stoel onder het afdak en dacht na over haar onmiddellijke toekomst. Alan had haar zo goed als verzekerd dat ze kon overstappen op de *Maggiore*. De situatie was natuurlijk veranderd: het kon zijn dat Alan zou weigeren om Isabelle verder te laten reizen met de *Garda*. Als dat zo was, dan zou Betty Hut #2 voor zich alleen hebben…Ze speelde met de mogelijkheden van deze situatie. Als Isabelle vertrok, dan zou Betty liever aan boord blijven. Finsch was weerzinwekkend, maar eenvoudig te ontwijken. Niettemin leek het waarschijnlijk dat Alan, zij het met tegenzin, de overtocht voor Isabelle zou regelen. Het was tenslotte zijn werk, en hij had niet het recht om iemand te weigeren om persoonlijke redenen.

Alec en Ora kwamen aan dek, gekleed om aan wal te gaan, en gingen naast haar onder het afdak staan. "We hebben de tijd tot middernacht," zei Ora. "We gaan naar San Salvador; ga je ook mee?"

"Nee. In ieder geval niet meteen."

Ora keek haar van opzij aan. "Misschien krijg je geen tweede kans."

"Ik kom later... ik heb iets te bespreken met Alan Calder."

"Denk je dat hij in staat is tot een gesprek? We hebben gehoord dat er een verschrikkelijke ruzie geweest is."

"Ik zat er middenin." Betty beschreef het onplezierige kwartier. "Alan mag dan wel van streek zijn, maar in ieder geval weet hij nu wat er aan de hand is."

"Hij heeft Finsch heel aardig in een hoek weten te drukken," zei Alec. "Finsch heeft een hekel aan geld uitgeven. Het is me opgevallen dat Isabelle alle rekeningen aan de bar betaalt."

"Daar gaat hij," zei Ora. De sleepboot die de laadbak had gebracht keerde terug naar de haven. Op het voordek stond Finsch, in zijn grijze pak met zijn breedgerande hoed op. "En hier komt de sloep. We kunnen naar de wal."

Betty keek omlaag naar haar kleren — spijkerbroek, blouse, sandalen. "Ik vraag me af — denken jullie dat ik gepast gekleed ben?"

"Volgens mij is er niets mis met je kleren," zei Alec. "Wat zou er mis kunnen zijn?"

"Ik heb weleens gehoord dat ze in sommige van deze landen heel moeilijk kunnen doen over kleding. Ik wil niet in de gevangenis belanden vanwege schending van de openbare zeden of zoiets. Vooral niet na wat ik gehoord heb over de plaatselijke gevangenissen."

"Zedelijkheid hangt vooral af van de gedachten van de ander," zei Alec tegen haar.

"Plus hoe strak zijn broek eventueel zit," zei Ora.

"Hier komt de sloep," zei Betty. "We moesten maar eens naar beneden gaan."

Betty ging naar haar hut, verving de slappe, zweterige blouse door een fris wit poloshirt, pakte een kleine witte handtas en rende naar beneden, naar het hoofddek.

De passagiers stonden in de rij voor de valreep: de Salvadoraanse dames met hun bagage, Nello, Harry Mayberry, Ora en Alec.

De sloep draaide in een cirkel en doorkliefde het groene water tot hij vlak onder het schip lag. De Salvadoraanse dames begonnen de trap af te klimmen. Onderaan stond een matroos die hen een voor een bij de hand pakte om hen dan precies op het moment dat het dek van de sloep op gelijke hoogte was met het platform op te pakken en door te geven aan een man op de sloep.

Betty had zich niet gerealiseerd hoe hoog de golven waren tot ze zelf aan het einde van de trap stond. Het ene moment was de sloep ver onder haar, het volgende moment rees hij bovenop een grote groene golf, en weer naar beneden, weer omhoog, weer — *"Ahora!"* En ineens stond Betty op het deinende dek van de sloep, naarstig op zoek naar iets om zich aan vast te houden.

Ora was de volgende, toen Alec, Nello en Harry, en als laatste drie officieren van het schip. De sloep vertrok en liet de *Garda* achter zich. Isabelle was niet meegekomen — geen verrassing, dacht Betty. Ze had waarschijnlijk een hekel aan alles wat met El Salvador te maken had! En bovendien was ze misschien bang het schip te verlaten omdat ze niet wist of ze wel weer terug aan boord zou mogen. Finsch was waarschijnlijk van boord gegaan om zijn persoonlijke bezittingen op te halen, of misschien om met Alan te steggelen.

Betty keek over de rand van de sloep naar de *Garda*. Ze lag laag in het water: de zwarte romp, het witte dekhuis, de rood-met-groene schoorsteen. Lelijk, traag, heet, betrouwbaar, vriendelijk oud schip, dacht Betty. Maar niet nog drie weken met Isabelle. Ik zou waarschijnlijk sterk in de verleiding komen om zelf een moord te plegen... Hm. Vreemd dat dit woord nu ineens in haar opkwam. Hoe dan ook — geen *Garda* meer. Alan had zijn grootse gebaar gemaakt: nu zou hij Isabelle loslaten zodat ze op eigen gelegenheid naar de hel kon lopen. Hij had geen enkele reden om haar te laten stranden. Hoewel — waarom ook niet? Isabelle had hem enorm gekwetst. Alan was een koppige man... Betty hief haar handen ten hemel. Ik kan er geen touw aan vastknopen. Ik zal de *Garda* verlaten en een maand in Midden-Amerika doorbrengen. En aan boord van de *Maggiore* zullen er weer nieuwe gezichten zijn, een nieuwe groep persoonlijkheden. En dan ben ik in Europa.

Nello worstelde zich het dek over en ging naast haar zitten. "Heb je het naar je zin?"

"Jazeker. Het is weleens fijn om even van het schip af te zijn."

"Blijf zo zitten," zei Nello. "Dan maak ik een foto van je met het schip in de achtergrond." Hij opende zijn camera, stelde de belichtingstijd en het diafragma in, nam een foto. "Fantastisch!" Hij ging weer zitten. "Ik heb een goed idee. Als we in San Salvador zijn, kunnen jij en ik de rest kwijtraken en samen op stap gaan. Wat denk je ervan?"

Betty schudde haar hoofd. "Je bent te laat, Nello. Ik heb al plannen gemaakt met de anderen om jou kwijt te raken."

Nello ging stijf rechtop zitten.

"Word niet boos, Nello," lachte Betty. "Ik ga niet naar San Salvador."

"Je gaat niet? Waarom niet?"

"Ik heb dingen te doen in La Libertad."

Nello was geamuseerd. "Wat voor dingen dan wel?"

Ondanks dat Betty zich had voorgenomen niets te zeggen tot ze alles definitief geregeld had, kon ze haar plannen nu niet voor zich houden. "Het kan zijn dat ik het schip ga verlaten en een maand in Midden-Amerika blijf."

"Wat zeg je me nou?" riep Nello op dramatische toon. Hij wenkte Alec en Ora. "Horen jullie dat? Betty wil ons verlaten!"

"We hadden al zo onze vermoedens," zei Alec.

"Ik weet het nog niet zeker, daarom heb ik nog niets gezegd. Ik weet niet of het mogelijk is tot ik Alan Calder heb gesproken."

Er werden wat beleefde protesten en spijtbetuigingen geuit, waar Betty al snel een einde aan maakte. "Jullie zijn nog niet van me af. Het kan best zijn dat er geen plaats vrij is aan boord van de *Maggiore*."

Ora sprak bedachtzaam: "Misschien wil Alan helemaal niet dat je de *Garda* verlaat."

"Hoe dat in vredesnaam?"

"Omdat er dan plaats aan boord is voor Isabelle."

Betty snoof. "Hij kan dat maar beter uit zijn hoofd laten!"

De sloep naderde de pier, die niet meer was dan een pakhuis op palen dat via een smalle loopbrug met de wal verbonden was. De sloep meerde aan onder het pakhuis, en na enkele alarmerende manœuvres langs de palen, waarbij de groene golven ruisend langs hen heen bruisten, maakte de bemanning haar vast aan een hangende lus. Boven hen klonk het geluid van machines, het krijsen van metalen raderen. Een kraan kwam uit het pakhuis gezwaaid. Er bungelde een grote kist aan. De kist kwam slingerend en draaiend omlaag; de sloep ging omhoog op een golf, de twee sloegen met een klap tegen elkaar.

Voordat ze tijd hadden om te protesteren werden de vier Salvadoraanse dames in de kist gezet. Ze verdeelden zich over de zijkanten en grepen de handvatten van touw alsof hun leven ervan afhing. De kraan begon te hijsen, de sloep ging omlaag en de kist bungelde even in de lucht en draaide toen het pakhuis in.

Enkele seconden later kwam hij terug voor een tweede lading: Betty, Alec, Ora en Harry Mayberry. Een zwaai, een draai — de zon uit, de schaduw in, en met een klap op de vloer van het pakhuis.

Nello was de volgende die werd opgehesen, samen met de drie scheepsofficieren; iedereen ging op weg naar de wal. Het was halftwaalf. De zon drukte als een withete duim op de hoofden van de reizigers, het water glinsterde dreigend onder hen. Harry Mayberry beklaagde zich over het wrede lot dat hem naar de tropen gebracht had. Nello, die het zweet langs zijn eigen gezicht had stromen, verzekerde hem ervan dat La Libertad koel, zelfs fris was in vergelijking met de Rode Zee.

Ze kwamen aan het eind van de pier en staken een strand over van kiezels ter grootte van tennisballen die tegen elkaar aan tikten en schraapten in de golven. Een paar breedgeschouderde soldaten met donkere huid en gekleed in een kaki uniform, met platte gezichten en ogen de kleur van koffiebonen, kwamen naar hen toe.

"Donde van ustedes?"

"Somos turistas," zei Alec in zorgvuldig Spaans. *"Vamos a San Salvador; esta noche volveremos a la barca."*

De soldaat wees naar de tas met ritssluiting die Alec bij zich had. *"Que tiene? Vamos a ver."*

Alec deed de tas open en de soldaat keek erin. *"Bueno."* Met een neerbuigende armzwaai gaf hij aan dat ze verder konden lopen.

Ze stopten even om hun bezwete voorhoofden af te vegen onder de bomen langs de esplanade. "Hier scheiden zich onze wegen," zei Betty. "Ik moet hier de andere kant op, het strand over."

"Och, kom toch mee tot aan het plein," zei Harry Mayberry overredend. "Ik trakteer op een biertje."

Betty liet zich overhalen, en ze liepen allemaal naar het plein, over een weg van ronde keien geflankeerd door okergele, witte en lichtblauwe winkeltjes.

"Ik ruik iets," zei Ora. "Volgens mij is het die dooie hond daar op de weg."

Achter hen klonk het geluid van banden, een milde claxon. Een crèmekleurige Cadillac gleed langs hen heen, met achter het stuur een man met een vollemaansgezicht en een paarse zonnebril. De auto bumpte over de dode hond heen, zonder te stoppen.

"Ik zou dat beest zo naast hem in de auto willen gooien," zei Ora.

"Niet doen," zei Harry. "Dat is de politiecommissaris."

"Hoe weet jij dat nou?"

"Politieagenten zijn altijd en overal te herkennen."

"Laten we hier weggaan."

Ze liepen de straat uit tot het plein. Verkopers dromden samen op de stoepen; kinderen kropen in het stof en stopten van alles in hun mond: stokjes, sigarettenpeuken, hondenuitwerpselen. Er hingen tientallen geuren: schroeiende planten, gegrild vlees, rioolgassen, brillantine, verschraald bier, dode dieren, stof.

Harry Mayberry kocht zes ijskoude biertjes van een kraam; Nello nam foto's van zijn reisgenoten, van het plein, van Betty die haar flesje bier dronk. Aan de overkant van de straat stonden een aantal stationwagens met het opschrift *San Salvador — La Libertad* te wachten op passagiers; er stond ook een oude blauwe bus. Alec ging erheen om de reis te regelen. Betty nam afscheid van de groep. "Tot straks, veel plezier, en vergeet niet dat het schip om middernacht vertrekt!"

2

Betty liep terug naar de esplanade en ging naar het zuiden, langs het strand. De golven spatten met donderend geweld over de stenen, de bomen zwaaiden en bogen boven haar, hun bladeren glanzend in het zonlicht.

Uiteindelijk boog de esplanade verder landinwaarts en ging over in een karrenspoor tussen de bomen, klimmers, kruipers en andere planten, langs hutten van stokken en stro. Varkens wroetten in het afval, kinderen met grote ogen keken haar aan toen ze voorbijliep.

Vijftig meter verder maakte de weg een bocht omlaag naar een strandje, waar hij eindigde in een oude stenen trap de heuvel op. Betty begon de trap te beklimmen. Een oude man met rode ogen in een versleten sombrero, die op de onderste trede zat, hield zijn hand uit en mompelde klaaglijk. Dronken, dacht Betty. Ze deed haar handtas open, vond een dubbeltje en liet dat in zijn hand vallen. Het viel tussen zijn vingers door. Terwijl hij er met omfloerste ogen naar zocht liep Betty haastig langs hem heen de trap op.

Ze zag het hotel voor zich, half verborgen onder de bomen. De weg, die geflankeerd werd door lage palmen en planten met grote, brede bladeren, liep verder om de heuvel heen. Een goed onderhouden pad leidde opzij, onder de bomen door, in de richting van het hotel. Toen Betty dit pad insloeg, zag ze een bord met het opschrift: HOTEL MIRAMAR, en twee kleinere borden; het eerste droeg de naam *Juan Ortiz y Escandell, Abogado*, het tweede *Alan J. Calder, General Shipping Agent*.

Betty volgde het pad tussen de bananenplanten, hellingen met bougainvillea en hibiscus, een bos bamboe, tot ze uitkwam op een terras voor het hotel.

Een kelner die bezig was de tafels te dekken keek op — een knappe jongen, slank als een kat, met een gladde huid in de kleur van koffie met melk, en lang steil haar dat glom van de olie. Hij maakte een buiging en klikte op een extravagante manier zijn hielen tegen elkaar *"A sus ordenes, señorita!"*

Betty glimlachte beleefd en hoopte dat hij Engels verstond. "Ik ben op zoek naar meneer Calder."

De kelner boog nogmaals. "Ik zal zien."

Hij liep het terras over, de hoek om. Betty slenterde achter hem aan en stopte even om het uitzicht over de oceaan, het strand, de esplanade en de stad te bewonderen. Vierhonderd meter van de kust lag de deinende *Garda* voor anker.

De kelner kwam terug. "Er is iemand bij meneer Calder, ik hoor stemmen. Over een paar minuten kunt u hem misschien spreken. Wilt u iets drinken?"

"Wat heeft u?"

"U zegt, wij hebben."

"Ik zeg — sinas!"

"Wij hebben."

Hij bracht de limonade en ook, omdat Betty jong en knap was, een klein schaaltje garnalen. "Mooi uitzicht hier, denkt u ook?"

"Ik denk het ook. Heel mooi uitzicht."

"La Libertad, u vindt het mooi?"

Betty aarzelde. "De esplanade is heel mooi." Ze deed haar tasje open. "Hoeveel kost het?"

"Is twintig centavo's."

"Kan ik met Amerikaans geld betalen?"

"Zeker!"

"Hier heeft u vijfentwintig cent," zei Betty. "Dat moet genoeg zijn."

De kelner leek geen haast te hebben om te vertrekken. Hij wees naar de *Garda*. "Gaat u weg op dat schip?"

Als het even kon niet. "Nee. Ik ga naar San Salvador."

"Ik ga binnenkort ook weg. La Libertad, het is suffig. U weet wat suffig is?"

"Jazeker."

"Ik ben niet suffig. Ik speel gitaar. Ik zing, ik dans. Wilt u zien hoe ik dans?"

"Zolang het niets kost."

"Ik laat het u zien. Ik dans graag met mooie meisjes."

"O, maar ik dans niet. Ik kijk alleen maar."

De kelner knikte welwillend. "Ik dans een tapdans. In Mexico kan ik veel geld verdienen. Misschien Buenos Aires. Ik laat u zien." Hij hield zijn handen boven zijn hoofd. "La la la-la, la la-la."

"Enrique!" Een vrouwenstem, schril en boos, klonk vanuit het hotel.

Enrique de kelner liet zijn armen zakken. Hij hervond zijn waardigheid en boog naar Betty. "Meneer Calder, hij komt zo."

Enrique ging het restaurant in. Een stortvloed van boze woorden weerklonk, werd zachter toen er ergens een deur dichtsloeg.

Het was stil op het terras, met geen andere geluiden dan het zoemen van insecten, het bruisen en zuchten van de golven, het ruisen van de bladeren en ergens in de verte de roep van een vogel. Het was niet moeilijk te begrijpen waarom Alan liever in Hotel Miramar kantoor hield dan op een meer centrale plaats.

Ze dronk haar sinas en liep naar de rand van het terras, waar ze twee of drie bloemen plukte. Ze waren rood als geraniums en roken naar honing. Ze wilde maar dat Alan zou opschieten, en liep alvast het terras over naar het andere eind van het hotel. De grond ging hier abrupt omlaag naar de zee, honderd meter onder haar. Een wandelpad met een hek erlangs liep langs het hotel, langs een deur waar nog een van Alan's bordjes hing, en toen omhoog langs een helling begroeid met struiken, om aansluiting te vinden op een weg ver boven haar.

Terwijl ze op de hoek van het hotel stond hoorde Betty stemmen, gedeeltelijk overstemd door het geluid van de zee, die uit een van de ramen van Alan leken te komen. De luidere, meer nadrukkelijke stem leek op die van Alan...Ja, onmiskenbaar Alan. Hij leek dichter bij het raam te staan, want zijn stem klonk luider. "Natuurlijk, waarom niet? Ik geef je het reçu — in de bank, want daar gaan we nu heen. Zodra die cheque gecrediteerd is, krijg je wat je hebben wilt."

Betty zuchtte en tikte met haar vingers op het hek. Schiet op, Alan; het is saai om hier te staan wachten.

Alan liep bij het raam vandaan; de stemmen klonken weer gedempt.

Even was het stil: een halve minuut. Toen klonk er een scherpe knal, een explosie. Betty draaide zich met een sprong om en staarde met grote ogen naar het raam.

Ze wilde naar voren lopen, stopte toen, keek gefascineerd naar de deur. Nog even en hij zou opengaan en iemand zou naar buiten komen. Hij zou haar zien, haar aanstaren.

Een zwart voorwerp kwam uit het raam zetten en draaide rond in de lucht. Betty's ogen volgden het. Een zwart voorwerp met een wit handvat. Het maakte een boog omlaag in de richting van het water, maar de helling was minder steil dan hij leek. Ik plaats van in het water te landen sloeg het object tegen een uitstekend rotsblok, kaatste een andere kant op en viel in een spleet.

Betty's voeten waren zwaar als stenen. Ze moest rennen. Over een minuut zou het te laat zijn. Het was al te laat. De deur ging voorzichtig open. Betty deinsde langzaam achteruit, van het pad af. Ze struikelde, wankelde achteruit, draaide zich om en begon te rennen.

Enrique was het restaurant uitgekomen en keek naar haar. Betty vertraagde tot een snelle looppas. *"Ay, señorita!"* riep Enrique. *"Que pasa? Dat was het geluid van een pistool, nee?"*

"Ik weet het niet, " zei Betty. "Ik wil het ook niet weten."

Enrique haalde verbijsterd zijn schouders op. Hij krabde aan zijn kaak, tuitte zijn lippen, haalde nogmaals zijn schouders op; hij wilde duidelijk liever ook niet al te veel weten.

Betty ging sneller lopen en verliet het terras bijna op een draf. Ze wilde over haar schouder kijken of er iemand om de hoek van het hotel haar stond na te kijken. Maar ze durfde niet...Plotseling stopte ze geërgerd. Ze was Betty Haverhill uit Menlo Park, Californië, die van niemand bevelen aannam. Koppig draaide ze zich om. Het terras was leeg, op Enrique na, die haar perplex stond na te kijken.

Dit is niet zo best, dacht Betty. Een schot. Enrique ziet me over het terras wegrennen. Stel dat er iemand gewond is, wat zou hij dan tegen de politie zeggen? Betty kreeg visioenen van het politiebureau, smerig en heet, met afbladderende gele muren. Ze stelde zich de agenten voor, sombere, donkere mannen in mosterdkleurige uniformen die in het Spaans tegen haar scholden, brulden als ze geen antwoord kon geven. De *Garda* vertrok om middernacht. Alan zou haar nu niet kunnen helpen.

Ze liep met snelle pas terug langs dezelfde weg, haar maag ineengekrompen van angst. Ze kwam weer op de esplanade. Daar lag de *Garda*, veilig en vertrouwd. Als ze eenmaal aan boord was, dan was ze veilig. Ze konden haar niet van boord halen...Of wel? Belachelijk, dacht ze; ik heb niets misdaan, ik heb helemaal niets te vrezen...Ze zag een politieagent voor zich, druk bezig met zijn officiële plicht. Een oude man zat op een van de bankjes — dezelfde bedelaar die Betty op de trap had lastiggevallen. Hij keek de politieagent aan en schudde vaag met zijn hoofd. De politieman stak zijn been uit en duwde de oude man met zijn laars van de bank. De oude man bleef op een hoopje liggen en mompelde verwensingen. De politieagent bleef even aandachtig naar hem staan kijken en wandelde toen verder de esplanade op. Betty liep snel langs hem heen, met heftig kloppend hart. Ze kon niet snel genoeg terug zijn aan boord van de *Garda*.

Ze ging half-rennend het staketsel van de steiger op, de brandende hitte in, boven het strand met de schuimende golven en brullende stenen. Ze was hongerig, moe, nerveus. Aan boord van de *Garda* kon ze rusten en nadenken. Misschien dat de politie aan boord zou komen, dan kon ze vertellen wat ze wist. Het was niet veel, eigenlijk — alleen de plek waar het pistool was neergekomen. Misschien zou de politie helemaal niet komen. Misschien dat ze iemand anders zouden arresteren.

Ze bereikte het pakhuis. Er klonk geen geschreeuw achter haar, er renden geen politieagenten. Ze liep de grote, donkere ruimte binnen en genoot van de relatieve koelte. Bukkend onder de werkende hijskranen door liep ze naar een van de laadplaatsen, waar ze langs de rijen palen omlaag keek. Het water, dat in het zonlicht op matglas leek, leek op een helder verlicht groen aquarium hier in de schaduw. Twee laadbakken lagen op de golven te deinen, en werden volgeladen met koffie. De sloep was nergens te zien. Misschien bevond hij zich achter de *Garda*.

Betty liep naar een man in een felblauwe broek met een wit geweven overhemd. Hij had een klembord in zijn hand, en een balpen, en zag eruit als een leidinggevende. "Wanneer kan ik terug naar het schip?" vroeg ze.

"Sloep komt zo. Halfuur."

"Dank u." Betty liet zich slapjes op een handige zak koffie zakken. Haar benen deden pijn van het snelle lopen, ze voelde zich verkreukeld en vies. Haar gedachten leken op een doolhof, vol met allerlei emoties tegelijk. Het kostte haar moeite om na te denken. Het was natuurlijk belachelijk om zo bang te zijn; de politie zou wel weten dat ze niets met de situatie te maken had. Maar ze zouden haar vragen waarom ze weggerend was? Waarom had ze deze gebeurtenis niet gemeld? Ze was in paniek geraakt: dat was de pijnlijke waarheid.

Betty kwelde zichzelf met beelden van een gewonde Alan die dood lag te bloeden terwijl zij vluchtte — maar de beelden waren niet erg overtuigend. Het schot had erg definitief geklonken.

Nu was er niemand meer die Isabelle kon beletten om aan boord van de *Garda* naar Europa te reizen. Als ze moest kiezen tussen Isabelle en de Salvadoraanse politie, dan leek Isabelle het minste van twee kwaden. Natuurlijk was Finsch er ook nog… En daar was Finsch. Hij wandelde met rustige pas langs het pakhuis en wuifde zichzelf koelte toe met zijn breedgerande hoed. Betty keek hem met wijd open ogen aan; haar benen waren gespannen.

Finsch had haar blijkbaar niet gezien. Hij ging naar de opzichter en groette hem als een oude bekende. De opzichter reageerde niet al te vriendelijk. Betty kon hun woorden nauwelijks horen boven het geluid van de golven die tegen de palen sloegen; blijkbaar spraken ze Spaans. Finsch gebaarde, gesticuleerde naar de wal, schudde zijn hoofd met quasi-humoristische afkeuring. De opzichtiger maakte een formele buiging en wendde zich af. Finsch kwam naar Betty toe en ging op een zak zitten. "Nou, je hebt La Libertad nu gezien. Wat vond je ervan?"

"Ik vind er niet veel aan."

"Het is natuurlijk niet echt aantrekkelijk. Ikzelf woonde dus achttien kilometer naar het noorden, op Finca San Sebastian. Mijn bagage gaat vandaag aan boord van het schip. Ik heb alles geregeld." Hij wuifde zichzelf koelte toe met zijn hoed. "Het is heet, vind u niet? Een vieze, plakkerige hitte. Geen plaats voor een vrouw. Alan Calder heeft een enorme vergissing gemaakt."

Betty's stem leek vanzelf woorden te volgen, op een hoge, gespannen toon: "Ik neem aan dat u het met hem eens bent geworden?"

"Ik?" Finsch klonk verbaasd. "Het is niet aan mij om met hem te onderhandelen."

"Ik dacht dat u aan wal gegaan was om hem te spreken."

"Nee. Ik was het transport van mijn bagage aan het regelen. Ik heb een of twee kostbare stukken. Ik heb geen reden om met Alan Calder te spreken. Zijn vrouw houdt niet meer van hem. Dat is geen reden om je als een dwaas te gedragen, toch?"

Betty zei niets. Finsch trok zijn wenkbrauwen op en zei niets meer. Tien minuten verstreken. Betty zat stil en pijnlijk gespannen, met haar knieën stijf tegen elkaar aan en haar armen dicht tegen haar lichaam. Er klonk het geluid van een motor; Betty sprong overeind. Het was de sloep, die een stuk of zes bemanningsleden aan wal bracht. De opzichter gebaarde naar de kraan; de kraan rolde naar voren en pakte de houten kist op. De opzichter wenkte Betty. "Señorita."

Betty stapte voorzichtig de kist in en ging zitten. Finsch nam plaats aan de overzijde. Hun knieën raakten elkaar bijna. Betty voelde een rilling. Die man had haar ooit gekust! Even keken ze elkaar aan. Betty keek snel de andere kant op.

De kist zwaaide omhoog, naar buiten en naar beneden, en klapte toen op het dek van de sloep. Finsch sprong eruit, met een zware beweging. Hij reikte Betty een hand, maar zij negeerde hem.

De trossen van de sloep werden losgegooid en de sloep vertrok met gierende motor terug de oceaan op. Het was inmiddels bijna twee uur. De zon schitterde op het water, warme druppels spatten in Betty's gezicht. Ze zat aan de ene kant van het luik, Finsch stond naast de stuurhut. Ze keek achterom naar de kust. Daar was de esplanade, de heldergroene bomen, het grijze strand, hier en daar een glimp van zongebleekte verf. En bovenop de heuvel stond het hotel, sereen en vredig. De situatie was ongelooflijk, als een afgrijselijke hallucinatie. De hitte? Ze keek vanuit haar ooghoeken naar Finsch. Hij stond te proberen een sigaar aan te steken, die hij afschermde met zijn handen. Hij zag er zo kalm uit, zo zorgeloos... Betty keek nogmaals wanhopig in de richting van de kust. Had ze zich aangesteld?

Nee, dacht ze meteen. Natuurlijk niet. Als iemand uit het kantoor van Alan was gekomen en haar had zien staren, dan zou ze echt in gevaar geweest zijn. Als ze naar de politie gevlucht was, dan zou dat echt ellende gegeven hebben, zo niet erger... Maar hoe zat het dan met rechtvaardigheid? Betty voelde haar geweten knagen. Ze zou met de kapitein spreken, ze zou hem alles vertellen: het was tenslotte zijn verantwoordelijkheid, niet de hare.

De sloep manoeuvreerde zich onder de scheepstrap. De matroos die op de valreep op de uitkijk had gestaan kwam naar beneden om haar op te vangen toen ze oversprong... Ze rende gehaast de treden op.

HOOFDSTUK VIII

1

DE HOFMEESTER, EEN SLANKE jonge man met een gelige huid, leunde over de reling. Betty vroeg: "Waar is Kapitein Frascatore?"

De hofmeester maakte een zwak handgebaar in de richting van de kust. "Hij gaan lunchen met de agent. Hij terugkomen na een tijdje."

Betty ging doelloos de eetzaal in, die donker was met de gordijnen gesloten over de patrijspoorten, en relatief koel. Ze ging even zitten en sprong toen rusteloos weer overeind. Ze verliet de eetzaal, liep langs de kombuis waar de koks bezig waren de groenten voor het avondeten schoon te maken.

Ze klom de trap op naar Hut #2, en ging ontmoedigd en angstig op haar bed zitten. Hoe had ze zich zo in de nesten kunnen werken? Duizenden mensen reisden met schepen zonder dat ze ooit een probleem hadden. Het was onvermijdelijk dat de politie haar zou komen zoeken; ze zouden haar meenemen naar de wal, en de *Garda* zou zonder haar vertrekken. Bij gebrek aan anderen om te beschuldigen, wie weet wat er zou gebeuren.

Met haar vingers stijf ineengestrengeld staarde ze naar de beelden in haar hoofd: de Salvadoraanse gevangenis met zijn waarschijnlijk onprettige sanitair; de man met het vollemaansgezicht in de Cadillac die wijdbeens over haar heen gebogen stond, scheldend en smalend grijnzend... Ze lachte zwakjes. Wat een onzin was dit allemaal! Waarom deed ze zo haar best om zichzelf bang te maken? De kapitein zou nooit toestaan dat ze van het schip gehaald werd; hij was verantwoordelijk voor haar veiligheid. Als het nodig was zou ze zich in haar hut opsluiten en weigeren naar buiten te komen tot het schip vertrokken was. Ze had het tot nu toe weten uit te houden met Isabelle, dus ze zou het de rest van de reis ook wel uitzingen...Op de een of andere manier.

De hut was verstikkend warm, het zweet liep in haar ogen. Ze ging naar de patrijspoort en keek naar buiten, maar ze kon de stad niet zien. Besluiteloos stond ze in het midden van de ruimte, denkend aan een douche, de stroom koud water. Ze zou dan wel de hut moeten verlaten — nou ja, als ze haar zo graag wilden arresteren dat ze naar het schip zouden komen, dan leek het ook aannemelijk dat ze de deur zouden openbreken. Door zichzelf op te sluiten maakte ze de zaak alleen maar erger. Tenslotte had ze niets gedaan, behalve dan dat ze naar het schip gerend was in plaats van naar de politie te gaan. Ze was onschuldig. Ze had niets om zich zorgen over te maken. Ze zou zeker een douche nemen! Wonder boven wonder was haar handdoek schoon en droog; het tweede wonder was dat haar douchemuts nog daar lag waar ze hem had achtergelaten.

Het koele water verfriste haar, en ze voelde zich herboren. Ze trok haar witte korte broek aan met een schone witte halter, en ging naar het bovendek. Finsch en Isabelle zaten onder de overkapping, ernstig in gesprek. Ze negeerden Betty; zij zei ook niets tegen hen, maar sleepte haar stoel naar de andere kant van het dek en ging zitten.

Isabelle zat in stilte te pruilen, maar Finsch leek bijna opgewonden. Ook tijdens hun terugkeer in de sloep had hij geen enkel teken van spanning vertoond. Hadden haar zintuigen haar dan voor de gek gehouden? Er was toch echt een object met een wit handvat uit het raam van Alan komen zetten!

Ze probeerde zich te herinneren hoe het pistool van Finsch er precies uitgezien had. Tenslotte waren er wel meer pistolen op de wereld met een wit handvat; het hoefde niet per se hetzelfde pistool te zijn. Als ze het zeker wilde weten zou ze terug kunnen gaan naar La Libertad, de helling af klauteren en het pistool terugvinden. Dat was één manier om zekerheid te krijgen. Het vooruitzicht weer terug te keren aan de wal was absoluut niet aantrekkelijk! Maar het zou een opluchting zijn als ze het zeker wist, in plaats van alleen maar vermoedens te hebben...Ze bedacht dat er nog een manier was. Het was nogal riskant — zo riskant zelfs dat de rillingen over haar rug liepen. Ze keek naar de overkant van het dek. Finsch leunde achterover in zijn stoel, de ogen halfgesloten, het toonbeeld van een plantage-eigenaar in ruste die er zijn gemak van nam. Betty sprong overeind. Het zou maar een paar minuten kosten.

Haar hart klopte als een razende terwijl ze langs de trap omlaag klom en met snelle pas naar de hut van Finsch liep. Ze bleef even een paar seconden staan luisteren en probeerde de deur te openen. Hij was niet op slot. Ze ging naar binnen, zette de deur open op de haak, trok het gordijn voor de deuropening: zo kon ze in ieder geval horen of er iemand aankwam. Ze stak haar arm onder het bed, trok de grote leren koffer eronder vandaan, zette hem op het bed en deed hem open.

Ondergoed, overhemden, handdoeken, allemaal zorgvuldig gevouwen. Een dun pakketje brieven en documenten met een elastiek eromheen. De jaden bol. De *kris*. De zwarte plastic cilinder met gas. Maar geen automatisch pistool met ivoren handvat — tenzij... Betty voelde onder het stapeltje ondergoed, waardoor alles omhoogkwam en naar voren viel. De jaden bol rolde weg over het bed. Betty deed een wilde greep, waardoor de bol alleen nog maar meer vaart kreeg. Hij sloeg met een akelig geluid tegen de vloer en spleet in twee vrijwel gelijke stukken.

"O mijn god," fluisterde Betty terwijl ze de stukken oppakte. "Wat heb ik gedaan?"

Gehaast streek ze de kleren glad, stapelde ze weer precies zoals ze gelegen hadden, en pakte toen de stukken jade op en duwde ze tegen elkaar. Toen ze losliet vielen de stukken uit elkaar. Als ze ze zou lijmen zou Finsch het misschien niet eens merken... Maar de tijd, de tijd, de tijd! Ze hoorde voetstappen en verstijfde, beurtelings heet en koud. De voetstappen gingen de hoek om, een dwarsgang in, en vervaagden. Betty sloot gehaast de koffer, schoof hem terug onder het bed. Ze pakte de twee stukken jade, trok het gordijn opzij, stapte de gang in, sloot de deur.

Haar hart bonkte met een onplezierige kracht en snelheid. Ze was maar drie of vier minuten in de hut geweest, maar stel dat Finsch haar daar had betrapt? Vooral gezien het feit dat het pistool verdwenen was.

Ze liep naar de trap en klom zo nonchalant mogelijk het bovendek op. Finsch en Isabelle zaten nog precies zoals eerst. Twee halve bollen van jade. Een druppeltje lijm — de bol weer heel — Finsch geen spat wijzer. Betty ging terug naar haar hut, rommelde door haar koffers.

Waar had ze die rotlijm gelaten? Hier — in het zijvak. Met trillende vingers kneep ze een paar druppels op de breukvlakken, streek ze glad met haar vinger, drukte de twee helften tegen elkaar. Kleine belletjes lijm kwamen tussen de delen vandaan; ze veegde ze af met haar duim. Vijf minuten moest genoeg zijn — minder zelfs.

Terwijl ze de bol stevig vasthield keek ze de patrijspoort uit. In ieder geval was ze niet langer zo bang voor de politie. Het pistool van Finsch was uit zijn koffer verdwenen, zij wist waar het gevonden kon worden. Dat zou genoeg moeten zijn om hen tevreden te stellen.

De bol leek vast te blijven zitten. Als je oppervlakkig keek zag hij eruit alsof hij nooit gebroken geweest was.

Ze verliet de hut, klom halverwege de trap, luisterde. Als ze gekeken had, dan zou ze gezien hebben hoe Finsch rechtop stond en zijn armen strekte. Maar Betty luisterde alleen maar. De stemmen klonken zacht en gelijkmatig. Tijd om de hut in te duiken, de bol terug te stoppen in de koffer en weg te wezen, dacht Betty, zonder dat iemand ooit ergens achter zou komen.

Ze haastte zich weer de trap af, rende de gang door naar de hut van Finsch. Ze ging naar binnen, sloot de deur achter zich; het zou maar een klein ogenblik duren. Ze trok de koffer naar voren, liet de bol erin vallen, sloot hem. En nu hoorde ze de voetstappen van Finsch, vlak achter de deur, zijn hand bijna op de knop. In paniek schoot ze onder het bed, wurmde zich achter de koffer en trok haar benen in precies op het moment dat de deur openzwaaide.

Finsch kwam de hut binnen, sloot de deur. Vals tussen zijn tanden door fluitend kwam hij aangelopen, gooide zijn hoed op het schrijfbureau.

Betty keek over de koffer heen en zag de benen van Finsch. Hij wandelde naar de kast. De kastdeur ging open, de benen kwamen terug en stonden stil vlak voor het bed. Het sissende gefluit stopte. Het koude angstzweet brak Betty uit. Hij had op de een of ander manier argwaan gekregen, stond op het punt om onder het bed te kijken... Finsch was zich echter aan het uitkleden. Met een kreunende zucht ontspande hij zich, ging op het bed zitten, reikte omlaag om zijn schoenveters los te maken, trok eerst zijn schoenen uit en toen zijn sokken. De zware voeten stonden een halve meter van Betty's gezicht verwijderd. Het ene been ging de lucht in, een losse broekspijp hing naar beneden, toen volgde het andere, en Finsch had zijn broek uit. Zijn onderbroek viel op zijn enkels, hij schopte hem weg. Met plotseling opvlammende hoop dacht Betty: hij gaat onder de douche!

Finsch pakte zijn badjas uit de kast en sloeg die om zich heen. Hij stapte met zijn blote voeten in een paar muilen, pakte zijn handdoek en een stuk zeep. Betty kreeg de kriebels van ongeduld. Ga, ga, ga! Laat me hieruit! Ik zal nooit meer zoiets doen!

Maar Finsch kwam terug, zijn muilen klepperden op de vloer. Betty hoorde de lade van het bureau opengaan, en Finsch nam er iets uit. Hij liep nogmaals de hut door, opende de deur en vertrok.

Aan de andere kant van de deur ging een sleutel het slot in en werd omgedraaid. Het slot klikte dicht.

Betty ging zwakjes achteroverliggen. Had hij geweten dat ze hier was? Wilde hij haar plagen, kwellen? Ze kroop onder het bed vandaan, ging naar de deur en hoorde de zware stappen door de gang weglopen.

Ze probeerde de deur. Hij was op slot.

Ze draaide zich om, het hart in de keel. Ze zat in de val. Ze keek naar de patrijspoort en vroeg zich af of ze zich daar doorheen kon wurmen...Onmogelijk.

Ze zag iets liggen op het schrijfbureau. De grote zwarte portefeuille van Finsch. Dat was de reden waarom hij de deur op slot gedaan had.

Betty pakte hem op, deed hem open. In het geldvakje zaten een paar biljetten van honderd dollar. In een zijvak zat een opgevouwen stukje papier met reliëf van getypte letters die door het papier heen te zien waren. Betty vouwde het open. Het was blijkbaar een reçu, of een verkoopovereenkomst, en hij was gedateerd op vandaag. Ze las:

Verkocht aan Mik Finsch, voor de som van $3000, een licht gebruikte echtgenote, overdracht onmiddellijk, zo niet eerder.

Alan J. Calder

Aan het reçu zat een cheque vastgemaakt voor de National Bank of El Salvador, voor een bedrag van 7,500 *colones*, ten name van Alan Calder en getekend door Finsch. 7,500 *colones* was omgerekend ongeveer drieduizend dollar.

Betty begreep nu hoe het gegaan moest zijn. Finsch was naar Alan gegaan om met hem te onderhandelen, met het idee dat hij hem met een cheque zou kunnen paaien. En zodra de boeking van Isabelle op de *Garda* rond was, zou hij zorgen dat de cheque geblokkeerd werd. Maar Alan had geen genoegen genomen met een symbolische daad, en had geweigerd iets te doen tot de cheque was uitbetaald door de bank. Het was dit kleine stukje van het gesprek dat Betty bij het raam gehoord had, vlak voordat er geschoten werd.

Waarom had Finsch het reçu en de cheque bewaard? Als aandenkens? Heel gevaarlijke aandenkens dan toch. Betty vond een blanco vel papier in de la, vouwde het op tot hetzelfde formaat als het reçu en stopte het in de portefeuille van Finsch, waarna ze deze teruglegde op het bureau. Ze stopte het originele reçu met de cheque in haar eigen zak. Het was een roekeloze daad, dacht Betty — roekeloos en heel gevaarlijk. Niemand wist waar ze was. Finsch zou weldra terug zijn en hij was geen heer...Wel, er was niets aan te doen: terug onder het bed maar weer, en maar hopen dat ze niet zou hoeven te niezen, iets dat komieken in de films nooit wisten te vermijden. Betty hurkte neer, kroop terug onder het bed. Wat zou moeder wel niet zeggen als ze haar nu kon zien?

Minuten gingen voorbij; drie, vier, vijf. Ze hoorde de afgemeten passen van Finsch. Het slot klikte, verschoof. De deur ging open, Finsch kwam binnen.

Hij hing zijn handdoek op, legde de zeep terug in het bakje, hing de badjas terug in de kast. De geur van gewassen huid verspreidde zich door de ruimte. De zware harige benen kwamen naar het bed toe, bogen licht naar voren. Een hand reikte onder het bed, trok de koffer tevoorschijn. Beide handen deden hem open; Betty staarde gefascineerd naar de enorme vingers. Finsch pakte een setje ondergoed uit de koffer. De jaden bol bleef aan de stof hangen, werd met het ondergoed mee omhoog getrokken, bleef hangen als de slinger van een klok. Finsch bromde verbaasd.

Hij stond op, en Betty zag nog slechts zijn voeten, bewegingloos. Ze hoorde hem nogmaals grommen, en hij mompelde een woord in een taal die ze niet kende. Hij deed een greep in zijn koffer en pakte het pakje papieren. Betty hoorde hem erdoorheen bladeren voordat hij ze weer teruggooide in de koffer.

De grote voeten liepen de hut door, eenmaal, tweemaal — toen stonden ze stil voor het bed. Betty's hart, dat al in haar keel zat, leek op te zwellen. Nu zou hij haar ontdekken... De rechtervoet ging omhoog, het ondergoed ging omlaag, de linkervoet ging door de pijp. Finsch ging naar de kast en deed hetzelfde met zijn beige korte broek.

Er werd geklopt, en de deur ging open voordat Finsch iets had gezegd. Slanke, zongebruinde benen in witte sandalen kwamen binnen.

Finsch vroeg terloops: "Ben jij in mijn hut geweest?"

De stem van Isabelle was verbaasd en beledigd. "In jouw hut? Niet sinds gisteren. Hoezo?"

"Omdat iemand hier geweest is. Mijn spullen zijn doorzocht."

Isabelle's benen bewogen zich naar voren met twee moeiteloze passen. "Weet je het zeker?"

"Heel zeker. Kijk! Mijn jaden talisman. Hij is gebroken en weer gerepareerd... Nee, niet aankomen. Kijk eens hier? Ik zal ontdekken wie die schuldige is. Er zijn vingerafdrukken, heel duidelijk op deze plek. Zie je ze?"

"Ja... Ik zie het. Ik vraag me af..."

"Ik vraag me ook van alles af. Maar ik zal erachter komen. En je kunt ook zien," zei Finsch op een iets andere toon, "dat mijn pistool gestolen is."

"Mik!" riep Isabelle geschrokken uit. "Wat betekent dat?"

"Ik weet het niet. Maar het is misschien wel goed."

"Goed?"

"Ha ha, aha!" riep Finsch op wijze toon, alsof hij wilde impliceren dat Isabelle zich niet het mooie hoofdje hoefde te breken over dit soort kleinigheden.

"Je houdt iets voor me achter," zei Isabelle prikkelbaar. "Je bent veel te zelfingenomen."

"Ik? Zelfingenomen? Mijn lieve dame, helemaal niet. Ik ben alleen maar blij dat alles zo gladjes lijkt te verlopen."

"Ik heb anders nog steeds geen reservering."

"O, maar daar hoef je je geen zorgen over te maken. Alan brengt hem vanavond wel, en als dat niet zo is, dan kunnen we wachten tot we in Panama zijn."

"Als jij het zegt." De voeten van Isabelle kwamen langzaam naar voren, stopten vlak voor die van Finsch en gingen toen licht omhoog op de tenen. De voeten van Finsch keerden zich naar buiten. Betty kromp in elkaar en sloot haar ogen. Het zou al te erg zijn als ze zouden besluiten om amoureus te worden!

Het tweetal besteedde uiteraard geen enkele aandacht aan de bezwaren van Betty. Isabelle's kleding viel op de grond en toen verdwenen haar voeten terwijl het bed doorboog onder haar gewicht. Finsch kwam erbij liggen en het bed zakte nog verder tot Betty verdoofd klem lag, verstijfd van schaamte. Ze bedacht dat als ze nu heel zachtjes onder het bed vandaan kroop en de kamer verliet, dat Finsch dan misschien te verbaasd zou zijn om haar te stoppen, en misschien zelfs te druk bezig om haar op te merken. Ze slikte een nerveus lachje in.

Het enige dat erop zat was wachten. De tijd verstreek. Finsch en Isabelle lagen stil naast elkaar. Isabelle zei: "Poeh, ik heb het warm. En ik plak helemaal."

Finsch zei niets, en de voeten van Isabelle verschenen op de grond.

"Ik moet me afspoelen, ik kan hier niet tegen."

"Er is nog tijd genoeg," zei Finsch lui.

"Niet voor mij. Jij bent koudbloedig, jij kunt wel tegen de warmte." Ze kleedde zichzelf aan. "Ik zie je beneden over tien minuten. Dat is de koelste plek op het schip. Dan kun jij mij voor de afwisseling eens op een drankje trakteren."

"Goed dan. Vandaag trakteer ik jou op een drankje."

Isabelle glipte de hut uit. Finsch lag nog een poosje op het bed, zachtjes sissend tussen zijn tanden. Uiteindelijk gooide hij zijn benen over de zijkant van het bed en stond op met het gebaar van een man die een besluit heeft genomen. Hij kleedde zich aan, ging naar de deur. De deur ging open en weer dicht. Betty wachtte. Het slot klikte. Betty ontspande zich met een zachte kreun van teleurstelling.

Ze kroop onder het bed vandaan, ging naar de deur, keek ernaar. Ze probeerde de deurknop. De deur was op slot. Ze liep naar de patrijspoort. Onmogelijk.

Ze zou lang moeten wachten. Tenzij ze op de deur bonsde, of uit de patrijspoort schreeuwde. Maar dat kon ze niet opbrengen. Er zou gegniffeld en gefluisterd worden door de bemanning, de Cato's zouden begripvol, betekenisvol zwijgen, Nello zou gesluierde hints laten vallen en Harry zou zich openlijk amuseren. En Finsch en Isabelle... Het was onmogelijk. Ze moest wachten. Misschien kwam Finsch terug voor het eten, misschien niet. En als hij wel kwam, zou hij waarschijnlijk zorgen dat hij de deur achter zich op slot deed. Pas laat vanavond, als Finsch eenmaal in slaap was, zou ze kunnen proberen te ontsnappen. Een afschuwelijk vooruitzicht. Bijna in tranen zakte Betty op het bed. Wat een dag. Wat een verschrikkelijke dag.

Ze zuchtte droevig, ging overeind staan. Maar weer terug onder het bed. Finsch kon ieder moment terugkomen omdat hij iets vergeten was... Betty keek vol afschuw naar haar verstopplek. Kon ze maar weg! Ze zou nooit meer zo nieuwsgierig zijn! Nooit meer! Had ze nou maar een sleutel — een tweede sleutel... Hut #2 had twee sleutels. Misschien had de hut van Finsch er ook wel twee. Ze deed de lade van het bureau open. Achterin vond ze een tweede sleutel.

Ze greep hem en rende naar de deur. Als hij niet zou passen... Ze weigerde daar verder over na te denken. Ze draaide de sleutel, het slot kwam in beweging.

Betty deed de deur op een kiertje open. De gang was leeg. Ze stapte naar buiten, deed de deur dicht en op slot en liep zo snel ze kon.

2

Betty klom naar het bovendek en liet zich in een dekstoel vallen. Wat een toestand! En zonder dat ze er ook maar iets aan kon doen zat ze er tot over haar oren in! Nou, ze zou moeten zorgen dat ze er weer uitkwam, zodra ze de kapitein kon vinden. Misschien was hij nu terug aan boord. Ze hees zichzelf overeind en beende naar het kantoor van de kapitein.

Ze klopte, maar er klonk geen antwoord. Ze klopte nogmaals, deed toen de deur open en keek naar binnen. Het kantoor was leeg. "Kapitein?" riep ze.

Geen antwoord.

Betty liep naar de stuurhut, die ook leeg was, en ging toen langs de trap omlaag naar het sloependek, waar ze de tweede stuurman aantrof, een man van middelbare leeftijd met een lang, droevig gezicht en een slappe rode snor. Hij leunde over de reling.

"De kapitein — waar is *il commandante*?"

De stuurman wees naar de kust en legde het uit in een mengeling van Italiaans, Spaans en Engels.

"Hoe laat komt hij terug?"

De tweede stuurman hief zijn handen in een zuidelijk gebaar dat zo veel betekende als 'ik weet het niet en het kan me ook niet schelen'.

"Verdomd nog aan toe," zei Betty binnensmonds. Ze wachtte al de hele dag. Op de sloep naar de wal, op het terras van het hotel, in het pakhuis, onder het bed van Finsch. En nu weer hier.

De druk van zoveel irritatie en frustratie vroeg om een uitlaatklep. De woede kookte in haar. Ze was klaar om te rebelleren, om ergens mee te gaan gooien. De tweede stuurman had zich afgewend en stond droefgeestig op zijn snor te kauwen terwijl hij over de reling leunde. Betty's voet jeukte, ze had verschrikkelijk veel zin om tegen dat dikke achterwerk te schoppen…Waarom niet? Hij zou misschien verbaasd en boos zijn, maar hij zou nooit meer iemand met zoveel luie nonchalance de rug toekeren.

Langzaam draaide de stuurman zijn hoofd; hij en Betty keken elkaar heel even in de ogen, en ieder leek iets van de gedachten van de andere te kunnen lezen. De stuurman wendde zijn melancholieke blik weer naar de kust, en Betty liep weg.

Ze dwaalde nerveus over het schip — eerst naar voren, naar de boeg, toen weer naar achteren, tot aan het overhangende achterdek, en ten slotte omhoog naar het bovendek. Ze probeerde rust te vinden in een dekstoel, maar het was onmogelijk om stil te zitten. Ze sprong overeind, liep naar de vleugel van de open brug, keek zenuwachtig of ze de sloep al aan zag komen. Hij zou de kapitein kunnen brengen, of de politie — tenzij uiteraard niemand nog naar Alan gezocht had. Betty staarde omhoog naar het hotel. Ze had alleen het schot gehoord — maar er kon geen twijfel over bestaan. Als de politie hoorde dat Alan dood was, zouden ze willen weten wie hem had bezocht rond die tijd. Enrique zou Betty beschrijven, en de manier waarop ze vertrokken was. De politie zou ongetwijfeld al snel tot de conclusie komen dat ze op de *Garda* moest zijn.

Maar hoe dan ook, Betty had niets meer te vrezen dan wat ongemak. In haar zak had ze een verkoopovereenkomst voor 'een licht gebruikte echtgenote, overdracht onmiddellijk, zo niet eerder' — verbitterde humor, die laatste opmerking! — en de cheque. Ze wist dat het pistool niet in de zee was gevallen, maar in een spleet gegleden was. De politie zou misschien geërgerd zijn, maar ze kon het altijd gooien op meisjesachtige zenuwen: dat was niet eens bezijden de waarheid! Die meisjesachtige zenuwen waren reëel! Hoe dan ook, zodra de kapitein verscheen zou ze hem in zijn kantoor opzoeken. Ze zou haar verhaal vertellen, hem het reçu en de cheque overhandigen en hem uitleggen waar het pistool te vinden was. Kapitein Frascatore kon het dan verder afhandelen. Als de politie meekwam was ze natuurlijk wel het haasje. Ze zouden haar ook meenemen aan wal. En de *Garda* zou om middernacht vertrekken.

En daar kwam de sloep al aan. Betty spande haar ogen in. Wie was er aan boord?

De sloep kwam dichterbij. Twee mannen in uniform stonden stijf rechtop aan dek. Betty's hart sloeg een slag over. Zonder enige twijfel de politie.

De sloep was nu langszij, de agenten kwamen aan boord en verdwenen uit zicht. Betty stond besluiteloos, haar knieën knikten. Wat moest ze doen? Er was niemand die haar kon helpen; de kapitein was aan wal; ze was alleen... Ze haalde diep adem. Er was geen reden tot paniek. Als ze haar naar de wal brachten — dan brachten ze haar aan de wal.

Ze wachtte. Vijf minuten verstreken. Ze hoorde de sloep brullend vertrekken. Ze rende naar de vleugel van de open brug. De twee agenten vertrokken — met Isabelle. Ze zag er angstig uit; ze keek achterom naar de *Garda* met een wild, bleek gezicht.

Blijkbaar, dacht Betty, hadden ze het lijk van Alan gevonden en waren ze Isabelle komen inlichten. Maar waarom hadden ze haar van boord gehaald? Om de begrafenis te regelen? Isabelle zou absoluut geen reden hebben om in La Libertad te blijven. Ze zouden wel denken dat ze heel vreemd was, heel harteloos.

De tijd verstreek. De zon zakte in de richting van het oceaanoppervlak, glinsterde op het water. Boven de bergen verzamelden zich dikke wolken die tonnen zwarte regendruppels neerlieten. Betty zat in de dekstoel te wachten en te denken.

Om zes uur verscheen Finsch. Hij knikte beleefd, en de humoristische trek om zijn lippen gaf hem het uiterlijk van een joviale, vriendelijke man. Betty wilde zich niet laten kennen en knikte terug. Finsch liep naar de open brug, stak een sigaar op en bleef wijdbeens staan, met zijn handen achter zijn rug, terwijl hij met minzame goedkeuring uitkeek over het water. Uiteindelijk trok hij een dekstoel naar zich toe en ging zitten.

Na vijf minuten werd Betty onrustig. Finsch leek haar te bestuderen, te speculeren, te rekenen. Ze stond op en liep naar beneden.

Omdat ze niets beters te doen had spoelde ze wat van haar onderkleding uit en hing het te drogen. Toen ging ze naar beneden, naar de eetzaal, om te wachten op het avondeten of op de terugkeer van de kapitein, welk van de twee zich ook eerst zou voordoen.

3

De kapitein kwam niet terug voor het avondeten. Vier nieuwe passagiers kwamen aan boord: twee Duitse ingenieurs van middelbare leeftijd en een korte, zelfingenomen, grijze Salvadoraan met zijn echtgenote, een vrouw met een glad, rond gezicht. De steward zette hen aan de tafel waar de vier Salvadoraanse dames gezeten hadden. Betty zat op haar gebruikelijke plaats. Finsch at alleen aan de tafel achterin, de machinist zat aan de middelste tafel, ook alleen. Er werd stil en vrijwel zwijgend gegeten. Slechts de nieuwe passagiers mompelden af en toe zachtjes tegen elkaar.

Om negen uur keerden Alec, Ora, Harry en Nello terug. Ze waren moe, warm en hongerig. Ze begroetten Betty met enige verbazing.

"Ik heb gesloten aan boord te blijven," zei Betty. "Jullie zitten met me opgescheept."

"Het is niet gelukt om een verblijf te regelen?" vroeg Alec.

"Het is een lang verhaal."

"Vertel het ons later maar," zei Ora. "We komen om van de honger. Alec, zorg dat ze ons iets te eten brengen!"

De hoofdsteward deed de koelkast open, bracht brood, boter, kaas, ham en salami, olijven, augurken en tomaten. Betty bleef bij hen zitten terwijl ze aten en luisterde lichtelijk jaloers naar hun avonturen.

Na het eten gingen de vijf aan dek, waar het nu koel en prachtig was, om de sterren en de lichten van La Libertad te bekijken.

Om halfelf keerden Kapitein Frascatore en Isabelle terug op het schip. Betty ontsnapte aan de anderen en ging naar beneden. Ze kwam Isabelle in de gang tegen. Isabelle zag er bleek en ellendig uit; ze liep haar voorbij zonder een woord te zeggen, ging de hut in en sloot de deur.

Betty trof de kapitein in zijn hut aan, in het Italiaans in gesprek met zijn stuurman en machinist, waarbij hij abrupte gebaren maakten, dan weer met de zijkant van zijn hand, dan weer met zijn vuist. Ze tikte op het deurpaneel. "Kapitein, kan ik u even spreken?"

Kapitein Frascatore zag er vermoeid, verkreukeld en slechtgehumeurd uit. Hij zei zonder een spoor van vriendelijkheid: "Later, later."

"Het is belangrijk, kapitein."

"Ik ben druk in gesprek met mijn officieren. We moeten vertrekken. Ik heb het druk met het schip."

"Maar ik moet u spreken!" zei Betty wanhopig.

Kapitein Frascatore werd rood in zijn gezicht. Hij draaide abrupt zijn hoofd om, blafte een of twee korte, heftige zinnen naar de stuurman en de machinist. Ze haalden hun schouders op, knikten en vertrokken. "Welnu — wat is er aan de hand?"

"Mag ik vragen of u Alan Calder gezien hebt?"

"Wat is er met hem?"

"Is hij — dood?"

De kapitein duwde zichzelf naar achteren in zijn stoel. "Ja. Hij is dood." Hij keek van haar weg, door de patrijspoort. "Zelfmoord. Ik heb de hele dag gewerkt, Alan's werk gedaan, zodat we vannacht kunnen vertrekken."

"U zegt dat hij zichzelf heeft gedood?"

"Dat zeg ik niet. Dat zegt de politie. Hij is dood. Een kogel in zijn hoofd, een pistool in zijn hand. Ze vragen me waarom. Ik zeg, zijn vrouw heeft hem verlaten voor Mik Finsch. Zij zeggen, het is zonde."

"Kapitein," zei Betty met zachte, gehaaste stem, "zo is het helemaal niet gegaan. Alan heeft zichzelf niet van het leven beroofd. Alan is vermoord!"

Kapitein Frascatore keek haar aan met een blik van afkeer.

"Ik kan het bewijzen," zei Betty. "Kijk maar!" Ze pakte papieren uit haar zak. De kapitein gooide plotseling beide handen in de lucht.

"Nee nee!"

Betty staarde hem verbijsterd aan.

"Laat ze mij niet zien. Ik wil niets weten. Het schip moet vertrekken. Als u wilt praten, ga dan naar de politie. U kunt aan wal gaan. Ik wil er niets over horen."

"Maar kapitein, Alan is vermoord!"

"Weet u wat het kost om dit schip te runnen? Nee? Dertienhonderd dollar per dag. Ik wil niet dat de *Garda* wordt opgehouden in een haven. De politie betaalt mij niet om te wachten. De Mediterranean Line betaalt. Zij zullen vragen: 'Kapitein Frascatore, waarom laat u de zaken zo uit de hand lopen op de *Garda*? U heeft ons een heleboel geld gekost. Ik denk niet dat we u nog langer nodig hebben.' Dat is wat ze zullen zeggen. Over drie jaar ga ik met pensioen. Ik krijg een goed pensioen uitbetaald, tenzij zij me nu vertellen dat ik niet deug."

"Maar — wilt u hier dan niet naar kijken?" Betty hield de papieren in haar uitgestrekte hand, bijna in tranen. "Het is niet rechtvaardig dat u dat niet doet. Alan werd vermoord; ik weet waar het pistool is."

"En waarom bent u dan niet naar de politie gegaan?"

"Ik was bang."

Kapitein Frascatore sloeg met zijn hand op de tafel. "Maar u wilt dus wel dat ik deze dingen tegen hen ga zeggen. Dan zeggen zij: 'Kapitein Frascatore, wat vertelt u ons nu? U zegt dat Alan Calder vermoord is? Hoe weet u dat?' Dan zeg ik: 'Juffrouw Haverhill heeft het mij verteld.' 'Aha,' zullen ze zeggen: 'En zij is een vrouw met gezond verstand, zegt u?' En ik zal zeggen: 'Nee, ze is een opgewonden jonge vrouw die al eerder een heleboel problemen heeft veroorzaakt.' 'Ha ha!' zeggen ze dan. 'We zijn verbaasd, Kapitein Frascatore. We dachten dat u een wijze man was, maar u rent naar ons toe als een kip zonder kop, met hoge snelheid, omdat Juffrouw Haverhill zich ergens over opwindt.'" De kapitein gooide zijn handen in de lucht, trok zijn wenkbrauwen op en tuitte zijn lippen. "En dan zullen ze zeggen: 'Als Juffrouw Haverhill met ons wil spreken, dan moeten we naar haar luisteren. Dat is ons werk. Maar wij zijn tevreden over ons eigen onderzoek. Wij zijn goede agenten.'"

Betty, bijna buiten zichzelf van woede, duwde het reçu en de cheque over de tafel. "Ik ben *niet* opgewonden. Dit zijn feiten! En deze papieren bewijzen wat ik zeg!"

De kapitein leunde achterover. "Misschien wel. Maar het zijn niet mijn papieren. Het zijn niet mijn zaken."

"Maar — Alan is vermoord, Kapitein!"

"Vertel me dat soort dingen niet. Waarom bent u niet naar de politie gegaan? U bent bang. U wilt dat *ik* het ga vertellen. Ik ben ook bang. U bent bang voor de gevangenis en voor de politieagenten. Dat stelt niets voor. Ik ben bang voor mijn pensioen. Dat is heel veel. Ik zal u zeggen wat u kunt doen. We zullen in Panama drie dagen moeten blijven. U kunt naar het consulaat van El Salvador gaan en uw verhaal aan de consul vertellen. Hij zal de Italiaanse consul bellen, en die belt dan de politie. Op dat moment is er tijd genoeg voor een uitgebreider onderzoek."

Betty knipperde haar tranen weg. "Het enige dat u kunt zeggen is dat het u allemaal niets kan schelen!"

"Het gaat er niet om of het mij iets kan schelen — u bent degene met de papieren. U! Wilt u aan wal gaan? Dan laat ik de sloep komen. U kunt uw zaak voorleggen aan de politie."

"Ja," zei Betty in een vlaag van woede. "Ik wil naar de wal. Het kan me niet schelen wat er gebeurt, ik zal niet toelaten dat die man weg-komt met moord!"

"Goed." De kapitein legde zijn handen plat op de tafel, alsof hij overeind wilde springen. "Ik zal de sloep oproepen, en dan kan u aan wal gaan. Maar ik wacht niet. Zodra u op die sloep zit, licht ik het anker. Vertel de politie maar wat u wil. Maar de *Garda* zal er niet meer zijn."

"Wat heb ik er dan aan om aan wal te gaan?" riep Betty woedend. "U hebt opzettelijk —"

De kapitein spreidde zijn handen. "Deze papieren hebben mis-schien iets te betekenen. Ik geloof het niet, maar het zou kunnen. De politie zou kunnen zeggen: 'Dit is verdacht. We moeten dit nader onderzoeken. Kapitein Frascatore, u mag niet vertrekken tot we weten wat er aan de hand is. Morgen is het de Dag des Heren, dan kunnen we niets doen. Maandag is fiësta. Dinsdag is het de Naamdag van mijn neefje. Woensdag komen we aan boord van de Garda voor het onder-zoek.'" De kapitein sloeg op de tafel. "Iedere dag is dertienhonderd dollar."

"Maar u herbergt een moordenaar!"

"Nee. Ik ben niet degene die dit alles zo zeker weet. Dat bent u. U wilt niet de moeite nemen er iets aan te doen, u wilt dat *ik*, Kapitein Frascatore, de moeite voor u doet. Maar u zult moeten wachten."

Betty liet zich terug in haar stoel zakken. Ze keek verslagen naar de twee stukjes papier. "En hoe zit het hiermee? Dit zijn bewijzen."

De kapitein haalde zijn schouders op. "Misschien. Ik weet het niet. Als u wilt, kunt u ze in een envelop stoppen. Ik zal ze op een veilige plaats bewaren."

Betty probeerde na te denken. Het leek erop alsof ze geen kant op kon. "Ik zal wachten tot we in Panama zijn. Wanneer is dat?"

"Over drie dagen. Dus u wilt niet aan wal gaan?"

"Nee. Geef me de envelop."

De kapitein opende een lade en trok er een envelop uit.

Betty deed de papieren erin en verzegelde de envelop. De kapitein gaf haar een pen. "Schrijf uw naam alstublieft."

Hij bekeek haar met een soort kille nieuwsgierigheid. Met afgewend gezicht gaf ze hem de envelop. Hij snoof. "U bent boos op mij. Maar vandaag heb ik u een dienst bewezen."

"Een dienst? Hoe dan?"

"Er was een kelner in het hotel. Hij vertelde dat er een meisje was gekomen om Alan te spreken, maar dat ze heel snel is weggerend. De politie dacht dat het zijn vrouw was. Dus ze hebben de kelner opgehaald en hem mevrouw Calder laten zien. Hij zei: 'Nee, dat is niet hetzelfde meisje!' Ik, Kapitein Frascatore, weet dat dit meisje Juffrouw Betty Haverhill is. Ik zeg niets. De politie is moe. Het is tijd voor de siësta. Het meisje maakt niet uit. Alan Calder is dood. Hij heeft een pistool in zijn hand, hij heeft een gat in zijn hoofd. Het is duidelijk. Het pistool heeft het gat gemaakt. Een man met een vrouw als zij! *'Ay, caramba!'* zeggen ze, 'als zij hem verlaat, dan voelt hij zich afschuwelijk. Hij schiet zich in het hoofd. Het is eenvoudig.' Nu drinken ze bier. Ze wensen dat mevrouw Calder er was zodat ze een toast op haar kunnen uitbrengen. En voor de rest geven ze nergens om. El Salvador, bah!"

De kapitein stond op en bracht de envelop naar een afgesloten kast. "Zo. Ik bewaar dit achter slot en grendel."

Er klonk een onderdrukte dreun aan de voorzijde van het schip. "Dat is het anker," zei de kapitein. "We zijn onderweg. Ik moet naar de brug."

HOOFDSTUK IX

1

DE GARDA VOER UIT, de duistere oceaan op, en La Libertad verdween achter hen: een paar dozijn lichtjes die flikkerden, kleiner werden en uiteindelijk verdwenen achter een uitstekende landtong.

Betty ging naar de hut, kleedde zich uit en trok haar pyjama aan. Isabelle en Mik Finsch zaten nog op het bovendek. Betty aarzelde even bij de deur, en draaide toen het slot erop. Ze voelde zich meteen beter, poetste haar tanden en ging met een boek op bed liggen. Het gedrukte woord drong niet tot haar door. Betty legde het boek opzij en lag in stilte te luisteren naar het water dat langs de romp kabbelde.

Na verloop van tijd klonken er voetstappen in de gang en de deur-knop werd omgedraaid. Betty liep naar de deur. "Wie is daar?"

"Ik ben het, uiteraard." De stem van Isabelle klonk chagrijnig.

Betty deed de deur open en keek de gang in. Isabelle was alleen. Ze duwde zich langs Betty heen naar binnen en keek wantrouwend om zich heen. "Wat is de bedoeling van die afgesloten deur?"

"Noem het maar een opwelling," zei Betty terwijl ze het slot dicht-draaide.

"Alweer?" vroeg Isabelle op sarcastische toon.

"Ja."

"Nog steeds dezelfde opwelling?"

Betty ging terug naar het bed. "Als je het echt wil weten — ik ben bang."

"Bang?" Isabelle leek verbaasd. "Bang waarvoor?"

"Bang om zelfmoord te plegen, zoals men dat aan boord van de *Garda* pleegt te noemen."

Isabelle ging op haar bed zitten en keek Betty aan. "Wat bedoel je daarmee?"

"Ik zeg liever niets meer."

De mooie grijze ogen van Isabelle schoten vuur. "Ik had liever dat je wel iets zei! Ik ben de weduwe van een man die zelfmoord heeft gepleegd, en ik ben misschien een klein beetje gevoelig op dit punt."

Betty keek Isabelle aandachtig aan. Haar verontwaardiging leek oprecht. "Geloof je echt dat je echtgenoot zelfmoord heeft gepleegd?"

"Waarom zou ik dat niet geloven? De politie heeft het me verteld."

Betty pakte haar boek op. Het was verstandiger om niets te zeggen. Isabelle zat bewegingloos naar haar te kijken. Betty deed alsof ze las. De spanning nam toe. Betty sloeg nerveus een bladzijde om.

"Waar doel je nu eigenlijk precies op?" vroeg Isabelle op zachte toon.

"Is het niet duidelijk dat Alan geen zelfmoord gepleegd heeft?"

Isabelle staarde haar aan met ogen die schitterden als twee zilveren munten. "Nee," zei ze op vlakke toon. "Dat is niet duidelijk. Het is wat de politie mij heeft verteld. Ik geloofde hen. En dat doe ik nog altijd."

"Welnu, dan heb je het fout," zei Betty, ondanks haar voornemens om niets meer te zeggen. "Alan is doodgeschoten."

De wenkbrauwen van Isabelle fronsten zich heel licht; verder bleef haar gezicht onbewogen. Na een korte stilte zei ze op vlakke toon: "Je lijkt nogal zeker van je zaak."

"Ik zou zo denken dat het duidelijk moet zijn."

"En wie zou er dan wel geschoten moeten hebben?"

Betty haalde haar schouders op. "Trek je eigen conclusies maar."

Weer was het even stil terwijl Isabelle haar aanstaarde. "Wat jij dus wilt zeggen is dat Mik Alan heeft doodgeschoten en het op zelfmoord heeft laten lijken."

"Ik zeg helemaal niets."

De reactie van Isabelle was onmiddellijk en definitief. "Dat doe je wel. En je bent gestoord."

"Precies wat je zegt."

Isabelle deed een snelle stap naar voren. Betty trok haar knieën op en dook in elkaar. Maar Isabelle bleef vlak voor haar staan en keek op haar neer met een vage glimlach op haar gezicht. "Ik weet best waarom je dit zegt."

"Ik zeg helemaal niets."

"Omdat je jaloers bent."

"Jaloers?" vroeg Betty verwonderd. "Op wie?"

"Toen ik in Los Angeles aan boord kwam, liet Mik jou vallen als een hete aardappel." Betty sputterde een verontwaardigde ontkenning. Isabelle lachte. "Ik weet er alles van. Mik heeft het mij zelf verteld."

"Heeft hij je verteld dat ik worstelde om aan hem te ontsnappen terwijl hij bovenop mij zat en mijn kleren van mijn lichaam rukte?"

Isabelle lachte weer, op minachtende toon.

"En heeft hij je verteld dat Ted Bunpole binnenkwam en hem in elkaar heeft geslagen? Nee. Dat zou hij je nooit verteld hebben. Ted Bunpole heeft ook zelfmoord gepleegd."

"Ha ha." De lach klonk nu iets minder zelfverzekerd. "Is dit alles niet een klein beetje melodramatisch?"

"Dat is het zeker! Ik wou dat het niet zo was! Ik zou me liever te pletter vervelen."

Isabelle liep terug naar haar bed. "Ik zou je iets willen vragen."

"Ga je gang."

"Heb je definitief bewijs — over Alan — of klets je maar wat?"

Betty dacht na. "Ik heb het schot niet daadwerkelijk met eigen ogen gezien, als je dat bedoelt."

Isabelle leunde plotseling voorover. "Nu snap ik het. Jij moet het geweest zijn! *Jij* was de jonge vrouw die Alan kwam opzoeken!"

"Wat zou dat?"

"Wat dat zou! De politie dacht dat ik het was!"

Betty haalde haar schouders op. "Ik heb de kapitein verteld dat ik er was."

Isabelle bekeek haar met afkeer, verwondering en een tikkeltje respect. "Je bent een kouwe kikker, is het niet? Geen wonder dat je alles weet over alles."

"Ik weet niet alles over alles," zei Betty ontevreden.

"Maar je hebt het schot gehoord."

"Ja."

"Hoe weet je dan dat Alan niet zelf heeft geschoten?"

"Ik zeg dat liever niet. Ik heb alles wat ik weet aan de kapitein verteld."

"En hij geloofde je niet?"

"Hij denkt dat ik een hysterische jongedame ben."

Isabelle knikte met een lichte glimlach, alsof ze de mening van de kapitein volkomen kon begrijpen. "Waar het op neerkomt is dat je hoorde hoe Alan zichzelf doodschoot."

"Nee," zei Betty stellig.

"Mijn beste meid," zei Isabelle vermoeid, "Alan had een pistool in zijn hand. Er was een kogel afgevuurd. En hij heeft een briefje achtergelaten."

"In de typemachine?"

"Wat zou dat?"

Nu was het Betty's beurt om te lachen. "Zo dom ben je niet, Isabelle. Als je mij niet gelooft, dan is dat omdat je het niet wilt geloven."

"Of misschien," zei Isabelle zacht, "omdat het me gewoon niet kan schelen."

"Ik heb je alles verteld," zei Betty. "Ik was van plan dat niet te doen, maar ik deed het toch." Ze pakte haar boek op en probeerde te lezen.

Een moment later vroeg Isabelle: "Ik weet gewoon niet wat ik van je denken moet. Heb je Mik daar gezien?"

"Nee."

"Heb je hem gehoord?"

"Nee."

"Hoe weet je dan dat hij daar was?"

"Iets dat Alan zei."

"Mag ik vragen wat precies?"

"Echt, Isabelle, ik wil er liever niet meer over praten!"

"Waarom niet? Tenslotte was Alan mijn echtgenoot. Ik ga niet doen alsof ik in diepe rouw gehuld ben — maar ik heb nog steeds het recht om het te weten."

"Omdat jij alles wat ik zeg zo snel mogelijk zal doorbrieven aan Finsch."

Isabelle lachte ietwat breekbaar. "Wat jij zegt is sowieso belachelijk. Hoor eens, als Mik Alan heeft doodgeschoten met Alan's pistool —"

"Hij gebruikte zijn eigen pistool."

"Nou, in dat geval — als hij zijn eigen pistool heeft gebruikt, hoe komt het dan dat er een kogel was afgevuurd met dat van Alan? Je hebt maar één schot gehoord."

"Misschien zat er al een lege huls in het pistool van Alan. Misschien dat Finsch het pistool in een deken heeft gewikkeld en het heeft afgevuurd zonder dat het geluid maakte. Er zijn vast tientallen manieren om dat te doen. Finsch was lid van de geheime politie, dus hij kende ze vast allemaal." Ze pakte haar boek op en probeerde weer iets te lezen. Ze had Isabelle nu al meer verteld dan ze van plan geweest was; veel meer dan misschien — veilig was.

De woorden liepen in elkaar over. Na een poosje legde ze het boek weg en trok aan het touwtje van het lampje boven haar bed. Isabelle had haar eigen licht al uitgedaan, maar Betty wist dat ze nog niet sliep. "Maak je je dan helemaal niet ongerust?"

Charmant en kalm klonk de stem van Isabelle in de nacht. "Nee. Omdat ik je niet geloof."

"Je *wilt* me niet geloven."

Het bleef stil. Beide vrouwen lagen in het donker te staren. De motoren bromden dof, ergens ver weg. Het schip werd opgetild door de golven, ging weer omlaag, gleed naar voren. Door de patrijspoort klonk het ruisen van de golven, van de grote scheepsromp die door het water gleed.

2

De volgende ochtend was er vanaf de *Garda* nergens meer land te zien, en het schip dook op en neer in een onrustige zee. Een sterke grillige wind blies uit het oosten, uit Nicaragua, en bracht rafelige grijze wolken en zo af en toe een kort, warm buitje. Het ontbijt was een sombere aangelegenheid. Ora was zeeziek geworden, of had misschien last van iets dat ze in San Salvador had gegeten; hoe dan ook, ze verscheen niet. Harry Mayberry was met het verkeerde been uit bed gestapt en hij en Nello hadden al ruzie gehad over een of andere kleinigheid. Nu zaten ze allebei te chagrijnen boven hun koffie. Harry was roze en pruilerig, als een kewpie pop in een enorm vervelende bui; zijn witte haar was pluizig en in de war. Nello trok wild een snee geroosterd brood uit elkaar. De Duitse ingenieurs mompelden in korte woorden, het Salvadoraanse paar keek stiekem naar Finsch en Isabelle, die snel dooraten en de eetzaal verlieten. Alec ging ook al heel snel weg, terug naar Ora. Nello ging naast Betty zitten. Harry Mayberry stond op en beende de eetzaal uit.

Nello legde uit wat er was voorgevallen. "Hij is oud, die Harry, maar hij weet niets. Ik sprak over d'Annunzio; hij weet er niets van. Ik noem Garibaldi; hij weet niets. Cavour? Niets. Toen zei ik: 'Harry, mijn vriend, het is ongelooflijk! Maar in ieder geval heb je weleens gehoord van Joe di Maggio.' Hij wordt boos. Het is vreemd. Amerikanen zijn vreemd."

"Alle mensen zijn vreemd," zei Betty.

Nello strekte zijn hand uit en streelde Betty's pols. "Je ziet bleek. Ben je ziek?"

"Ik voel me prima."

"Als we in Panama zijn, dan gaan jij en ik samen uit. Wat zeg je daarvan?"

Betty lachte scherp. "Misschien haal ik Panama niet eens."

"Ik denk dat je vandaag moet rusten," zei Nello. "Je hebt gisteravond niet goed geslapen, is het wel?"

"Ik heb prima geslapen. Echt, Nello! Als je zo doorgaat met je zorgen maken over mijn uiterlijk, dan krijg ik nog een minderwaardigheidscomplex."

"Maar ik moet me wel zorgen maken. Ik ben verliefd op je. Je ziet er zo lief uit, zo onschuldig, als een doos heerlijke bonbons gehuld in het prachtigste papier."

"Dankjewel, Nello. Ik weet zeker dat je het goed bedoelt."

"Ik heb iets verkeerds gezegd?"

"Niets ernstigs. Maar meisjes houden er niet van als je zegt dat ze er onschuldig uitzien."

"Aha, ik begrijp het. Beter om te zeggen dat je er niet onschuldig uitziet."

"Dat is ook verkeerd."

Nello greep naar zijn hoofd en hief zijn handen ten hemel in een klassiek Italiaans gebaar van wanhoop. "Ik zal het nooit begrijpen!"

Betty stond op en ging naar de patrijspoort. "Wat een sombere dag! Nello, bedenk eens iets leuks."

"Laten we plannen maken voor als we in Panama zijn."

"Kom, we gaan Ora opzoeken. Misschien is ze weer wat opgeknapt."

Nello trok een zuur gezicht. "Ik heb geen interesse. Mevrouw Ora Cato heeft een scherpe tong. Waarom ga je niet alleen?"

"Ik ben bang in het donker."

"Donker?" Nello keek Betty onderzoekend aan. "Het is niet donker."

"Je neemt alles wel heel erg letterlijk, Nello. Ik spreek in poëtische beelden."

"Ik begrijp het niet."

"Het maakt niet uit. Ga je mee?"

"O, als je dat echt wilt." Hij volgde Betty de gang door, de trap op. Een scherpe, steile trap, dacht Betty — verschrikkelijk om daar vanaf te vallen.

De hut van de Cato's was leeg. "Ze zijn vast boven," zei Betty. "Ik ga eerst mijn trui halen."

Ze gingen naar Hut #2. Betty deed de deur open. Isabelle, die midden in de hut stond, deed haastig de tas van Betty dicht. Betty stopte abrupt, verbijsterd. "Wat ben je aan het doen?"

"Trek alsjeblieft niet de verkeerde conclusie," zei Isabelle met hese stem. "Je geld is veilig. Ik wilde je lippenstift even lenen."

Het werd steeds vreemder en vreemder! dacht Betty. Handdoeken, zeep, talkpoeder, tandenborstel, douchemuts, allemaal zaken die Isabelle zich op enig moment had toegeëigend voor eigen gebruik. En nu een lippenstift. Wat zou het volgende zijn?

Betty gooide met een fatalistisch gebaar haar handen in de lucht, pakte haar trui en ging de hut weer uit. Ze voegde zich weer bij Nello en samen gingen ze naar het bovendek.

Ora zat in elkaar gedoken als een natte kip. Alec hing somber en onderuitgezakt naast haar. Betty trok een stoel naast die van Ora. "Het is niet bepaald een vrolijke dag vandaag, is het wel?"

"Nee," zei Ora chagrijnig. "Het waait, het is nat en ik voel me miserabel. Die verdomde taco-dingen die Alec zonodig wilde kopen — daar komt het van. Ik heb vast amoebedysenterie opgelopen en nu ben ik voor de rest van mijn leven ziek."

Alec wierp haar een nijdige blik toe. "Kom op zeg, laten we redelijk blijven. Het is het bier waar je last van hebt. Groen bier kan dynamiet in je darmen zijn."

"Het kan me niet schelen wat het was. Laten we over vrolijkere dingen praten."

Alec boog zich voorover en keek Betty nieuwsgierig aan. "Wat we de hele tijd al wilden vragen: heb je Alan Calder nog gezien gisteren?"

"Nee; om precies te zijn —" De kamersteward leunde over haar schouder. "Pardon. De kapitein, hij zou u graag spreken."

Betty excuseerde zich en ging naar beneden naar de hut van de kapitein.

De deur stond open. Ze zag Kapitein Frascatore achter zijn bureau zitten, grimmig en vermoeid, met Isabelle en Mik Finsch rechts van de deur. Finsch stond beleefd op toen Betty binnenkwam. De kapitein maakte een handgebaar in de richting van een stoel en keek haar nadrukkelijk niet aan.

Betty ging zitten; Finsch ging ook weer in zijn stoel zitten.

Even was het stil. De kapitein schoof wat losse vellen papier heen en weer. Isabelle keek met een stalen gezicht naar de patrijspoort. De halve glimlach van Finsch was spottend, bijna duivels. Er was iets aan de hand, dacht Betty. "Nou, ik ben er," zei ze, met licht trillende stem. "Wat is er aan de hand?"

De kapitein legde zijn handpalmen vlak op zijn tafel. "Dit is geen goede zaak. Ik vind dit niet prettig op de *Garda*. Meneer Finsch heeft zich bij mij beklaagd. Het is uitermate onplezierig."

Mik Finsch sprak op de meest redelijke toon die je je maar kon voorstellen: "Ik vind dit allemaal bijzonder spijtig, Juffrouw Haverhill. Het gaat me aan het hart. Maar ik kan niet toestaan dat mijn eigendommen uit mijn hut worden meegenomen. Dat kunt u toch zeker wel begrijpen? Maar laten we de makkelijkste weg kiezen. Ik wil niemand in de problemen brengen. Als u mij mijn automatische pistool teruggeeft, dan praten we er verder niet meer over."

Betty keek verbijsterd van Finsch naar de kapitein. "Ik heb uw automatische pistool helemaal niet."

"Ah, Juffrouw Haverhill!"

"En u weet heel goed dat ik het niet heb!"

"Zoals ik al zei, ik wil geen problemen. We spreken als vrienden onder elkaar. Als u mij mijn pistool teruggeeft, dan vergeten we deze hele zaak."

"Ik heb uw pistool niet — en daar is een heel goede reden voor!"

"Maar u moet het hebben," protesteerde Finsch, terwijl zijn halve glimlach trilde op een charmante en overtuigende manier. "U bent in mijn hut geweest, u heeft mijn koffer geopend, u heeft mijn pistool gestolen. Dat weet ik allemaal."

Betty leunde achterover in haar stoel en keek van Finsch naar Isabelle. Finsch wachtte geduldig. Isabelle keek haar niet aan. Betty glimlachte bitter. Isabelle had duidelijk alles doorverteld. Nu lagen alle kaarten op tafel. Maar Betty had niets om zich zorgen over te maken. Ze konden haar niets maken. "Puur uit nieuwsgierigheid," zei Betty, "waarom zou ik uw pistool willen stelen?"

Dit was de verkeerde vraag, want nu had Finsch een opening. "Ik weet niet waarom u mijn pistool heeft gestolen, maar dat heeft u wel gedaan. Dat is een feit. Ik heb het vrijdagavond nog gezien. Dat is eergisteren. Mevrouw Calder was in mijn hut om iets te drinken. Zij kan bevestigen dat het er toen nog was."

"Ja," zei Isabelle, snel en op gespannen toon. "Het pistool was er nog op vrijdagnacht. Ik heb het zelf gezien."

"Vanochtend merkte ik dat het verdwenen was. U heeft het gisterochtend gestolen, nadat ik van boord was gegaan om mijn bagage op te halen."

Betty lachte hees. "Het pistool is verdwenen, Mik Finsch — maar ik heb het niet gestolen. Je hebt het zelf weggegooid."

"Het spijt me, Juffrouw Haverhill. Het pistool is verdwenen en ik kan bewijzen dat u in mijn koffer hebt gerommeld tussen de twee tijdstippen waar ik het over heb. U heeft een heel waardevol stuk antiek beschadigd en geprobeerd om dit feit te verhullen. Het is mogelijk om al te slim te willen zijn. U heeft zichzelf verraden." Hij wees naar een object dat was opgevouwen in een schone witte zakdoek. "Hier is mijn jade, een talisman, heel kostbaar. Het is gebroken en heel onhandig weer in elkaar gelijmd. Mevrouw Calder heeft me verteld dat u dit soort lijm in uw bagage heeft. Klopt dat?"

Betty beet op haar lip. De kapitein keek haar aandachtig aan. Het was een ongemakkelijke situatie. Finsch schilderde haar af als een insluiper, een dief en een leugenaar. In contrast met zijn eigen schijnbare openheid, zijn vrolijkheid zonder enig teken van wroeging of nervositeit, kwam zij natuurlijk over als iemand die iets te verbergen had en een onderhands spelletje aan het spelen was. Ze moest zichzelf herpakken, haar ontkenning even geloofwaardig laten overkomen als de beleefde beschuldigingen van Finsch. Ze deed haar best om een toon van neerbuigend dedain te vinden. "Uiteraard heb ik lijm in mijn bagage. Dat bewijst hoegenaamd niets."

"Dat is zo," gaf Finsch ruiterlijk toe. "Iedereen kan lijm bij zich hebben. Maar alleen u kan uw eigen vingerafdrukken achterlaten. Dat is bewijs. Kijk!" Hij vouwde de zakdoek open. "Kijk! Hier is mijn bol. Hij is gebroken. Hier is de scheur. Dit is lijm die er niet goed afgeveegd is. Het witte is talkpoeder. Ziet u deze prachtige vingerafdruk? Hij zit in de opgedroogde lijm."

Betty keek hem zwijgend aan. Haar gezicht was bleek, haar ogen waren groot van consternatie. Ze keek naar de vingerafdruk, wilde iets zeggen, maar Finsch hield meteen zijn grote witte hand op om haar te stoppen. "Misschien heb ik het fout. Ik denk het niet, maar het is mogelijk. U kunt mijn ongelijk bewijzen. Ik hoop dat u dat kunt. U hoeft ons alleen maar uw vingerafdrukken te laten zien. Hier is papier, hier is een stempelkussen. U kunt duidelijke vingerafdrukken maken, die kunnen bewijzen dat ik het mis heb. Alstublieft."

Betty deinsde achteruit. "Dat weiger ik."

Finsch haalde zijn schouders op en keek naar de kapitein.

De kapitein leunde voorover en fixeerde Betty met een onvriendelijke blik. "Dit is een heel vervelende toestand. Ik moet dus wel geloven dat —"

"In godsnaam!" barstte Betty uit. "Kunt u dan niet zien wat hij aan het doen is? Hij probeert u om de tuin te leiden!"

De kapitein werd een beetje rood. "Ik weet het niet. Laten we de feiten bekijken. Dit pistool, dat is belangrijk. Alan Calder is doodgeschoten. De politie zegt zelfmoord, maar ik denk het niet. U was in het hotel. Ik weet dat u het was, maar ik heb niets tegen de politie gezegd. Misschien was dat verkeerd. Ik wil niet dat de *Garda* aan de ketting gelegd wordt. Ik denk niet dat u iets te maken had met wat Alan Calder is overkomen. Waarom zou u Alan willen neerschieten? Maar nu zegt meneer Finsch dat u zijn pistool gestolen heeft. Hij heeft uw vingerafdrukken. Ik denk dat hier meer aan de hand is dan ik weet. Ik denk, deze kleine Juffrouw Haverhill denkt misschien dat ze die oude Kapitein Frascatore voor de gek kan houden."

"Kunt u de waarheid dan niet zien? Het ligt er duimendik bovenop. Finsch heeft Alan Calder doodgeschoten, en dat weten we allemaal! Waarom doen we net alsof er iets anders aan de hand kan zijn?"

Finsch schudde ernstig zijn hoofd en pakte een sigaar uit zijn zak. "Dat is een ernstige beschuldiging, Juffrouw Haverhill. Natuurlijk heb ik Alan Calder niet doodgeschoten, en het kan ook nooit bewezen worden dat ik zoiets gedaan heb." Hij stopte de sigaar in zijn mond en stak hem op.

"We zullen zien. Ik weet waar u het pistool heen gegooid heeft. Ik heb het het raam uit zien komen, en ik weet waar het geland is."

Finsch sprak op scherpe toon: "Zo. Dus u weet waar iemand een pistool heeft neergegooid. Kan dat zijn omdat u zelf degene was die het gegooid heeft?"

Betty lachte. "Dat is absolute onzin. Waarom zou ik Alan neerschieten? Ik zocht hem op omdat het leven met Isabelle niet om uit te houden is. Ze is egoïstisch en heeft geen moreel besef. Ze wast haar ondergoed niet, en zo zijn er nog wel een half dozijn andere bezwaren. Ik wilde overboeken naar een ander schip. Waarom zou ik Alan neerschieten? Hij was de man die me had kunnen helpen!"

"Maar dit is niet redelijk," argumenteerde Finsch. "Want u bent nog steeds hier, op het schip."

Betty glimlachte bitter. "U heeft Alan opgezocht voordat ik daar was. Als ik niet zo laf geweest was, had ik dat tegen de politie gezegd."

Finsch schudde verwijtend zijn hoofd. "Dat is al de tweede keer dat u mij beschuldigt. Dat is een heel serieuze zaak, om zoiets tegen iemand te zeggen. En uiteraard is het ook belachelijk. Waarom zou ik die arme Alan willen doodschieten?"

"Om haar."

"En dat is waar u pas echt onredelijk bent. Wij zijn mannen en vrouwen van de wereld. Laten we toegeven dat Alan misschien reden zou hebben om op mij te willen schieten. Dat is begrijpelijk. Maar waarom zou ik op hem schieten? Nee. Dat is tegennatuurlijk."

Betty raakte in paniek. Zou iemand haar geloven? Als Finsch de autoriteiten ervan kon overtuigen dat Betty zijn pistool had gestolen...Ze dacht aan het reçu en de cheque. "Dus u heeft Alan helemaal niet gezien?"

"Natuurlijk niet."

"Heeft u dat gehoord?" vroeg Betty aan de kapitein, die ongemak-kelijk gromde. "Ik kan bewijzen dat u Alan Calder gezien heeft! In zijn eigen handschrift. En in uw handschrift."

De ogen van Finsch schitterden; de hoeken van zijn mond trokken naar achteren zodat zijn glimmende tanden te zien waren. "Ik zou dat bewijs dan weleens willen zien."

"Dat zult u zeker — maak u maar geen zorgen!"

"Mag ik vragen wat dat bewijs van u precies inhoudt? Dan kan ik nu meteen uitleggen waarom het niet klopt."

De aandacht van de kapitein was van Betty afgedwaald, en nu keek hij met enige twijfel naar Finsch. Hij sloeg met beide handen op de tafel. "We zullen dit in Panama afhandelen. Er zal een onderzoek zijn daar, en dan zullen we de waarheid te weten komen. Dit is een heel vervelende reis voor mij. Ik heb een hekel aan ruzies en problemen."

"Het is moeilijk voor ons allemaal," zei Finsch. "Ik zal blij zijn als alles is uitgezocht. Ik denk dat Juffrouw Haverhill heel jong is, en mis-schien een beetje hysterisch. Ik zou mijn pistool graag terug hebben. Het is als een oude kameraad. Maar —" hij haalde zijn schouders op en nam somber een trek van zijn sigaar.

Betty stond op. "Was dat alles, kapitein?"

"Dat is alles."

Betty beende terug naar het bovendek. Tot haar eigen ergernis zag ze dat haar handen trilden, en ze voelde zich misselijk. Alec en Nello zaten te lezen; Ora was naar beneden gegaan.

Betty ging naar de andere kant van het dek, liet zich in een stoel zakken en keek uit over de door de wind geteisterde oceaan. Alles was grijs: de lucht, de zee, het schip. Ze dacht aan thuis, het vrolijke groen-met-witte huis onder de eiken; de vertrouwde huiskamer, de comfortabele stoelen, de boekenkasten, de open haard. Ze wenste vurig dat ze daar nog was. Onmogelijk. De *Garda* was een drijvende gevangenis die met de traagheid van een slak door de somberste der sombere oceanen kroop. Dit was het absolute dieptepunt van haar leven. Kon ze maar gaan slapen, of dronken worden…Isabelle kwam de trap op. Ze liep naar de reling, greep die met twee handen vast en staarde uit over de zee. Toen draaide ze zich om en keek naar Betty.

Haar gezicht was wit, haar ogen waren half-dichtgeknepen, haar mond was een strakke, bleke lijn.

Ze stak het dek over in vier lange passen, met gebogen knieën, op een onplezierige manier die deed denken aan een rennend insect. Ze stopte. Betty keek net op tijd op om een vage beweging te zien. Een shock, een verdoofd, onwerkelijk gevoel, een plotselinge pijn in haar wang. Betty bracht langzaam haar hand naar haar wang. Het gezicht van Isabelle, dat eruitzag alsof er geen vlees tussen haar huid en haar botten zat, was witheet van woede.

"Zo, dus ik ben een viespeuk en ik heb geen moreel besef; laat mij je eens vertellen wat jij bent." Ze vertelde het Betty, en Betty kromp in elkaar. Het waren woorden die ze weleens eerder had gehoord, en ze wist wat ze betekenden, maar Isabelle gebruikte ze met een hatelijke gemeenheid die haar shockeerde. Betty staarde haar met afschuw en verbijstering aan. Ze zette haar voeten op het dek en maakte aanstalten op te staan; Isabelle duwde haar terug op de stoel, en ineens maakte het Betty allemaal niets meer uit. Ze stompte Isabelle in de maag, schopte naar haar benen, liet zich van de stoel op het dek rollen. Isabelle rende naar voren, schopte Betty in de ribben, in de rug, tegen haar hoofd. Betty greep Isabelle bij de enkel en trok, en Isabelle hinkte uit balans achteruit tegen de reling aan. Betty stond moeizaam op; Isabelle sprong op haar af, spuwend als een wilde kat, haar vingers gekromd als klauwen. Betty rende achter de stoel en Isabelle botste ertegenaan. Betty greep haar bij de haren, trok haar naar voren, en Isabelle viel plat op haar gezicht op de stoel. Betty sloeg haar op haar omhoogstekende achterwerk, zo hard dat haar hand pijn deed, twee keer, drie keer. Isabelle krijste, sloeg haar armen om Betty's benen, beet haar in het dijbeen. Het gevoel van tanden maakte Betty wild. Ze hief haar knie, voelde Isabelle's harde hoofd, verloor haar evenwicht en viel naast de stoel terwijl Isabelle zich bovenop haar stortte en worstelde, beet, klauwde, en vloekte. Het was een warrig beeld: hier en daar een glimp van blond haar, nijdige grijze ogen, een open, krijsende mond. Beweging op en neer, klappen, schoppen, duwen, krabben. Ze voelde woede en shock, maar geen pijn, alsof ze in een onbekende staat van zijn was, de emotie voorbij.

Betty voelde dat er aan haar getrokken werd. Isabelle werd van haar af getrokken. Betty's ogen focusten zich: Alec had Isabelle vast, Nello had zijn armen om haar eigen middel geslagen. "Hou op, hou op!" riep Alec. "In Godsnaam, kalmeer een beetje! Ontspan! Waar zijn jullie mee bezig? Willen jullie elkaar soms vermoorden?"

De twee jonge vrouwen stonden hijgend en slap tegenover elkaar. De kapitein kwam vanaf de brug op hen afgerend, zijn gezicht rood van wanhopige woede. "Wat heeft dit te betekenen? Wat is er gebeurd? Wat heeft u nu gedaan?"

"Zij kwam naar me toe en sloeg mij!" riep Betty uit terwijl de tranen van woede over haar gezicht stroomden. "Ik wil een andere hut! Ik weiger in dezelfde hut als zij te slapen!"

"Er zijn geen andere hutten! Ik ben deze onzin beu! Ik ben u beu! U kunt slapen waar u nu slaapt, of anders maar gewoon op het dek."

"Maar —"

"Geen gemaar!" brulde de kapitein. "Er is helemaal geen reden voor dit soort toestanden. Waarom kunt u elkaar niet gewoon verdragen! Als er nog een voorval als dit is, dan zal ik u drie dagen opsluiten!"

"Dat heb ik net zo lief," mompelde Isabelle. Ze was bleek, alsof het droge, zongebleekte bot door haar gebruinde huid scheen.

"Nee! Het is onmogelijk. U bent allemaal goed opgevoed. Er wordt niet gevochten aan boord van de *Garda*! Iedereen heeft een eigen hut, en daar wordt geslapen. Het is niet nodig om te praten, of naar elkaar te kijken. Maar iedereen moet slapen. Moeder van God, Santa Maria! Wat een reis!"

"Inderdaad, wat een reis!" Betty duwde kwaad haar ellebogen naar achteren. "Nello, hou eens op met in mijn nek ademen!"

"Hoe kun je me nu voelen ademen in al deze wind?"

"Het maakt niet uit hoe ik je kan voelen." Betty keek omlaag naar haar eigen lichaam. Ze zat vol blauwe plekken, ze was vies, haar blouse was gescheurd en haar haren zaten in de knoop. Ze keek naar Isabelle, die er al even gehavend uitzag. "Ik ga naar beneden om mezelf wat op te knappen."

"Eerst," zei de kapitein, "moet u iets beloven: het vechten is afgelopen."

"Natuurlijk stem ik in!" riep Betty uit. "Ik ben nu ook niet begonnen!"

Isabelle knikte afstandelijk. "Ik heb haar gegeven wat ze verdient, en dat is alles waar het mij om ging."

"Ik heb me wat jou betreft nog aardig ingehouden," reageerde Betty.

Alec lachte, en zelfs de kapitein grinnikte. Betty zei kortaf: "Ik ga me opfrissen."

3

Betty nam een douche, bekeek haar blauwe plekken, trok schone kleren aan. Isabelle kwam de hut binnen; de lucht leek stijf te staan van vijandigheid. Geen van beiden zei een woord, en ze keken elkaar niet aan.

De lunch was zo mogelijk nog ongemakkelijker dan het ontbijt. Nello had niets te zeggen, Ora was in haar hut gebleven, Harry Mayberry zat nog altijd te mokken, en voelde zich nu nog meer achtergesteld omdat hij ook nog het gevecht had gemist. De kapitein zat met een strak, vijandig gezicht aan tafel en weigerde zijn blik op te heffen van zijn bord, en de machinist was nog minder sociaal dan normaal. De nieuwe passagiers keken nieuwsgierig de zaal rond, fluisterden onrustig tegen elkaar. Betty en Alec probeerden wat luchtige conversatie gaande te houden, maar zwegen al snel. Isabelle en Finsch fluisterden op een toon die in Betty's oren behoorlijk vijandig klonk. Er zit een moordenaar achter mij, vertelde ze zichzelf met plotselinge verbazing. Een moordenaar! En ik doe alsof het de gewoonste zaak van de wereld is, dat is het rare! Ik zit hier mijn lunch te eten, en hij zit daar zijn lunch te eten! Een moordenaar die mij haat en vreest — anders zou hij vanochtend niet naar de kapitein gegaan zijn. Isabelle heeft hem natuurlijk alles verteld; ik heb mijn mond voorbijgepraat, en nu maakt hij snode plannen.

Betty roerde in de bittere Italiaanse koffie, terwijl ze haar nek voelde kriebelen. De stoel kraakte toen Finsch opstond. "En nu een kleine siësta — het echte nagerecht voor iedere lunch. Vandaag is het koeler."

Betty keek hem na toen hij de zaal verliet. Hij vulde bijna de hele deuropening. Brede schouders en heupen, brede, gespierde armen en handen. In een ernstige stemming dronk ze haar koffie.

Na de lunch gingen Betty en Alec bij Ora kijken. Buiten de hut gebaarde Alec dat ze stil moest zijn en hij deed de deur heel zachtjes open.

"Ik slaap niet, en ik lig ook niet op sterven," klonk de stem van Ora. "Het is nergens voor nodig om zo uitgebreid te sluipen."

"Je hebt gezelschap," zei Alec tegen haar. "Betty is hier voor je."

"O, mooi. Kom binnen."

Betty ging op Alec's bed zitten terwijl Alec tegen de wasbak leunde. Ora keek Betty aandachtig aan. "Alec vertelde me dat je vanochtend bij een soort van handgemeen betrokken was."

Betty lachte gegeneerd. "Gewoon een beetje haartrekkerij. Niets ernstigs." Achteraf gezien was het hele gevecht bijna amusant. Ze had zich wijd open gevoeld, wild en losgeslagen, op een manier die ze nooit eerder had meegemaakt.

Ora keek haar aan met een blik als een nieuwsgierig vogeltje. "Hoe is het begonnen?"

Betty beschreef de gebeurtenissen die aan de vechtpartij voorafgegaan waren. Om dit alles te verklaren, moest ze uitleggen wat er precies in de hut van de kapitein was voorgevallen, hetgeen noodzakelijkerwijs betekende dat ze ook in moest gaan op de dood van Alan Calder, en uiteindelijk merkte Betty dat ze het hele verhaal van begin tot eind zat te vertellen.

Ora was enorm onder de indruk, en keek Betty met nieuw respect aan. "En te bedenken dat je dit dus allemaal alleen hebt moeten dragen!"

Betty bewoog zich ongemakkelijk. "Ik voel me nogal dom, om op die manier terug hierheen te rennen, volkomen in paniek. Ik weet gewoon dat ik beter naar de politie had kunnen gaan."

"Het is een afschuwelijke toestand om ineens mee geconfronteerd te worden," zei Ora meelevend. "Ik weet niet wat ik in jouw plaats gedaan zou hebben."

"Als het toen al zenuwslopend was, dan moet ik zeggen dat het nu nog veel erger lijkt. Ik kan gewoon bijna geen lucht krijgen als ik eraan terugdenk!" Ze blies haar adem uit. "En dan is het ook nog zo verschrikkelijk heet!"

"Het is hier nog heter dan elders," zei Ora. "Met typische Italiaanse efficiëntie doet onze ventilator het dus niet meer."

Het bleef even stil, en toen slaakte Betty nogmaals een melancholieke zucht. "Het ergste is," zei ze, "dat ik echt bang ben."

Alec trok zijn wenkbrauwen op. "O, ik denk niet dat het zo ver zou komen. Als Finsch iets gewelddadigs van plan is, dan had hij je niet meegenomen naar de kapitein. Hij beseft gewoon dat jouw getuigenis hem zou kunnen schaden, dus hij probeert je nu alvast bij voorbaat in diskrediet te brengen."

"Ja, maar hij wist toen niet dat ik het reçu en de cheque had."

"En dat weet hij nu wel?"

"Ik neem aan van wel. Ik moest zonodig mijn grote mond voorbij-praten."

Ora grinnikte. "En nu vraagt hij zich af hoe in jij daar in vredesnaam aan gekomen bent."

Alec schudde zijn hoofd. "Ik zie niet hoe dat reçu en de cheque echt veel verschil kunnen maken. Finsch kan met redelijke overtuigingskracht beweren dat jij zijn pistool hebt gestolen. Isabelle kan ervan getuigen dat het pistool in de koffer zat en dat de jaden bol nog heel was voordat we in La Libertad aankwamen, en dat daarna het pistool weg was en de bol gebroken was. En jouw vingerafdrukken zitten op de jaden bol."

"Hoe kan hij zo zeker weten dat de vingerafdrukken van Betty zijn?" protesteerde Ora.

"Een simpele, logische gevolgtrekking."

"Zo simpel klinkt het voor mij anders niet," snauwde Ora. "Waarom zouden ze niet van een ander kunnen zijn?"

"Hij weet ongeveer wanneer die bol gebroken is. En op dat moment was de rest van ons in San Salvador. Het is natuurlijk mogelijk dat hij het alleen maar vermoedt, en dat hij op de een of andere manier zijn vermoedens heeft kunnen bevestigen —"

Betty ging rechtop op het bed zitten. "Dat heb ik me ook afgevraagd. Maar nu weet ik het. Het is de afdruk van mijn rechterduim op de bol, omdat ik geprobeerd heb de twee helften tegen elkaar te drukken. Isabelle had alle gelegenheid om mijn rijbewijs uit mijn handtas te halen. Nu ik erover nadenk heb ik haar zonder het te weten bijna betrapt. Ze zei dat ze mijn lippenstift wilde lenen! Hoe dan ook, mijn rechterduim staat daarop, dus het was eenvoudig genoeg voor meneer Mik Finsch. Hij *wist* dat ik in zijn koffer had gerommeld."

Alec stak zijn hand op. "Laat mij mijn argument even afmaken. Ik wilde zeggen dat het reçu en de cheque in jouw bezit verder niet zo heel veel belang hebben voor de zaak."

"Ik snap dat niet," zei Betty. "Ze bewijzen toch dat —"

"Omdat we er alleen jouw woord voor hebben dat ze met Finsch te maken hebben. Hij zou kunnen zeggen: 'Natuurlijk heb ik Alan gesproken. Hij eiste geld van mij. Ik heb hem dat gegeven. We hebben zonder rancune afscheid van elkaar genomen. Later kwam er iemand anders binnen die Alan doodschoot met mijn pistool en deze papieren heeft gestolen. Betty Haverhill heeft mijn pistool gestolen. Misschien heeft ze Alan wel neergeschoten. Ik zou het niet weten.'"

Betty uitte een blaffend, nerveus lachje. "Maar waarom zou ik op die arme Alan willen schieten?"

"Een raar idee, natuurlijk. Toch — het fysieke bewijs wijst net zozeer naar jou als naar Finsch. Sterker nog — omdat jij gezien bent in het hotel, en Finsch niet. De ene interpretatie van het bewijs — de jouwe — geeft aan dat Finsch een moord heeft gepleegd uit gierigheid en rancune. Finsch lacht hier uiteraard om. Wat maken een paar duizend *colones* nu uit voor een man als hij? Zijn interpretatie is dat jij zijn pistool hebt gestolen en Alan hebt doodgeschoten. Hij weet niet waarom. Een jongedame die hysterisch is geworden van de hitte."

"O Alec, hou nou eens op met die gladde redeneringen van je," riep Ora uit. "Het is irritant!"

"Excuseer me, mijn liefste. Ik merk dat ik zomaar ineens mijn hersens weer eens aan het gebruiken ben."

Ora zuchtte en wendde zich tot Betty. "Trouw nooit met een man die denkt dat hij slim is. Hij zal je steeds opnieuw aan het kruis nagelen."

Alec stak zonder verder commentaar zijn pijp aan. Ora ging rechtop zitten in haar bed. "We stikken hier met z'n allen. Ik moet naar het dek, ziek of niet ziek. Die stomme elektrische ventilator ook. Ik heb al tegen de kapitein geklaagd, en hij zegt dat de elektricien hem zal maken. De deur klemt, de kraan drupt —"

"Kortom, een schip rechtstreeks uit de hel," zei Alec. Hij deed de deur open. "Laten we naar boven gaan."

4

"Ora is ongewoon dwars vanochtend," merkte Alec op. "Of ze heeft honger, of ze heeft het heet, of ze is misselijk."

"Dat lijkt me reden genoeg," zei Betty.

"Ze gelooft ook dat ze met haar eigen handen een schip zou kunnen ontwerpen, in de vaart nemen en besturen dat beter functioneert dan de *Garda*."

Betty slaakte een droevige zucht. "Ik wou dat ik thuis was."

Ora verscheen en liet zich in een dekstoel vallen. "Rotschip. De grendel van de badkamer is kapot. Nu kunnen we de deur niet meer op slot doen. Ik hoop dat de schroef straks ook niet spontaan van het schip valt."

Alec trok aan zijn pijp. "We hebben genoeg materiaal voor jaren van herinneringen en verhalen."

Ora lachte grimmig. "We zullen deze reis niet snel vergeten, daar hoeven we niet bang voor te zijn!"

"Als we de reis eerst maar overleven," zei Betty.

Alec schudde glimlachend zijn hoofd. "Wat Finsch betreft is het jouw woord tegen het zijne. Het enige dat hij hoeft te doen is onbewogen blijven en alles ontkennen."

"Dat hoeft niet," zei Ora. "Stel dat er nog andere bewijzen zijn waar Finsch wel van weet, maar die ons niet zijn opgevallen?"

"In dat geval wordt Finsch dus een heel gevaarlijke man."

"Precies," zei Ora.

Betty sloeg haar armen om haar lichaam alsof ze het koud had. "Ik ga me in mijn hut opsluiten en kom er niet meer uit tot het schip in de haven afmeert."

Alec maakte een simpel gebaar met zijn pijp. "Zonder zijn pistool kan hij niet op je schieten; zonder de hulp van de steward kan hij je niet vergiftigen; hij kan je niet wurgen tenzij —"

"Je maakt het arme kind doodsbenauwd!" snauwde Ora.

"Ja, Alec." Betty ergerde zich aan de trilling in haar stem. "Dat is echt zo. Ik ben niet zo dapper."

Ora keek Alec nijdig aan. "Natuurlijk kan je niets overkomen. Je moet gewoon voorzichtig zijn. Een gewaarschuwd mens telt voor twee. En uiteraard zullen wij in de buurt blijven."

"Als Finsch vervelend wordt, zal Ora hem wel op zijn nummer zetten," zei Alec.

"Stil," zei Ora. "Daar komt hij."

Finsch kwam de trap op, gekleed in een beige korte broek, een blauw overhemd met korte mouwen en zijn breedgerande hoed. Hij stond even stil en keek naar achteren, in de richting waar het schip vandaan gekomen was, schudde toen kritisch zijn hoofd en ging achter Ora staan. "Kijk eens naar het kielzog van het schip. Kijk eens hoe scheef het gaat? De man achter het stuur weet niet wat hij doet."

Ora draaide zich om in haar stoel. "Ja. Het lijkt inderdaad wel of we aan het zwalken zijn."

Finsch liep naar de reling en keek naar de lucht. "Vannacht gaat het flink regenen. Dat gebeurt vaker deze tijd van het jaar. Morgen is het dan weer zonnig en heet — de echte hitte van de tropen! Morgen moet iedereen veel zout eten, want morgen zullen we allemaal zweten!" Hij zette zijn hoed af en wuifde zichzelf koelte toe. "Excuseert u mij. Ik zie de Duitse ingenieurs. Het is jaren geleden dat ik voor het laatst Duits gesproken heb; ik wil de taal heel graag ophalen."

Hij wandelde het dek over en trok een stoel naast de twee Duitsers. Betty zag hoe hij naar achteren wees, naar het kielzog, en zag hoe de Duitsers dezelfde kant opkeken terwijl Finsch de tekortkomingen van de kwartiermeester uit de doeken deed.

"Nog twee dagen voor we in Panama zijn," zei Betty. "Minder dan twee dagen. Zesendertig uur."

"Maak je niet te druk," zei Ora. "Zorg gewoon dat je nooit alleen bent. Doe de deur van je hut op slot en gil de longen uit je lijf als hij in je buurt komt."

"Wat een reis," mompelde Betty. "Wat een reis."

"Waar is Isabelle?" vroeg Ora.

"Ik heb haar al sinds de lunch niet gezien. Meestal is ze bij Finsch, tenzij ze onder de douche staat.

Ora snoof. "Ik zou het niet durven, nu de grendel stuk is. Iedereen kan zomaar binnenkomen terwijl je daar staat. Alec, wil je zo lief zijn om het aan de kapitein melden? Ik ben niet overdreven preuts, hoor, maar er zijn grenzen."

"Jawel, mijn lief. Ik zal zorgen dat je klachten gehoord worden."

5

De dag verstreek. De *Garda* worstelde zich hortend en stotend door de grijze zee, met een warrige witte massa schuim in haar kielzog. Zwarte fregatvogels zweefden achter het schip aan, doken tot enkele centimeters van het water en kwamen op de volgende windvlaag weer omhoog. Onder de dichte bewolking werd het snel schemerig. De wind nam af tot zachte koele windstoten om uiteindelijk helemaal weg te vallen, en de oceaan zag eruit als gelakte grijze leisteen. In de nacht begon het te regenen, eerst grote, zachte druppels en toen een hoosbui die met een sissend, brullend geweld over de dekken de oceaan in rolde.

Net als het ontbijt en de lunch was het avondeten ook rustig. Ora zag er bleekjes uit en prikte wat in haar gekookte kip. Harry Mayberry had echter een soortgelijke kwaal opgelopen en was in zijn hut gebleven. Betty at nauwelijks meer dan Ora, en was zich continu bewust van de man die nog geen twee meter achter haar zat.

Na het avondeten speelden Alec, Ora, Nello en Betty een spelletje bridge, terwijl het schip deinde op de lage golven en de regen tegen de patrijspoorten sloeg. Finsch en Isabelle speelden een paar spelletjes patience, ieder aan een kant van de tafel. De halve grijns van Finsch leek wat gedwongen; Isabelle keek somber en verveeld. Na enige tijd gooide Finsch met enige ergernis zijn kaarten op tafel en wendde zich tot de Duitse ingenieurs. Ze boden een glas cognac aan, wat Finsch accepteerde, maar Isabelle afsloeg.

Het volgende halfuur spraken Finsch en de ingenieurs in het Duits met elkaar terwijl Isabelle rusteloos doorging met haar patience.

Het spelletje bridge was al na een enkele robber afgelopen, omdat niemand echt veel zin had om nog verder te spelen. Er was niets anders meer te doen dan maar gewoon naar bed te gaan. Betty keek van opzij naar Finsch, die de cognac dronk die met gulle hand door de Duitsers werd ingeschonken. Ze leken zijn gezelschap bijzonder op prijs te stellen en leunden vol aandacht naar voren om beter naar zijn verhalen te kunnen luisteren.

Betty kromp in elkaar en huiverde. Ik zou de kapitein om bescherming moeten vragen. Ik zou moeten eisen dat iemand Finsch in het oog houdt... Ze glimlachte bitter toen ze bedacht hoe de kapitein op zo'n verzoek zou reageren.

Ora draaide zich om in haar stoel en stond op. "Bedtijd. Het is koel in de hut, en ik ga wat lezen."

"Ik denk dat ik ook maar ga," zei Betty. Dit was het beste moment om te vetrekken. Finsch, die nog altijd zat te drinken, kon niet op de loer liggen in de gangen. Douchen bleef natuurlijk een probleem, dus vanavond, hoe plakkerig ze zich ook voelde, moest ze maar een keer overslaan.

Betty en Ora gingen samen de gang door, die langer en schemeriger leek dan ooit. Ze beklommen de stalen trap en daar stopte Ora, omdat ze vanaf dat punt ieder een andere kant op moesten. "Vanaf hier red je het wel," zei Ora terwijl ze Betty op de arm klopte. "Doe je deur op slot en dan kan je verder niets gebeuren."

"Ik wou dat ik jouw zelfvertrouwen had," zei Betty. "Er hoeft niet veel meer te gebeuren of ik word volkomen hysterisch."

"O, tsk, tsk." Zo klonk het afkeurende en vermanende geluid dat Ora tussen haar tanden door maakte. "Je moet je niet te veel in je hoofd halen."

Betty keek weifelend de gang in. "Ik vraag me echt af of ik misschien de kapitein zou moeten vragen om iemand op wacht te zetten of zo."

Ora snoof. "Hij zou je vierkant uitlachen."

"Ja. Dat denk ik ook."

Beneden klonk het geluid van luide Duitse stemmen. "Daar komt hij," zei Ora. "Ga maar gauw."

"Welterusten."

"Welterusten, en maak je niet te druk!"

Betty rende naar Hut #2, ging naar binnen, knipte het licht aan en deed de deur op slot. Ze bleef in het midden van de hut staan en keek om zich heen, vaag bezorgd of er misschien ergens een of andere val was gezet.

De hut leek verder helemaal normaal. Ze keek onder het bed, doorzocht de kasten, ontdekte niets bijzonders. Dat was in ieder geval een goed begin. Iets meer zelfverzekerd nu, begon ze zich om te kleden in haar pyjama en ging in kleermakerszit op het bed zitten lezen terwijl ze met een half oor bleef luisteren of ze iets verdachts hoorde. Er gingen vijftien minuten voorbij. Stevige voetstappen klonken in de gang. De deurknop draaide.

Betty liep naar de deur. "Wie is daar?"

"Ik ben het!" — de stem van Isabelle, geïrriteerd en kortaf.

Betty draaide de deur van het slot en deed hem op een kiertje open. Isabelle duwde ongeduldig tegen de deur en drong zich naar binnen. Betty sloot de deur en draaide het slot om.

Isabelle wachtte tot ze klaar was, met een neerbuigende geamuseerdheid. "Nog steeds bang?"

"Ik vertrouw je vriendje niet," zei Betty. "Hij is een moordenaar, om precies te zijn."

Isabelle haalde haar schouders op. "Je blijft dat maar herhalen; nog even en dan ga je het nog geloven." Ze ging op het bed zitten en schopte haar sandalen uit. "Ik weet niet of het wat uitmaakt voor jou, maar het spijt me dat ik je zo aanvloog."

"Ach, nou ja," zei Betty, "het was ook gedeeltelijk mijn schuld. Ik had die dingen niet over je moeten zeggen. In ieder geval niet in je gezicht."

Isabelle stopte even met uitkleden. "Ik weet niet wat er over mij kwam. Het was wel het laatste dat ik van plan was. Ik heb helemaal niets om ruzie over te maken: geen zorgen, geen problemen. Voor de eerste keer in mijn leven."

"Dat is fijn voor je."

Isabelle keek Betty met een koele grijns aan. "Jij, daarentegen, hebt jezelf danig in de nesten gewerkt. Waarom heb je zijn bol gebroken? Daar ergert hij zich aan, meer dan aan wat dan ook."

"Waarom heb je mijn rijbewijs gepakt, nu we elkaar toch vragen stellen?"

Isabelle haalde haar schouders op. "Hij wilde het zien. Het heeft verder ook geen kwaad gedaan. Als je schuldig bent, dan ben je schuldig, zo niet, dan niet."

"Ik ben onschuldig."

"Jij hebt het pistool van Mik gestolen. Dat kun je niet ontkennen."

"Natuurlijk ontken ik dat! Ik heb die koffer doorzocht nadat ik weer aan boord was teruggekeerd. Nadat ik het schot hoorde en het pistool over de klif zag gaan. Ik wilde zeker weten dat het het pistool van Finsch was. En dat was het inderdaad."

Isabelle haalde diep adem. "Ik wil me daar verder het hoofd niet over breken. Ik wil het niet weten."

"Maar stel nu dat je zeker wist, absoluut zeker, dat Finsch Alan vermoord heeft —"

"Misschien was Alan wel de eerste die een wapen trok."

"Hij zou dat niet gedaan hebben. Ik heb hen horen praten. Alan zei zoiets als: 'We gaan nu meteen naar de bank met die cheque, we verzilveren hem nu vandaag nog!' En toen klonk dat schot. Finsch wilde gewoon het geld niet kwijt."

Isabelle maakte een geërgerd geluidje diep in haar keel. "Ik wil deze dingen helemaal niet weten. Ik wil deze hele rottige toestand gewoon vergeten."

"Ben je bang voor de waarheid?"

"Het interesseert me gewoonweg niet."

"En stel nou dat je het wel zou weten?"

"Maar ik weet het niet."

"Maar stel dat het wel zo was."

Isabelle ademde diep in, vervuld van irritatie. "Ik heb geen idee wat ik zou doen. Wat maakt het uit? Ik ben geen voorstander van moord, als je dat misschien zou willen zeggen. Als ik het zeker wist, absoluut zeker, dan zou ik hem laten vallen. Maar ik weet het niet zeker en ik wil ook niet dat anderen mij proberen te overtuigen. Ik heb vertrouwen in Mik. Ik zal niet luisteren als mensen proberen hem zwart te maken."

Betty slaakte een diepe zucht van verlichting. Ergens in haar achterhoofd had ze de angst gehad dat Isabelle Finsch misschien wel zou helpen, een medeplichtige zou worden. En als dat gebeurde was Betty helemaal kansloos.

"Ik ben bang voor hem," zei Betty met eerlijke eenvoud. "Wil je me beloven dat je de deur niet zult openmaken, en hem de hele nacht op slot houdt?"

Isabelle lachte ongemakkelijk. "Je bent echt in alle staten."

Betty knikte. "Wil je het beloven?"

"Als jij je daar beter door voelt, prima." Ze merkte Betty's pyjama op. "Ga je vanavond niet douchen?"

"Nee."

"Nu weet ik zeker dat je echt bang bent. Jij bent een meisje dat zich aan haar eigen routine vastklampt. Alles gaat op de klok. Opstaan om zeven uur, tandenpoetsen. Na het eten een douche, tandenpoetsen en naar bed."

"Vannacht poets ik alleen mijn tanden. Ik ga deze hut niet uit."

"Wel, ik ga douchen. Ik plak helemaal. Ik kan het niet uitstaan. Ik snap niet dat jij ertegen kunt."

Betty haalde haar schouders op. "Tien minuten na het douchen plak ik toch weer. Ik doe gewoon geen moeite meer. In ieder geval vanavond niet."

"Het is vanavond heet en nat, en met dat soort weer zweet ik altijd pas echt." Isabelle trok haar kleren uit en hulde zich in haar witte badjas. "Als de deur op slot moet blijven, hoe kan ik dan gaan douchen?"

"Ik laat je naar buiten. Als je weer naar binnen wilt, moet je twee keer kloppen."

"Je neemt echt geen enkel risico, is het wel?"

"Ik hoop het niet. Ik denk dat je vriendje mij wil vermoorden."

Isabelle pakte de rode douchekap van het handdoekrek. "Mik is zo ongevaarlijk als een teddybeer. Ik kan hem om mijn vinger winden." Ze trok de douchekap over haar blonde haren. Mijn douchekap, dacht Betty, die te moe was om te protesteren.

Ze ging naar de deur, legde haar hand op het slot en bleef even staan luisteren.

"O, hemeltjelief," zei Isabelle geïrriteerd. "Doe open! Jij hebt echt de meest idiote waandenkbeelden. Hier, laat mij het doen."

"Nee, ik doe het wel." Betty draaide aan het slot, deed de deur open op een kier en keek naar buiten. De gang leek leeg.

Isabelle beende naar buiten. Betty deed de deur dicht en draaide hem weer op slot. Even bleef ze aan de deur staan luisteren, maar als er al enig geluid te horen was, dan werd dat overstemd door het ruisen van de regen en het klateren van het water tegen de romp.

Ze ging terug naar bed en pakte haar boek. Na enige tijd drong het tot haar door dat ze geen idee had wat ze aan het lezen was. Ze wreef in haar ogen en begon opnieuw.

Het had geen zin. Haar ogen vielen dicht. Ze legde het boek neer en sloot haar ogen terwijl ze op Isabelle wachtte.

De tijd verstreek. Het deel van haar hersenen dat op Isabelle lag te wachten werd ongeduldig. Ze bewoog, ging rechtop zitten en keek naar het bed van Isabelle. Er was genoeg tijd verstreken om drie of vier keer te kunnen douchen. Misschien was ze na het douchen bij Mik Finsch op bezoek gegaan.

Betty wilde weer achteroverleunen, maar plotseling verstijfde ze. Een zacht geluid in de gang — Isabelle? Betty staarde naar de deur. De bronzen knop bewoog licht, draaide langzaam. Betty keek er gefascineerd naar. De knop draaide helemaal om. De deur kraakte en probeerde open te gaan, maar het slot hield hem tegen.

De druk nam af, de knop draaide langzaam terug naar zijn uitgangspositie.

Vijf minuten verstreken. Betty stond op, ging op haar tenen naar de deur en luisterde. Er was niets te horen.

Uiteindelijk ging ze terug naar haar bed. Ze kromp ineen bij het geluid van de spiraalveren.

Een uur verstreek. Waar bleef Isabelle? Was ze bij Finsch? Wie had geprobeerd de deur te openen? Als Isabelle bij Finsch was, was het dan een ander die geprobeerd had haar hut binnen te komen? Wie dan?

Betty werd om twee uur wakker zonder dat ze gemerkt had dat ze in slaap was gevallen. Het regende niet meer; de motoren dreunden onophoudelijk, als het kloppen van een hart dat de *Garda* door de duisternis voortstuwde.

Betty vroeg zich versuft af waar Isabelle kon zijn, maar viel toen vrijwel meteen weer in slaap.

6

De ochtendzon maakte Betty wakker. De hemel was helder en strak als een porseleinen bord. Ze ging traag overeind zitten, zwaaide haar benen naar de grond en zag het lege bed van Isabelle. Vreemd.

Betty trok haar badjas aan, liep naar de deur, stopte en draaide zich met tegenzin weer om. Het was afschuwelijk om bang te zijn om naar de badkamer te gaan… Ze kon wel wachten.

Ze poetste haar tanden, kleedde zich aan, ging weer naar de deur. Ze legde haar hand op het slot, aarzelde. Stel dat er iets massiefs, iets krachtigs naar binnen zou komen en haar zou overvallen en de mond snoeren voordat ze kon roepen? Betty trok haar hand weer van het slot af.

Even bleef ze staan aarzelen; ze wilde heel graag naar de badkamer, en was boos over haar eigen angst. Ze hoorde vrolijke Italiaanse stemmen, voetstappen. Ze draaide het slot open en beende de gang in. Misschien was het toeval, maar Mik Finsch stond voor de deur van zijn eigen hut alsof hij net naar buiten gekomen was. Hij zag er vermoeid en bleek uit, en de huid van zijn gezicht leek los te hangen. Hun blikken ontmoetten elkaar en even leek er iets van communicatie plaats te vinden. Betty volgde de tweede stuurman en de tweede machinist een dek naar beneden en liep met snelle pas naar de hut van de Cato's. Ze klopte aan, terwijl ze nerveus over haar schouder keek. De deur ging open. Ora stak haar hoofd naar buiten. "Goedemorgen! Ik zie dat je nog steeds in het land van de levenden bent."

"Dat gaat niet lang duren tenzij ik naar de badkamer kan. Ik durf niet alleen."

"Momentje. Ik kom wel mee en ga bij de deur staan."

"Ik weet dat het raar is."

"Dat maakt niet uit. Je kunt beter het zekere voor het onzekere nemen."

Onderweg naar beneden, naar de eetzaal, vroeg Ora naar Isabelle. "Hoe ging het de rest van de avond tussen jullie? Meer ruzie?"

"Nee," zei Betty. "Ze heeft zich zelfs verontschuldigd. Toen is ze gaan douchen en niet meer teruggekomen. Ik neem aan dat ze de nacht bij Finsch heeft doorgebracht."

Ora gromde. "Het kan haar weinig schelen hoe anderen over haar denken."

Betty voelde een bijna perverse aanvechting om Isabelle te verdedigen. Gisteravond had ze voor het eerst onder het blond-met-grijze uiterlijk iets ontdekt dat haar aansprak. Maar ze zei niets.

In de eetzaal zat Finsch alleen aan de achterste tafel. Hij keek op toen Betty en Ora binnenkwamen, en richtte zich meteen weer op zijn grapefruit. Blijkbaar was Isabelle zich nog aan het aankleden, dacht Betty.

Het ontbijt ging voorbij, en Isabelle kwam nog steeds niet opdagen. Harry Mayberry, die inmiddels weer zichzelf was, vroeg naar haar. Betty haalde haar schouders op. "Ik weet niet waar ze is."

"Is ze ziek?" vroeg de kapitein. "Ik zal de steward naar haar hut sturen met koffie en sinaasappelsap."

"Ik weet niet of ze ziek is. Ze was vannacht niet in onze hut. Misschien dat meneer Finsch haar gezien heeft."

"Ik?" vroeg Finsch. "Nee. Ik heb haar niet gezien. Niet sinds gisteravond."

Betty staarde hem aan. Ze wendde zich tot de kapitein. "Isabelle is gisteren gaan douchen. Ze is niet meer teruggekomen."

De kapitein zette zijn koffie neer en sprong overeind. "Kom, we gaan haar zoeken."

Isabelle was niet aan boord van de *Garda*.

Betty merkte dat iedereen haar vreemd aankeek, zelfs de Cato's.

HOOFDSTUK X

1

DE GARDA VOER DICHT VOOR een hoge, groene kust. Punta Guiones lag achter en Cabo Blanco lag voor de boeg. De lucht was zwaar van de hitte, een woest, olieachtig vuur gleed over het gladde oppervlak van het water; de horizon glansde in de felle zon.

De minst oncomfortabele plaats aan boord was onder de overkapping op het bovendek, in de bries die de beweging van het schip veroorzaakte. Hier zaten de passagiers bijeen, in hun meest luchtige kleding, te kijken hoe de bergen en dalen van Costa Rica voorbijgleden.

Onmiddellijk nadat de verdwijning van Isabelle bevestigd was hadden Finsch en de kapitein een bespreking gehouden in de hut van de kapitein, terwijl Betty onrustig in een dekstoel zat. "Wat kunnen die twee in vredesnaam te bespreken hebben?" merkte ze geërgerd op.

Alec en Ora zaten rechts van haar, en naast hen zaten Harry Mayberry en Nello.

"Ik kan er wel naar raden," zei Alec kortaf. Ora zei niets. Ze had haar lippen getuit in een vreemde ronde vorm, als een soort verdroogde rozenknop.

"Het is onwerkelijk," zei Betty. "Isabelle is zeker niet uit vrije wil van boord gegaan. En waarom zou iemand anders haar iets willen aandoen?"

"Precies," zei Alec droogjes, "Finsch had er niets bij te winnen."

Betty deed er het zwijgen toe. Niemand anders leek zin te hebben in een gesprek.

Enkele minuten later kwam een steward naar hen toe en informeerde Betty op beleefde toon dat de kapitein haar wilde spreken. Het was doodstil toen Betty wegliep, maar bijna nog voordat ze de trap af was hoorde ze Ora op sarcastische toon iets zeggen. Betty's oren suisden van woede en vernedering. Wat hadden die lui plotseling allemaal?

De kapitein, die er boos en getergd uitzag, zat zoals eerder achter zijn tafel, terwijl Finsch in een smalle rotanstoel links van hem zat. Ondanks de hitte leek Finsch het eerder koud te hebben. Zijn huid was droog en strakgespannen over zijn zware botten; zijn ogen schitterden als grafiet; zijn halve glimlach was vertrokken tot een vosachtige grimas.

De kapitein gebaarde dat Betty moest gaan zitten.

"We moeten deze verschrikkelijke situatie bespreken," verklaarde de kaptein. "Er zal in Panama een onderzoek gestart worden, maar misschien wilt u nu al iets mededelen."

Betty ging rechtop in haar stoel zitten. Haar stem brak van verontwaardiging. "Iets zeggen? Waarover?"

"Over de verdwijning van mevrouw Calder, uiteraard."

"Ik heb u alles verteld wat ik wist. Ze vertrok om halftien uit de hut om te gaan douchen. En dat is de laatste keer dat ik haar gezien heb."

"Heeft u ruzie gemaakt?"

"Goede hemel, nee! Ze vertelde me dat ze spijt had van onze eerdere aanvaring. We hadden een betrekkelijk vriendelijk gesprek."

Finsch schudde licht zijn hoofd, alsof hij dit maar moeilijk kon geloven. Betty keek hem nijdig aan en keek toen weer naar de kapitein. "Ik vind de toon van uw vragen allesbehalve prettig."

De kapitein vertoonde geen enkel teken van toenadering; integendeel, zijn uitdrukking werd nog een tikje strenger. "Het is een verschrikkelijke situatie. Denkt u eens aan de publiciteit. Er zullen berichten in de kranten staan. De *Garda* van de Mediterranean Line, onder bevel van Kapitein Alberto Frascatore."

"Dat is niet leuk," sprak Finsch.

"Het is meer dan niet leuk; het is afschuwelijk. Ik heb nog nooit een reis als deze meegemaakt. Waar is mevrouw Calder dan gebleven?"

"Ik heb werkelijk geen flauw idee. Vraag het meneer Finsch."

Finsch hief zijn handen en trok zijn wenkbrauwen op om aan te geven dat hij van niets wist. "Ik heb geen idee. Laten we de feiten op een rijtje zetten. U heeft mij ervan beschuldigd dat ik Alan Calder iets aangedaan zou hebben. Het is een dom idee, maar—" hij tuitte zijn lippen "—het is altijd mogelijk. Maar nu mevrouw Calder. Dat is niet alleen dom, maar ook nog eens onmogelijk. Van alle mensen aan boord van dit schip is zij wel de laatste die ik kwaad zou willen doen. En nu moeten we terug naar het verleden. Het is niet prettig, maar we moeten de feiten onder ogen zien. Juffrouw Haverhill krijgt ruzie met meneer Bunpole, omdat hij haar aan boord gevolgd is. Meneer Bunpole verdwijnt — een zelfmoord. In La Libertad pakt ze mijn pistool af — nee, laat me uitpraten — en meneer Alan Calder wordt doodgeschoten. Weer zelfmoord. Gisteren heeft ze ruzie met Isabelle Calder, en gisteravond verdwijnt Isabelle Calder. Is dat niet vreemd?"

Betty kon nauwelijks op haar stoel blijven zitten, zo boos was ze. "Hoe durft u de feiten zo te verdraaien! U weet dat het niet waar is! U bent de leugenaar, en de moordenaar!"

"Ik? Dat is absolute nonsens!" De stem van Finsch klonk zo laag en zo hard dat de ruiten in de boekenkast van de kapitein rinkelden. "Ik ben bekend in heel veel plaatsen over de hele wereld, en niemand heeft me ooit op deze manier durven te beschuldigen."

Betty sprak met een zachte, bijna terloopse stem. "Maar het klopt wel, nietwaar?"

"Er klopt niets van. Het is onzin. U weet best dat ik Isabelle nooit iets zou aandoen."

"Dat kan wel zo zijn," zei Betty. "Maar u wilt mij iets aandoen. En even ter informatie, er schoot mij iets te binnen toen u het zojuist over Alan Calder had. Ik weet nog iets dat bewijst dat u degene bent die op hem geschoten heeft, en niet ik, zoals u iedereen zo graag wilt laten geloven. Morgen zijn we in Panama, en tot die tijd kunt u zweten." Ze stond op. "En verder, kapitein, zou u alstublieft het slot in de damesbadkamer kunnen laten maken? Nu meteen? Ik durf niet..." Betty's stem stierf weg; ze keek naar Finsch. Want nu ineens begreep ze waarom Isabelle verdwenen was. Het was ineens kristalhelder. Finsch had een tragische vergissing gemaakt, hartverscheurend triest en onweerstaanbaar komisch. Betty lachte schril en stak haar wijsvinger uit naar Finsch. "U bent een leugenaar en een moordenaar, en ook nog eens een stommeling!"

De tanden van Finsch glinsterden; hij leunde voorover en ging toen weer rechtop zitten. Hij wendde zich tot de kapitein. "Ik ben bang dat Juffrouw Haverhill niet in orde is. Ik zou willen voorstellen —"

"Nee, nee," zei Betty. "Maak u geen zorgen, ik ben prima in orde. Volkomen in orde, dank u, en ik ben van plan zo te blijven. Tot we in Panama zijn. En dan ga ik me denk ik bedrinken." Ze liep naar de deur.

"Waar gaat u heen?" vroeg de kapitein bars.

"Mijn hut. Waar ik de deur op slot zal doen. Want weet u, ik wil liever niet verdwijnen tussen nu en morgenochtend."

"Ze is niet in orde," bromde Finsch. "Dat verklaart alles."

De kapitein zette zijn handen vlak op de tafel om aan te geven dat het gesprek ten einde was. "In Panama zal er nader onderzoek gedaan worden. Ik nu zal alvast bericht vooruitsturen."

"Vergeet alstublieft het slot van de badkamer niet, kapitein!"

"Nee. Ik vergeet het niet. Ik vergeet niets."

Betty rende door de dwarsscheepse gang naar haar hut en deed de deur op slot. Arme Isabelle, die zo'n hoge prijs had moeten betalen voor het gebruik van een rood douchekapje!

Betty zat op haar bed. De opeenvolging van gebeurtenissen was duidelijk. Ten eerste wist iedereen dat Betty regelmatig een douche nam voor ze naar bed ging. Het was een vast onderdeel van haar routine geworden. Ten tweede wist Finsch dat Betty een rood douchekapje droeg en Isabelle een blauw; Betty was hem enkele malen tegengekomen in de gang. Zowel Betty als Isabelle droegen witte badstof badjassen; ze waren ongeveer even groot. Finsch had door de kier van zijn deur gekeken of hij Betty zag aankomen, en hij had Isabelle de badkamer in zien gaan met Betty's rode douchekapje op. Hij had het slot al eerder onklaar gemaakt. Hij was zijn kamer uit geslopen, waarschijnlijk op blote voeten, was de badkamer ingegaan, had de deur opengedaan en was naar binnen geglipt. Isabelle, die achter het douchegordijn stond, onder het stromende water, had niets kunnen zien of horen. En toen — twee grote handen van achter het gordijn die haar smalle keel hadden gegrepen en haar nek hadden gebroken alsof het de steel van een bloem was. Ze zou niet veel tegengestribbeld hebben, misschien een paar bewegingen van haar benen, een zwakke poging om zijn handen te grijpen, voordat ze dood ineengezakt was. En pas op dat moment, toen hij het douchegordijn opzij schoof, had Finsch zijn vergissing opgemerkt. Zelfs voor een man als Finsch moest dat een enorme schok geweest zijn. Maar hij kon niet meer terug, hij moest zijn plan afmaken. Eerst had hij de gang ingekeken, en geluisterd — toen was hij, met het lijk over zijn arm gedrapeerd, naar achteren gerend, naar het brugdek. Even pauze om te kijken of er geen getuigen waren, en dan de trap af naar de diepe schaduw achter de reddingsboten. En dan — het witte lijk omlaag laten zakken, loslaten. Een lichte plons. Het lichaam zou onmiddellijk zinken, om en om draaien in het zog van het schip. Even later zou het drijven, als een donkere schim in het duistere water, terwijl de *Garda* verder reisde in de nacht.

Hij had mij willen doden, dacht Betty. Hij was naar zijn kamer gegaan, was op zijn bed gaan zitten en had over zijn kin gestreken. Toen was hij zachtjes naar Hut #2 geslopen om te proberen of hij de deur kon openen. De deur was op slot, en hij was weer weggegaan.

Nu zat hij ergens een sigaar te roken en na te denken. Ze had haar mond voorbijgepraat. Ze had Finsch laten weten dat ze kon bewijzen dat hij Alan Calder vermoord had. Misschien wist hij waar ze het over had. En het zou nog vierentwintig uur duren voordat ze in Panama waren.

2

De hitte in de hut was niet om uit te houden. Het zweet stroomde langs haar lichaam en haar laken was doorweekt. Betty werd ineens verschrikkelijk kwaad. Waarom zou zij hier in de hitte moeten blijven liggen? Ze had niets misdaan, helemaal niets!

Ze stond op, gooide koud water in haar gezicht, droogde zich af. Het ondergoed van Isabelle, dat nog altijd op een hoopje op de grond lag, leek haar verwijtend aan te kijken; ze pakte het op en stopte het in de kast.

Bij de deur aarzelde ze even, maar toen draaide ze resoluut de deur van het slot en gooide hem wijd open. Ze beende door de lege gang naar achteren, in de richting van de trap, en klom omhoog naar het bovendek.

Alle passagiers zaten langs de reling, in drie groepen. Finsch en de twee Duitsers zaten aan de voorzijde van de overkapping, achter een tafel met daarop zes lege en drie halflege bierflesjes. Het Salvadoraanse paar zat in vrijwel identieke houding met de korte benen naar voren terwijl ze met hun dikke handjes de leuning van de stoel grepen en verstard naar de passerende kustlijn keken. Bij de achterste reling zaten Alec, Ora, Harry Mayberry en Nello zachtjes te fluisteren. Het gesprek verstomde toen Betty achter hen kwam staan.

"O, hallo," zei Ora. Alec trok bijna timide een stoel bij voor haar. Niemand keek Betty recht in de ogen. De stilte werd langer, en werd toen ongemakkelijk. Onvoorstelbaar! dacht Betty. Hoe snel waren ze allemaal veranderd. Ze voelde de ergernis opborrelen als gas in haar ingewanden. Ze keek naar de gezichten: Alec, uilachtig en zelfvoldaan; Ora met haar wilde haar en stellige meningen, wier gedachten al even duidelijk van haar gezicht af te lezen waren; de glimmende, akelige Harry Mayberry; de arrogante Nello. Daar zaten ze dan, haar voormalige vrienden die nu niets liever wilden dan zich van haar distantiëren, die haar niet eens in de ogen wilden kijken.

Betty bestudeerde hen allemaal een ogenblik, haar lippen gekruld in een uitdrukking van minachting. In het geniep vonden ze het allemaal best spannend, zolang ze alles maar van een afstandje konden bekijken. Ze waren nu al aan het bedenken hoe ze het hele verhaal later aan hun vrienden zouden vertellen! Verdomd als zij hen toestond om te genieten van haar problemen. Verdomd als zij zich iets zou aantrekken van hun hypocriete zenuwachtigheid, dat zij zou doen alsof er niets aan de hand was en ze allemaal nog de beste vrienden waren.

"Let maar niet op mij," sprak Betty venijnig. "Ik ben maar een gewone moordenares. Ga vooral verder met jullie gesprek."

Harry Mayberry gniffelde nerveus. Ora zoog hoorbaar haar adem in.

"Jullie lijken geen van allen verbaasd. Maar jullie hebben het dan ook helemaal zelf uitgevogeld."

Alec zei kortaf: "Niemand heeft iets uitgevogeld. We staan perplex."

Betty lachte bitter. " 'Perplex'! Wat een schitterend woord."

Ora snoof en boog voorover. "We zijn verbijsterd en geschokt."

Betty begon al net zo'n hekel aan Ora te krijgen als ze aan Isabelle had gehad. "Laten we net doen alsof Isabelle zelfmoord heeft gepleegd. Dat is ons ook gelukt toen het Ted Bunpole betrof. Dan kunnen we vanmiddag een spelletje kaarten."

Ora's ogen schoten vuur. "Je hebt geen enkel excuus om je zo te gedragen, tenzij je gewoon hysterisch bent."

Alec schraapte ongemakkelijk zijn keel. "We zijn allemaal een beetje nerveus. De hitte, de gebeurtenissen..."

Betty lachte spottend. "Weten jullie wat de theorie van Finsch is? Iedereen die ruzie met mij krijgt die verdwijnt. Dus ik zou maar voorzichtig zijn."

"Geen leuk onderwerp voor een grapje," mompelde Alec.

"Grapje? Wie lacht er dan?"

"Isabelle zeker niet," zei Ora.

"Ted ook niet," zei Betty. "Maar jullie vragen je vast af waarom ik Alan Calder heb doodgeschoten." Ze keek hen een voor een aan. Ze was erin geslaagd iedereen te beschamen, dat was in ieder geval een stap in de goede richting. Maar ze zag ook een glimp van voorzichtige nieuwsgierigheid in hun ogen.

"Jullie denken echt dat ik dat gedaan heb," zei Betty zachtjes. "Dat ik Isabelle overboord geduwd heb."

"Nee, natuurlijk niet," zei Alec. "Het is hoogst onwaarschijnlijk..." Zijn stem stierf weg.

"Iemand moet schuldig zijn," zei Betty op redelijke toon. "Isabelle zou nooit uit zichzelf overboord gesprongen zijn! En waarom zou Finsch haar daarmee geholpen hebben?" Uit haar ooghoeken zag ze Finsch opkijken toen hij zijn naam hoorde.

Alec pakte zijn pijp. "Natuurlijke speculeren we allemaal. Het is menselijk om het onverwachte te verwachten. Ik weiger om een stellige mening te vormen. Ik heb niet genoeg feiten."

Betty lachte wrang. "Ik heb wel een feit voor je. Gisteravond heeft Isabelle mijn rode douchekapje geleend. En ze droeg een badjas die heel sterk op de mijne leek."

Het bleef even stil.

Alec vulde zijn pijp en stak hem aan. "Hmf. Dat verklaart veel."

Ora zei niets, maar Betty zag haar een tersluikse, geschokte blik op Finsch werpen, die inmiddels zijn derde flesje bier achteroversloeg. Nello was verward; hij begreep het niet helemaal. Harry Mayberry bolde zijn wangen en blies. "Nu snap ik waarom je zo van streek bent. Je bent doodsbang."

Alec nam de pijp uit zijn mond en bekeek deze aandachtig. "Waarom slaap je vanavond niet bij Ora en slaap ik in jouw hut? Daar zul je je veiliger voelen."

Ora draaide snel haar hoofd van Alec naar Betty en terug naar Alec.

"Nee, maar bedankt," zei Betty, tot Ora's overduidelijke opluchting. "Stel dat er weer een fout gemaakt wordt."

"Nee, nee," protesteerde Alec zonder veel overtuiging. "Ik zou met alle plezier —"

Betty onderbrak hem. "Ik ben veilig zolang ik mijn deur maar op slot hou." Ze keek langs het Salvadoraanse stel en de machinisten heen. Finsch ving haar blik op en knipoogde kameraadschappelijk naar haar. Betty keerde zich abrupt van hem af; ze voelde haar maag in opstand komen. "Waarom kan dit verdomde schip niet wat sneller varen?" vroeg ze met een lage, ruwe stem die vreemd in haar eigen oren klonk. "Ik heb me nog nooit van mijn leven zo verschrikkelijk aan iets geërgerd als nu aan dit schip…"

3

De passagiers gingen, meer uit gewoonte dan omdat ze honger hadden, naar beneden voor de lunch. Betty at een paar hapjes biefstuk en een sinaasappel, en dronk een glas wijn. De kapitein zat de hele maaltijd onbewogen naar zijn bord te staren en zei geen woord tegen wie dan ook. Alec deed enkele pogingen om een grapje te maken, maar werd iedere keer door Ora tot zwijgen gebracht. Finsch zat alleen aan de tafel achterin te eten. Hij leek een even goede eetlust te hebben als altijd.

Betty vertrok terwijl Finsch nog druk bezig was met zijn fruit. Ze rende naar haar hut. De hitte was even benauwend als altijd; ze pakte een boek en ging naar het bovendek.

Ze was alleen aan dek. Nerveus keek ze in de richting van de trap… Belachelijk om zo bang te zijn! zei het ene deel van haar hersenen. Een ander deel zei: helemaal niet belachelijk, er zijn genoeg goede redenen om voorzichtig te zijn! Mik Finsch moest ondertussen hoe langer hoe wanhopiger worden. Toch had hij volkomen op zijn gemak geleken terwijl hij zat te eten! Hoe kon Finsch toch zo onbewogen blijven!

Wat was de bron van zijn evenwichtigheid? Morgen zou de *Garda* in Panama aankomen, en de politie zou over het hele schip uitzwermen. Het was duidelijk dat Finsch van plan moest zijn om haar vanavond te vermoorden. Betty's hart begon als een razende te kloppen. Het leek een fantasie, maar het was de werkelijkheid!

Bovenaan de trap verscheen een bekende breedgerande hoed, een onbewogen gezicht met een sigaar. Betty's hart, dat al veel te snel klopte, sloeg nu een slag over. Finsch keek kalm om zich heen, als een makelaar die een huis taxeert. Hij knikte beleefd naar Betty, die naar hem stond te kijken met al haar spieren gespannen.

Finsch zette zijn hoed af, wuifde zichzelf wat koelte toe en maakte aanstalten om Betty's kant op te komen.

Betty draaide zich onmiddellijk om en liep naar de trap die omlaagging naar het stuurhuis. Hier bleef ze oplettend staan. Finsch haalde zijn schouders op, liep naar de bakboordreling en nestelde zich behaaglijk in een stoel. Betty liep de schaduw weer in en ging zo zitten dat ze Finsch onophoudelijk in de gaten kon houden. Hij lette helemaal niet op haar.

Alec en Ora kwamen aan dek en gingen in dezelfde stoelen zitten als waar ze voor de lunch gezeten hadden. Betty stak het dek over en voegde zich bij hen.

Voor het schip stak een lange, brede landmassa als een vinger de zee in. "Punta Burica," sprak Alec. "Half Costa Rica, half Panama. We staan op het punt de Golf van Chiriquí over te steken, en we krijgen geen land meer te zien tot we vlak bij het Kanaal zijn. We zullen het Azuero Schiereiland passeren als het al nacht is, en dan gaan we bijna recht naar het noorden. Dit is navigatiekennis die ik zojuist heb opgedaan in de kaartenkamer. Ik moest het wel delen voordat ik het weer zou vergeten."

Betty zat stijf rechtop en staarde over het water, dat nu een puur tropisch blauw was, doorzichtig en lichtgevend. Ze bewoog ongemakkelijk en leunde uiteindelijk naar voren om iets tegen Ora te fluisteren, die knikte. "Geen zorgen. Ik zal hem in de gaten houden."

Dankbaar liep Betty naar beneden.

4

Het slot van de badkamer was gemaakt; Betty, die zich relatief veilig voelde zolang Ora op wacht stond, nam een douche, kleedde zich om en ging met een boek naar het bovendek.

De middag kroop voorbij. Om vier uur ging ze met de Cato's naar beneden voor de thee, waarna ze bijna een uur patience speelde. Nello trachtte een gesprek met haar aan te knopen, maar Betty negeerde hem en uiteindelijk vertrok Nello. Na vanochtend zou ze haar mede-passagiers nooit meer van ganser harte mogen. Hoe konden ze zulke afschuwelijke dingen over haar denken? Ze moesten toch weten — maar misschien verwachtte ze te veel. Het waren allemaal maar kennissen; ze kon hun loyaliteit niet zomaar verwachten.

Betty zuchtte, schudde de kaarten en legde een nieuw spel uit. In de afgelopen twee weken was ze een stuk volwassener geworden. De slimme jonge Betty Haverhill die aan boord van de *Garda* gegaan was was inmiddels nog slechts een vage schets van een persoon. Waarom moest ervaring altijd zo desillusionerend zijn? Waarom konden idealen nu nooit eens bevestigd worden in plaats van te exploderen? De manier waarop systematisch de ene droom na de andere werd lek geprikt — was dat dan de betekenis van volwassenheid?

De scheepsjongen kwam binnen om de tafels te dekken, en Betty ruimde haar kaarten op. Ze was er niet in geslaagd de uiteindelijke betekenis van het leven te ontdekken; maar in ieder geval had ze niet langer een hekel aan Alec, Ora, Harry en Nello. Met Mik Finsch lag het anders. Mik Finsch kon men haten zonder enige terughoudendheid. Hij zat de hele dag te niksen, bijna in slaap te vallen. Wat zat hij te denken? Wat was hij van plan? Haar verbeelding schiep een opeenvolging van beelden die zo macaber waren dat ze begon te huiveren en onwillekeurig een lichte kreet van angst uit haar keel liet ontsnappen. De scheepsjongen keek haar vanuit zijn ooghoeken aan.

Betty sprong overeind, ging naar de deur en keek de gang in. Er was niemand te zien. Ze raapte al haar moed bijeen en haastte zich naar de trap. Ze klom naar het brugdek, liep naar de hut van de kapitein en deinsde als een nerveus paard opzij toen ze langs de deur van Finsch kwam.

In de hut van de kapitein klonken stemmen die abrupt zwegen toen ze klopte. De deur ging open en de machinist keek naar buiten.

"Ik wil de kapitein graag spreken," zei Betty.

"Kom binnen!" riep de kapitein.

Betty ging naar binnen. Er stond een fles vermout op tafel, met drie glazen; de kapitein, de hoofdsteward en de machinist dronken een aperitief voor het avondeten. Het gezicht van de kapitein, blozend en joviaal, met een neus die wat roder leek dan gewoonlijk, vertrok in een oogwenk zodra hij Betty zag.

"Aha, Juffrouw Haverhill," zei de kapitein op beleefde toon. "Gaat u zitten. Misschien lust u een glaasje vermout?"

"Dank u." Betty aanvaardde het glas, omdat dat eenvoudiger leek dan weigeren.

Het bleef stil. Betty nipte aan de vermout en zag dat de blikken van alle drie de mannen op haar gericht waren. De kapitein wachtte uitdrukkingsloos af. Hij wil het mij zo moeilijk mogelijk maken, dacht Betty; hij weet maar al te goed waarover ik het met hem wil hebben.

De hoofdsteward stond op; de machinist deed hetzelfde. Maar de kapitein gebaarde dat ze moesten blijven zitten, en hij sprak enkele kortaangebonden woorden in het Italiaans.

Betty onderdrukte haar ergernis en woede. De kapitein keek haar verwachtingsvol aan. "Welnu, Juffrouw Haverhill, heeft u mij misschien iets te vertellen?"

Zijn toon klonk op de een of andere manier onecht, bijna sluw; Betty begreep plotseling in een flits wat er aan de hand was. Hij denkt dat ik naar hem toe ben gekomen om te bekennen! Ze kneep in haar glas tot haar knokkels wit waren en vocht tegen de aanvechting om de vermout in het oplettende gezicht te smijten.

"Nee," sprak ze op scherpe toon. "Ik heb u niets te vertellen."

"Wat komt u dan doen?"

"Omdat ik bang ben! Ik wil op de een of andere manier beschermd worden!"

De kapitein leunde achterover in zijn stoel en tuitte nadenkend zijn lippen. "Ik dacht dat u mij misschien iets te vertellen had. Waar bent u precies bang voor?"

"Ik ben bang om dood te gaan, uiteraard!" snauwde Betty. "Ik ben bang voor Finsch!"

"Ah ha ha! Meneer Finsch heeft u bedreigd?"

Betty staarde hem verwonderd en woedend aan. "Kapitein, wees in 's hemelsnaam niet stommer dan nodig is. U weet best wat Finsch heeft uitgespookt. Hij vermoordde —"

"Een ogenblik, Juffrouw Haverhill! Ik ben misschien stom, ik ben maar Kapitein Frascatore. Maar ik ben wijs genoeg om niemand zomaar te beschuldigen. Het is heel gevaarlijk om mensen te beschuldigen als je geen enkel bewijs hebt."

"Maar ik heb het bewijs!"

"Bah! Dat is geen bewijs. Ik heb gekeken. Ik heb het meneer Finsch gevraagd. Hij lacht. Hij zegt: 'Hoe komt dit meisje aan die papieren? Dat is vreemd.' Ik zeg: 'Ja, het is vreemd.' "

"Maar —"

"Een moment. Ik beschuldig niemand. Ik zeg niets. Maar ik ken meneer Finsch. Hij is een verstandig man, hij is geen hysterische jonge vrouw. Waarom zou hij idiote stunts uithalen? Er is geen enkele reden voor. Meneer Ted Bunpole? Geen enkele reden. Meneer Alan Calder? Geen enkele reden. Mevrouw Isabelle Calder? Geen enkele reden. Het is belachelijk!"

"Belachelijk of niet," riep Betty uit, "hij heeft het wel degelijk gedaan. Hij is megalomaan, een absolute egotist."

De kapitein haalde zijn schouders op. "Ik ken deze woorden niet. Ik begrijp ze niet."

"Het zijn niet de woorden die u niet begrijpt; u begrijpt de menselijke natuur niet. Als —"

"Ha!" riep de kapitein uit terwijl hij zijn gouden tanden ontblootte in de meest zure grijns die ze ooit gezien had. "Jij, het jonge meisje, begrijpt er alles van en ik, Kapitein Frascatore ben een stommeling. Welnu, dat denkt u. Maar soms ben ik niet zo dom! Ik weet alles over jeugdige misdadigers, ik weet dat —"

"Wilt u alstublieft naar mij luisteren?"

"Goed dan, ik luister." De kapitein vouwde zijn armen over elkaar en leunde achterover: onbewogen en magistraal. "Wat wilt u?"

"Ik wil de verzekering dat ik veilig ben!"

De kapitein knikte. "Dat is redelijk. Ik zal u die verzekering geven. Bevindt u zich op dit moment in gevaar?"

"Nee, natuurlijk niet."

"Bent u in gevaar in de eetzaal?"

"Nee."

"Bent u in gevaar in uw eigen hut?"

"Als ik de deur op slot doe niet. Maar —"

"Waar is het dan gevaarlijk?"

"Ik weet het niet. Ik wou —"

De kapitein kwam overeind. "Kom. Ik breng u naar uw hut. U kunt de deur op slot doen. Ik kom voor het avondeten. We zullen samen naar de eetzaal lopen. Na het diner zal ik u terugbrengen naar uw hut en dan kunt u de deur weer op slot doen. Ik geef u die verzekering."

Verblind van woede en frustratie sprong Betty overeind en rende de gang in. Achter haar klonken wederom stemmen. De korte, blaffende lach van de kapitein volgde haar de gang door.

5

Betty bleef in haar hut tot het tijd was voor het avondeten, en deed de deur pas open toen ze stemmen hoorde in de gang.

Finsch zat al op zijn plek toen ze aankwam. Hij zat voorovergebogen, alsof zijn soep al zijn aandacht opeiste. Betty voelde dat ze kippenvel kreeg toen ze langs hem heen liep om op haar gebruikelijke plaats naast Alec te gaan zitten.

Er werd weinig gesproken onder het eten. Betty at de helft van haar soep, speelde met haar vis, dronk een half glas wijn, en was zich continu bewust van de aanwezigheid van de man die twee meter achter haar zat. Ze hoorde alles: het schrapen van zijn mes en vork, het piepen van zijn stoel, het bewegen van zijn kaken terwijl hij kauwde. Ze voelde hoezeer hij zich van haar bewust was, hoezeer hij zich bezighield met het probleem waar hij voor stond, en de geringe eetlust die ze nog over had verdween.

Ze wachtte op de Cato's en ging vlak achter hen de eetzaal uit. Ze klommen naar het bovendek, waar een laaiende rossige gloed hing, veroorzaakt door een schitterende rood-met-gouden zonsondergang.

Zestig kilometer wolken zeilden door de hemel; de oceaan glinsterde in vele kleuren. Even leek Betty de vlammende boodschap te begrijpen: hoop en de tragedie van hoop, uiteindelijke victorie in een verre toekomst, een gouden emotie die niet in woorden te vatten was. De zonsondergang verbleekte; de kleur werd overwonnen door de grijze schemering, de gouden boodschap werd uitgewist.

De schemering lag als een sluier over de oceaan. Er was nergens land te zien, en de *Garda,* glijdend over het enorme, gedempte oppervlak was de enige realiteit in het heelal.

De tijd verstreek. Er klonken onderdrukte gesprekken, er werd voorzichtig gespeculeerd. Om halfelf begonnen de Cato's zich uit te strekken en te gapen, en zich af te vragen of het tijd was om naar bed te gaan. Betty had met alle plezier de hele nacht blijven zitten, maar alleen Nello reageerde op haar hints, en uiteindelijk zei Betty dat ze ook naar bed zou gaan. Alec liep met haar mee naar haar hut. Ze inspecteerden de deur, het slot, de scharnieren, en keken toen onder het bed en in alle kasten.

"Alles lijkt in orde," zei Alec. "Waarschijnlijk wordt dit de rustigste nacht van je leven."

"Waarschijnlijk ben ik ook wakkerder dan ik ooit geweest ben."

"Nou, welterusten," zei Alec. Hij bleef staan in de deuropening. "Tenzij — uh — wil je misschien...eh, tja...terwijl ik hier wacht?"

"Dat is waarschijnlijk wel een verstandig idee."

Alec wachtte tot ze terug was. "Alles in orde?"

"Zo te zien wel," zei Betty terwijl ze dapper probeerde te glimlachen. "Zo niet..."

"Gewoon schreeuwen. Maar maak je geen zorgen, er kan je niets gebeuren."

"Ik neem aan van niet." Betty keek hem met een droefgeestige blik aan. Ze wenste dat ze, ondanks de bezwaren van Ora, toch van bed geruild had voor de nacht. "Welterusten, Alec."

"Welterusten."

De deur ging dicht. Betty deed het slot erop, trok aan de deurknop; de deur was stevig op slot.

Ze kleedde zich uit tot ze in haar onderbroek stond: het was te benauwd voor een pyjama. Ze ging op het bed liggen en probeerde te lezen. Maar het boek was niet veel meer dan een handige steun om haar handen op te leggen. Hoe kon ze ook maar ergens anders aan denken dan aan Finsch en Panama? En de andere gezichten die ze had gezien en met wie ze gesproken had: Ted Bunpole, Alan Calder, Isabelle, nu allemaal ver weg en verdwenen. Ze huiverde en legde het boek opzij. Wat een nachtmerrie was deze reis!

Betty ging rechtop in bed zitten. Er werd op de deur geklopt.

Ze stond op en liep langzaam de kamer door. Weer werd er geklopt. De deurknop draaide, de deur ratelde.

"Wie is daar?" riep Betty.

"Ik ben het, kapitein Frascatore. Doe niet open. Ik kom alleen controleren. Gaat het goed met u?"

"Ja."

"Dus u bent veilig?"

"Tot nu toe wel."

"Prima. Hou uw deur op slot, en dan heeft u niets te vrezen."

"Ik ben niet van plan mijn deur open te doen."

"Mooi. Welterusten."

Betty ging terug naar bed. Ze deed het licht uit, maar knipte het vrijwel meteen weer aan...Wat was Finsch in 's hemelsnaam van plan? Hij ging zeer zeker niet slapen. De noodzaak om haar te doden moest zijn hersenen wel continu aan het werk houden...Maar hoe? Stel dat zij in zijn schoenen stond, hoe zou zij dan iemand vermoorden die zich in een hut had opgesloten? Ten eerste moest het slachtoffer natuurlijk naar buiten gelokt worden. Betty glimlachte grimmig. Finsch kon lokken wat hij wilde. Hij moest dit ook beseffen, en dat was de grond van zijn probleem. Hij kon haar niet naar buiten lokken; hij kon niet naar binnen. Maar hij moest haar vermoorden. Hij kon niet door de patrijspoort op haar schieten; er was geen plaats voor hem om te staan, zelfs al bezat hij een tweede pistool. Hij kon haar niet vergiftigen — of wel? Betty besloot dat ze haar tanden niet zou poetsen, iets dat ze vanavond sowieso vergeten was. Misschien had hij wel cyaankali in de tandpasta gestopt. Misschien had hij explosieven in het medicijnkastje verstopt, of een tijdbom in haar koffer... Boemerangs, lasso's, zwarte weduwe-spinnen — haar verbeelding ging er met haar vandoor...

Betty doezelde weg, maar werd bij ieder geluid wakker: een stem in de verte, voetstappen in de gang.

Langzaam maar zeker werd het stil aan boord, tot er niets anders meer te horen was dan het stampen van de motoren, het water dat langszij stroomde en het overheersende gebrom van de dynamo en de ventilatoren.

Om halftwaalf deed ze nogmaals het licht uit. Ze lag in het donker te zweten; haar laken voelde aan als een natte krant, haar kussen was bobbelig en rook zuur.

Twaalf uur: ze hoorde hoe de wachtposten elkaar aflosten, even gingen er deuren open en dicht. Om tien over twaalf was het weer stil aan boord.

Dit was het gevaarlijkste moment van de dag, het moment dat er de minste mensen wakker waren aan boord... Kwart over twaalf, vijf voor halfeen, halfeen. Betty lag te wachten, starend in de duisternis.

Nu. Ze voelde de spanning omhoogkomen. Een zacht geluid ergens vandaan. Het dek boven haar? Een vaag schrapend geluid. Betty deed het licht aan. Het handvat van de plafondventilator draaide: de ventilator werd van bovenaf opengeschroefd. Ze staarde omhoog. Wat probeerde hij te doen? Ze sprong overeind, pakte het handvat, draaide de ventilator weer dicht. Boven haar klonk een geratel, gevolgd door een rinkelend geluid. Er klonk een sissend geluid, als van een slang, en er viel iets in de richting van haar hoofd. Ze sprong achteruit. Het voorwerp viel op de vloer en explodeerde met een doffe knal. Een wolk van gas ontsnapte, en Betty sprong naar achteren.

Ze haalde diep adem; bijtend gas drong haar keel binnen. Haar ogen begonnen te prikken, te tranen. Traangas. De traangascapsule van Finsch. Ze deed haar mond open om te gillen, ademde in. Het leek wel alsof ze bijtend zuur binnenkreeg, en ze kon niet meer uitbrengen dan een soort hees gekraak. Lucht, lucht! Ze stikte! Dus dit was het plan van Finsch! Hij wilde haar de hut uit lokken. Maar nee. Niet zolang ze nog helder kon nadenken. De patrijspoort. Ze kon frisse lucht binnenlaten via de patrijspoort, en zo kon ze ook om hulp roepen. Ze baande zich een weg over het bed van Isabelle, snikkend, huilend, met pijnlijke ogen. De patrijspoort was een zwarte ronde vlek naar het niets. Ze stak haar hoofd naar buiten en trok het onmiddelijk weer terug. Nog maar net op tijd. Een touw schoot omhoog. Als ze iets trager was geweest zou het om haar nek terechtgekomen zijn en zou het haar hoofd tegen de bovenrand van de patrijspoort getrokken hebben. Een ruk van bovenaf — dood. Maar het touw raakte slechts de punt van haar kin, zodat ze haar hoofd stootte tegen het luik van de patrijspoort, en gleed toen los, schraapte haar kin. Ze viel achterover op het bed, rolde zich om en sloeg met haar hoofd tegen de kledingkast.

Ze had lucht nodig. Ze hapte naar adem, maar het gas was erger dan helemaal geen lucht; het brandde, en Betty's hersenen werden trager. Zonder lucht zou ze stikken; Finsch wachtte boven de patrijspoort met een strop. Ze zou naar de deur gaan, die opengooien, om hulp roepen. Hij wist dat natuurlijk ook; waarschijnlijk kwam hij nu de trap al afgerend. Ze moest opschieten; ze had maar een paar seconden.

Ze hees zichzelf overeind. Zonder acht te slaan op haar schaarse kledij strompelde ze naar de deur. Ze zocht naar het slot, waar zat dat ding? Ze draaide het open. Nu moest ze de deur opendoen! Ademhalen! Gillen! Rennen!

De deur ging open; ze liep wankelend naar buiten. Daar kwam Finsch, op blote voeten, in zijn korte broek, de gang door, als een monster uit een sprookje — een haarloze gorilla, een naakte beer. Zijn ogen schitterden, hij ontblootte zijn tanden in een brede grijns. Betty trachtte te schreeuwen, maar haar stem stokte in haar keel, haar knieën waren slap. Nu stond hij voor haar, zijn hand vond haar keel, er klonk een soort luid gesis in haar hoofd en ze verslapte.

Zonder te pauzeren zwaaide hij haar over zijn arm en rende terug de gang door. Er was niets te horen geweest, behalve dan het stokken van haar adem, het schuifelen van voeten. Niemand die iets zag, niemand die wist wat er gebeurde. De duisternis in, de trap af, naar het sloependek. Een korte pauze — niet meer dan een seconde, Finsch had veel haast. Hij ging met sprongen het dek over, verborg zich achter de reddingsboten, duwde de slappe witte bundel de rand over en liet los. Op het laatste moment kwam ze voldoende bij haar positieven om haar armen uit te strekken, te proberen zich ergens aan vast te grijpen. Haar vingers vonden de rand van het dek. Ze hield vast, slingerend langs de ruwe zwarte romp van het schip, terwijl het zwarte water onder haar siste. Finsch bukte zich en wurmde de zwakke vingers los. Ze viel, tuimelde, en sloeg op haar rug op het voortsnellende water langszij.

Ze kwam boven, hapte naar adem, probeerde te schreeuwen. Een golf sloeg tegen haar mond en ze stikte bijna. De romp van het schip gleed langs haar heen. Ze spuugde het water uit, probeerde te roepen, maar kon niet veel meer uitbrengen dan een zielig kraken. Ze hoorde een rommelend geluid: de schroeven. Ze werd meegesleurd in de stroming van de schroeven, een onmeetbare afstand omlaaggetrokken, en kwam zonder er zelf iets aan te hoeven doen weer bovendrijven.

Ze haalde adem, diep en schokkend, en nu begon ze te schreeuwen. Het klonk als de roep van een zeevogel die in de nacht over de oceaan zwierf. Ze zag de achtersteven van de *Garda*, een vierkante zwarte vorm boven het oplichtende schuim in het kielzog van het schip. De vorm ging op en neer en werd steeds kleiner. Het lichtbaken op de achtersteven leek haar na te kijken.

Het zog vervlakte, het water kolkte niet meer. De *Garda* was laag en donker; het licht op het achterdek was ver weg.

Betty bleef roepen en schreeuwen tot haar stem het begaf. Ze kon de schroef niet meer horen; het licht op de achtersteven was nog slechts een spikkeltje. Betty keek het schip na terwijl de tranen van verdriet uit haar ogen stroomden. Het was zo verschrikkelijk eenzaam hier in het donker, in de duistere oceaan, met de zwarte hemel boven haar en geen enkel teken van leven behalve dan dat kleine knipperende licht. En toen zag ze ook dat niet meer, en was ze volkomen alleen. De wind zuchtte zacht, het water golfde, maar dat was alles.

6

Finsch stond achter de reddingsboten na te hijgen. Hij luisterde. Hij hoorde geen geluid, geen enkele beweging. De vleugel van de brug omzoomde een leeg vierkant stuk hemel onder het bovenste brugdek: de stuurman en de uitkijk waren aan de andere zijde van het schip. Met grote behendigheid sprong Finsch door de lege ruimte heen en klom de trap op naar het bruggendek. Hij keek de gang in: leeg. Het schip sliep. Het kleine beetje geluid dat te horen was geweest, de hese ademhaling, het geluid van blote voeten, het openen van de deur — dit alles was door niemand opgevangen. Er hing een scherpe geur in het gangpad, maar het zou niet lang duren voordat die verwaaid was.

Finsch liep naar Hut #2, ging naar binnen en sloot de deur. Voorzichtig pakte hij de fragmenten van de gasgranaat op en stak ze bijna liefkozend in zijn zak: ze hadden hem prima geholpen. Hij trok het bed recht zodat er geen spoor meer van enige wanorde te zien was. Toen pakte hij een papieren zakdoekje uit de doos, opende de lade van het bureau en, met zijn vingers beschermd door het zakdoekje pakte hij een balpen en een stukje papier. Na twee sierlijke uithalen om de pen uit te proberen schreef hij het volgende briefje in nette, ronde letters:

Het spijt me. Betty.

Hij bekeek de boodschap en schudde zijn hoofd. Het was niet echt goed. Als hij meer tijd had, zou hij het veel beter kunnen doen — maar dit moest maar voldoende zijn.

Hij legde het briefje op het kussen en keek de hut rond. Het boek: hij pakte het op, deed het dicht en legde het op de plank.

Hij zag de handtas, keek erin, onderzocht de portemonnee, zag het geld en aarzelde even voordat hij de portemonnee terugstopte. Verder zag hij niets bijzonders, behalve dan het rijbewijs. Hij vergeleek de handtekening met zijn briefje in blokletters en knikte. Beter dan hij gehoopt had. Hij inspecteerde het vertrek nog een laatste maal, liep naar de deur en luisterde. Hij hoorde niets. Met een hoekje van de handdoek deed hij de deur een klein stukje open, luisterde, en stapte toen de gang in. Hij sloot voorzichtig de deur en wandelde naar zijn eigen hut.

Enkele minuten later was hij weer terug. Opnieuw keek hij snel de gang op een neer, opende de deur. Uit zijn zak pakte hij een helderrode douchemuts. Hij gooide hem in de wasbak. Met een glimlach liep hij terug naar zijn eigen hut en ging op zijn bed liggen. Hij slaakte een diepe, tevreden zucht en viel in slaap.

HOOFDSTUK XI

1

DE *GARDA* WAS WEG; het licht op de achtersteven was kleiner en kleiner geworden en ten slotte verdwenen. Haar nieuwe werkelijkheid bestond uit twee gegevens: de donkere hemel vol met sterren en de duistere diepte van de oceaan onder haar. En dan was zij er zelf nog: haar bewustzijn, de spookachtige bewegingen van haar armen en benen; maar dat voelde maar half-werkelijk… Ze strekte zich, dreef, ging op en neer, een volkomen ontspannen beweging. Ze had iedere onzekerheid achter zich gelaten; ze was de grens van de angst voorbij. Ze maakte deel uit van de ontzagwekkende grandeur, deel van de onmetelijke kosmos. Het was kalm en vredig, en ze wist dat als ze zich ervoor zou openstellen, dat haar dan een geweldige exaltatie te wachten stond… Niettemin was het een droevige, eenzame zaak om op deze manier uit het zicht te verdwijnen, te worden opgeslokt in deze enorme leegte. Finsch had gewonnen; hij had haar uit haar schuilplaats weten te lokken, hij had haar vol minachting de duisternis in geworpen. En nu reisde hij in alle luxe aan boord van het warme schip; zij was verslagen en achtergelaten. Finsch: de emotie die hij in haar opriep was enorm; te groot om te voelen.

Ze draaide zich om en dreef op haar rug. Nog nooit eerder had de nacht er zo prachtig uitgezien. De sterren waren helder, zacht en wit. Daar was de Noordster. De kust moest zich ten noordoosten van haar bevinden, op onbekende afstand. Land? Ze peinsde loom. In de ondergaande zon was slechts de oceaan te zien geweest; ze waren langs een golf of een inham in de kust van Panama gevaren. Ze keek naar het noordoosten maar zag slechts duisternis. Ze luisterde: er was niets anders te horen dan het geluid van golven en wind.

Ze begon te zwemmen, een soort overhandse eenzijdige crawl die ze altijd de meest efficiënte zwemslag had gevonden. Het land kon niet ver zijn. Ze zwom — hoe snel? Anderhalve kilometer per uur? Misschien. Hoelang zou ze het volhouden? Moeilijk te zeggen. Ze was absoluut geen getrainde atlete, maar ze was jong en sterk... Land! De gedachte moedigde haar aan. Maar hoe zat het met haaien? Tot nu toe had ze geweigerd om daarover na te denken. De duisternis leek ineens een stuk vriendelijker. In het donker konden de haaien haar niet zien... Ze zwom wat sneller. Maar dat was niet genoeg. Als ze haar te pakken kregen, dan kregen ze haar te pakken.

Ze keek naar Polaris, de poolster. De kust van Panama liep hier bijna van het oosten naar het westen, dus ze moest in noordoostelijke richting zwemmen. Wist ze nu maar hoe ver weg de kust was! En hoe zat het met stromingen? Misschien dat de stromingen haar net zo snel naar zee zouden dragen als zij in de richting van het land kon zwemmen... Speculatie was zinloos. Ze had maar weinig keus. Ze kon zinken of zwemmen. Ze zwom. Ze werd moe; ze rustte uit. Maar nu dacht ze iedere keer dat ze stillag aan de duisternis onder haar, het grote gat waar slechts de lucht in haar longen haar buiten kon houden, en die gedachte stimuleerde haar om regelmatiger te zwemmen dan haar spieren prettig vonden.

De tijd verstreek. Ze zwom steeds langzamer; haar schouders deden pijn en ze voelde een doffe pijn in haar handpalmen. Dit had niets te betekenen; ze negeerde het. Langzaam, gestaag: anderhalve kilometer per uur. Ze telde haar slagen; honderd, dan even rust. Honderd aan de andere kant, en dan even rust. Toen honderd slagen schoolslag. Ze durfde geen echte borstcrawl te zwemmen — de beweging van haar voeten zou weleens de verkeerde aandacht kunnen trekken.

Honderd slagen, rust. Honderd slagen, rust. Tijd: minuten, uren. Sterren verdwenen uit zicht, nieuwe sterren verschenen. De wind werd sterker, waaide enkele minuten stevig en was toen plotseling verdwenen.

Ze zwom door, de uitputting nabij. Haar armen en benen bewogen met de grootst mogelijke moeite, ze zwom nu een stuk langzamer dan eerst.

Boven haar dreef een wolk die haar het zicht op de hemel ontnam.

Ze hoorde dat het begon te regenen. Ze zag de sterren niet meer; hoe wist ze nu waar ze heen moest? Het ging harder regenen en ze zag een bliksemflits, hoorde de donder. Ze dacht: ik ben doodop. Maar ik kan niet stoppen. Als ik stop, dan val ik in slaap. Als ik in slaap val, dan verdrink ik.

De regen verfriste haar, maar was veel te snel voorbij. De bliksem hield aan. Ze zag iets, en haar hart stond even stil. Ze wachtte en keek tot de volgende bliksemflits de omgeving verlichtte: ja, daar was het! De donkere schaduw van een berg, laag en ontmoedigend ver weg.

Op hetzelfde moment zag ze een licht, veel dichterbij, nog geen kilometer bij haar vandaan. Het leek op een klein bootje met een enkele persoon aan boord. Een visser. Ze zwom nerveus in de richting van het licht, stopte iedere grein energie die ze nog had in haar zwemslagen. Niettemin vorderde ze afschuwelijk langzaam. Stel dat hij zijn motor zou starten en weg zou varen voordat ze bij de boot was? Dat zou meer zijn dan ze zou kunnen verdragen.

Halve crawl, schoolslag, zonder te tellen, zonder te rusten. Haar armen en benen deden pijn, haar handpalmen voelden alsof ze bont en blauw waren.

De visser bewoog niet, behalve dan dat hij zo af en toe zijn net omlaag bracht in de gloed van zijn lamp. Ze zag hem nu duidelijk: een korte, magere man met een donkere huid, een blauw overhemd en versleten beige broek.

Ze was nu vlakbij. Honderd meter, vijftig meter — dertig meter, vijftien meter. Maar ze was gered, gered! Ze snikte van opluchting. "Hallo," riep ze uit. "Hallo, señor. Ik ben hier, in het water."

De visser hief zijn hoofd, stond rechtop in de boot en staarde naar haar terwijl ze de grens van zijn licht passeerde. "Niet schrikken," riep ze op opgewekte toon, "ik ben van een schip gevallen."

De ogen van de man leken uit hun kassen te springen; hij werd lijkbleek. Hij slaakte een hese kreet van angst en sprong naar zijn buitenboordmotor. "Nee, niet bang zijn!" riep ze. "Ik ben een mens. Ik ben al uren aan het zwemmen; laat mij alstublieft aan boord van uw boot."

De motor weigerde aan te slaan, de vingers van de man trilden op het startkoord. Ze zwom dichterbij — negen meter, zes meter. Het gezicht van de man was het toonbeeld van afgrijzen; hij pakte een roeispaan en sloeg naar haar. Weer pakte hij het touw van zijn buitenboordmotor en trok eraan. De motor sloeg aan, de boot sprong naar voren.

"Niet weggaan," riep ze uit. "Alstublieft, ga niet weg. Ik ben zo moe. Neem mij alstublieft mee."

Maar de visser boog zich ver voorover en keek niet meer naar haar. De boot schoot weg als een kakkerlak, zo snel als het motortje hem maar kon voortstuwen. Ze riep hem snikkend achterna: "Kom alstublieft terug, laat me alstublieft niet alleen."

Lange tijd bleef ze zo drijven, terwijl de tranen uit haar ogen stroomden. Ze had alle hoop verloren, haar wil om te leven, ze had zich erbij neergelegd dat ze zou sterven — tot ze die boot gezien had. Toen was ze plotseling vervuld van verlangen, het leven had nog nooit eerder zo zoet geleken... Ze voelde zich moedeloos en verschrikkelijk moe. Haar armen hingen van haar schouders af als boomstammen; haar benen deden pijn. Misschien dat ze hier, op dit punt, zichzelf zou laten verdrinken; verdrinken was eenvoudiger dan verder leven.

Ze bracht zichzelf tot bedaren, probeerde in slaap te vallen zodat het verdrinken eenvoudiger zou zijn. Het water kwam haar neus in, zodat ze moest hoesten... Ze zou proberen verder te zwemmen. Er moest ergens land in de buurt zijn. Het bliksemde niet meer, de sterren waren weer aan de hemel, behalve dan de Grote Beer: die leek verborgen te zijn. En als dat zo was, dan moest ze weg zwemmen van de sterren die ze kon zien, in de richting van de donkere plek aan de duistere hemel.

Honderd vermoeide slagen, rust. Honderd vermoeide slagen, rust. Haar gedachten dwaalden af; ze voelde zich verdoofd. Haar armen en benen leken vanzelf te bewegen, buiten haar wil om, zonder enige instructie. Zij was slechts gekomen om te kijken. Een vroege-ochtend duik. Want inmiddels was het ochtend, en de hemel in het oosten gloeide vaag in de kleur van citroenlimonade. Daar waren de bergen; plotseling kon ze ze zien. De kust was uiteindelijk toch niet zo ver weg meer. Ze kon zien waar de golven braken op het strand. Ze dacht zelfs dat ze ze kon horen.

Ze dwong haar vermoeide ledematen om het water weg te slaan. Honderd slagen, rusten. Honderd vermoeide, zwakke slagen, rust. Ze leek het water meer te aaien ondertussen, alsof ze haar handen erdoorheen liet glijden.

Het ochtendgloren lichtte de hemel op, het water zag er grijs en zwaar uit. Nu ze beter kon zien kwam ook de angst naar boven die ze in de duisternis had weten te onderdrukken: haaien. Het was minder dan anderhalve kilometer naar de kust; de stroming leek haar even hard voort te stuwen als haar eigen zwemslagen. Haaien. Rotbeesten. Haar voet sloeg tegen iets aan, iets groots, iets hards. Haar hart stond stil, ze opende haar kaken om te gillen, maar het water sloeg naar binnen en verstikte haar bijna. Ze vergat haar uitputting, ze vergat de pijn in haar armen en benen. Ze kromde haar rug en lag plat op de top van de golven. Ze zwom zo krachtig als ze kon opbrengen, haar blik gericht op de kust, zonder links of rechts te kijken.

Het strand liep omhoog in de richting van een massa dichte, donkere vegetatie. Daarachter rezen de lage bergen op, begroeid met bomen. Ze staarde naar het strand; het leek haar te hypnotiseren; er bestond niets anders meer in de wereld. De haaien. Diep vanbinnen lachte ze. Ze waren bang voor haar. Ze was gestorven, en toch leefde ze nog. Ze was de meesteres van de haaien; ze zwommen naast haar als een respectvolle erewacht. Angst, verstikking — woorden zonder enige betekenis. Ze had de dood overwonnen, niets was nu nog onmogelijk voor haar. Ze was zo oud als het leven zelf, zo wijs als de bergen, zo ver verwijderd van goed en kwaad als de regen...De golven wierpen haar het strand op, en ze bleef trillend in het zand liggen. Een tweede golf bracht haar in beweging, trok haar terug het water in, alsof de zee van haar hield en moeite had om haar los te laten. Ze voelde de bodem, kroop omhoog uit het water en bleef stilliggen waar het strand en de golven elkaar ontmoetten. De zon kwam op, rood en koud: het daglicht speelde over haar vermoeide, naakte lichaam.

2

Ze kroop voorbij de vloedlijn en viel voorover in het fijne zand; haar armen en benen waren slap als touw. Het zand voelde heerlijk comfortabel; ze had zo kunnen slapen, maar haar stemming weerhield haar daarvan: ze was buiten zichzelf van geluk. Ze klauwde in het zand met haar gerimpelde vingers en genoot van het gevoel van de zilte, scherpe korrels. In mijn hele leven, bedacht ze, ben ik nog nooit zo gelukkig geweest. Ik heb niets gewonnen, ik heb niets meer dan wat ik al had. Waarom kon ik daar toen niet blij mee zijn? Ik nam het leven als vanzelfsprekend aan: wat is er nu een grotere verspilling dan dat? Nu ik de dood in de ogen gezien heb, ben ik me pas goed bewust van de extase van het bestaan. Ieder moment van bewustzijn is een vreugdevol wonder, ieder gevoel, iedere ervaring is een genot! Ik zal me nooit meer vervelen, ik zal geen saai moment meer kennen. Ik hoef alleen maar terug te denken aan dit moment, hoe ik hier lig op het strand, en dan ben ik vanzelf weer gelukkig. En de rest van mijn leven zal ik medelijden hebben met eenieder die geen vreugde kent. Ik ben een gelukkig mens! Ik ben Mik Finsch bijna dankbaar!

Finsch: ze dacht aan Finsch, en ze dacht aan de *Garda*. Traag rolde ze om, ging rechtop zitten en keek uit over het water, in een poging om te ontdekken van welke kant ze gekomen was. Enkele ogenblikken later stond ze op — eerst nog wat wankel, maar al snel herwon ze haar evenwicht. Ze schoot er niets mee op om hier op het strand te blijven liggen — vooral niet als ze Panama nog wilde bereiken. Ze lachte hardop, met hese stem. Dit was pure vreugde. Mik Finsch zou de verrassing van zijn leven krijgen.

Er waren nog wel een paar problemen. Ze wreef het zand van haar flanken. Kleding. Ze had betere bedekking nodig dan haar nylon slipje. Misschien dat ze iets kon vinden aan het strand; zo niet, dan zou ze een paar bladeren moet vinden om zichzelf te bedekken... Het was niet belangrijk. Ze leefde nog! Trots strekte ze haar armen en keek uit over de zee. Venus die opsteeg uit de golven...God, wat ben ik moe! Maar ik wil niet slapen. Ik heb honger, maar ik wil niet eten.

Ze begon over het strand te lopen in de richting van de opkomende zon. Ik voel me net een nimf, bedacht ze — naakt, ongebonden. De nog koele ochtendlucht streek speels over haar huid; het zand voelde plezierig ruw onder haar voeten.

Het strand was zo'n zevenhonderd meter lang en werd toen onderbroken door een rotsformatie die de oceaan in stak. Links van haar, voorbij het strand, rees een muur op van schijnbaar onaangetast regenwoud; in de verte rezen lage heuvels op.

Halverwege de rotsformatie maakte de jungle plaats voor een

bananenplantage. Een banaan zou goed smaken, bedacht Betty. Ze klom voorzichtig omhoog langs het hellende strand en aarzelde aan de rand van het ontgonnen gebied dat deels begroeid was met scherp gras en donkergroene winde. Er zouden weleens slangen tussen de begroeiing kunnen zitten. Of tarantula's. Haar oog viel op een boom met geel fruit, een paar passen van haar vandaan. Voorzichtig liep ze door het gras en stak haar hand uit naar de plant. Een enorme zwarte wesp vloog zoemend langs haar oor en ging zitten op de banaan die ze net had willen plukken. Hij liep heen en weer, met glinsterende vleugels en een trillend lijfje. Betty verstijfde, durfde nauwelijks te bewegen. De diepzwarte ogen keken haar aan, nog geen halve meter van haar gezicht.

"Sorry," fluisterde Betty, en ze deinsde achteruit. Ze bleef op een respectvolle afstand staan en wachtte. Uiteindelijk vloog de wesp weer verder. Betty plukte vier bananen, brak twee grote bladeren af en liep weer terug naar het strand. Ze at de bananen en liep door, met de twee grote bladeren in haar handen. Als ze nu iemand tegenkwam, zou ze zichzelf in ieder geval kunnen bedekken, hoe uitdagend het er ook uit mocht zien.

Aan het eind van het strand vond ze een vervallen hut waar ze een rottende zak vond waar blijkbaar koffie in had gezeten. Ze nam de zak mee naar de zee, waste het vuil en de insecten weg en ontrafelde zorgvuldig een paar draden. Met wat voorzichtig scheuren en knopen slaagde ze erin een soort van lendendoek te fabriceren, en een nauwelijks afdoend topje.

Zo, zei Betty tegen zichzelf, het is misschien niet conventioneel, maar in ieder geval ben ik nu fatsoenlijk.

Een vage aanduiding van een pad leidde omhoog vanaf het strand. Ze klom over de rots, waarbij ze goed uitkeek of ze geen slangen zag, af en toe dansend en hinkend over scherpe randen. Bovenop stond ze stil. Voor haar lag weer een strand, dat een scherpe bocht naar links maakte. Bijna recht onder haar zag ze rook opstijgen uit drie hutjes.

Betty liep zo snel ze kon naar beneden. In de eerste hut vond ze een witharige oude man met een huid de kleur van tabak en witte blinde ogen, een dikke vrouw van middelbare leeftijd in een vuile zwarte jurk, twee meisjes met grote ogen, gekleed in jurkjes van jute.

"Buenos dias," zei Betty hoopvol. "Spreekt een van u misschien Engels?"

De vrouw keek verbijsterd naar Betty en haar geïmproviseerde kleding.

"Ik wil naar Panama," legde Betty uit. "Panama Stad. Ik betaal *mucho dinero.*"

De vrouw stormde de hut uit, druk gebarend. Betty, die niet kon zien of de vrouw haar vijandig gezind was of alleen maar opgewonden, deinsde voorzichtig achteruit.

De vrouw keek het strand langs en stelde op scherpe toon een vraag.

"Ik ben in een schip gekomen," zei Betty. Ze wees naar de oceaan. "Ik moest zwemmen." Ze maakte zwembewegingen. "Ik wil naar Panama Stad!"

De vrouw draaide zich om en riep de twee kleine meisjes bij zich. Ze gaf hen instructies in een stortvloed van snel opeenvolgende lettergrepen, waarbij ze weidse gebaren maakte met haar hand, waarna ze zich omdraaide en zich terugtrok uit deze hele toestand.

De meisjes gingen timide op weg, waarbij ze af en toe over hun schouders naar Betty keken. Blijkbaar was het de bedoeling dat ze hen volgde.

Ze brachten haar een paar honderd meter verder het strand op en gingen toen de bocht om, tussen de bomen door, over een karrenspoor van vochtige rode klei waarin hier en daar kleine stukjes witte kwarts glinsterden. Het pad was blijkbaar ooit gemaakt door een of andere wagen, maar was inmiddels overgroeid met planten die omhoog reikten naar het zonlicht.

Nog steeds bedacht op de aanwezigheid van slangen, duizendpoten, tarantula's, schorpioenen en bijtende kevers baande Betty zich voorzichtig een weg langs het pad. De twee kleine meisjes staarden over hun schouders naar haar, een meter of vier, vijf voor haar uit. Soms liepen ze een stukje achteruit. Het feit dat ze absoluut niet opletten waar ze hun voeten neerzetten gaf Betty moed, en gaandeweg begon ze te genieten van haar wandeling door de jungle.

Het pad kronkelde door een grote groep bamboestruiken en kwam abrupt uit op een steile oever van ruwe rode aarde aan de rand van een zwartgroene rivier. Enkele meters verderop in de richting van de oceaan stond een dorpje: een paar winkels, een kleine stenen kerk, een stuk of veertig hutjes van diverse afmetingen in wisselende staat van onderhoud.

De meisjes brachten Betty naar de kerk en renden toen weg, om even later terug te keren met een jonge baardige priester in een ruwe pij. Tot Betty's onuitsprekelijke vreugde bleek hij Engels te spreken.

3

De naam van het dorpje was Morales; het lag halverwege de Peninsula de Azuero, in de buurt van het gebied dat bekend stond als Morro de Puercos. Het bevoorradingsschip dat Morales aandeed zou over een week aankomen. Er waren geen wegen, geen openbaar vervoer, geen boot die groot genoeg was om haar naar de Kanaalzone te brengen.

Betty sprak op verloren toon: "Ik zit hier dus de komende week vast. En ik *moet* eenvoudigweg naar het Kanaal zien te komen."

"Het spijt me," zei de priester. Hij wreef over zijn geschoren hoofd, dat nu al begon te glimmen in de vroege ochtendhitte. "Kom mee. Misschien heeft u geluk!"

Hij maakte aanstalten haar de kerk uit te begeleiden, maar bedacht zich toen. "Wacht hier even, alstublieft." Even later kwam hij terug met een jurk en een paar strooien sandalen.

"O, geweldig!" riep Betty uit. "U heeft er geen idee van hoe die zak kriebelt!"

"Ik weet het," zei de priester droefgeestig. "Soms moet ik er zelf een dragen."

De jurk was blauw met een magenta ruche; hij zat Betty veel te strak en stonk naar kamfer; niettemin trok ze hem met grote opluchting aan.

De priester nam haar mee naar een dok aan de oever van de rivier. Na een korte discussie bracht een jonge Indiaan, naakt op een vale korte broek na, een klein bootje met buitenboordmotor, en ze vertrokken.

Ze voeren een halfuur de zwartgroene rivier op. Soms ging de stroom tussen lage eilandjes door met heldergroene planten en rode bloemen; soms onder een overhellende schouder van rode basalthoudende aarde waar de vegetatie in lange lianen vanaf droop.

Er klonk geen enkel geluid buiten het brommen van de motor. Het water voor hen was glad als een glasplaat bedekt met een dunne laag zijde. Een aantal malen wees de priester haar op diverse alligators, en Betty zag een prachtige witte kraanvogel die langzaam voorbij fladderde op zijn zachte vleugels.

Nu kwamen ze in een gebied waar de bomen langs de oever tot enorme hoogten reikten, en weldra werd de rivier breder en veranderde in een meer. De boot voer in de richting van een groepje gebouwen en open schuren met daken van golfplaat. Onder een van de schuurtjes stond een felgele bulldozer, enkele rode vaten met brandstof en een jeep. Een boothuis reikte tot over het meer en daaronder dobberde een klein watervliegtuig. Op een bord boven het kantoortje stond de tekst:

HAWORTH EN CO.

HARDHOUT

"We zullen zien," zei de priester. "Als we geluk hebben dan is Lionel op kantoor."

Lionel was een slanke jongeman met de stompe neus van een bokser en steil strokleurig haar. "Wel, wel, wel," sprak hij. "Wat hebben we hier? Welkom! Dit is een verrassing, en dan druk ik mij nog mild uit."

"Ik ben ook verrast dat ik hier ben," zei Betty.

"Kom alstublieft binnen." Lionel leidde hen het kantoortje binnen, dat aan alle vier de kanten van horren voorzien was. "Wilt u een cola?"

Betty en de priester namen zijn aanbod aan; Lionel pakte drie blikjes uit de koelkast en maakte ze open. "Deze jongedame is gisteren van een schip gevallen," sprak de priester. "Ze is naar de wal gezwommen en wil nu graag terug naar Panama."

Lionel maakte een grimas. "U bent overboord gevallen?"

"Ik ben overboord gegooid," antwoordde Betty.

"U heeft er blijkbaar niet al te zeer onder geleden."

"Dat heb ik inderdaad niet. Ik ben zo blij dat ik nog leef. Ik zal nooit meer verdrietig of boos of chagrijnig zijn vanaf nu."

"Precies het soort meisje dat ik zoek," zei Lionel. "Wie heeft u overboord gegooid? Echtgenoot? Vriendje?"

"Nee. Gewoon een man."

"Ik snap het. Ik neem aan dat u de politie op hem af wilt sturen."

"Inderdaad. Ik haat hem niet langer — in ieder geval niet erg meer — maar ik zou heel graag zijn gezicht willen zien als ik ineens met droge kleren voor hem sta."

Lionel keek naar de elektrische klok. "Ik kan u erheen vliegen op één — nee, maak dat twee voorwaarden."

"Wat u maar wilt," zei Betty. "Ik doe alles — zolang ik maar niet meer hoef te zwemmen."

"Nee, geen zwemmen. Ten eerste wil ik met u mee, om het gezicht van die man zelf te kunnen zien. En ten tweede wil ik vanavond met u uit eten."

Betty knikte. "Afgesproken."

"Laten we dan meteen vertrekken. Hoe laat komt uw schip aan?"

"Tegen elven."

"Dan zullen we te laat zijn om haar voor te zijn. Maar we zullen niet veel later aankomen."

"Uh — kan ik misschien wat geld van u lenen? Ik zou graag willen betalen voor de boot en voor deze jurk."

"Ik regel het. U kunt mij later terugbetalen."

Terwijl Lionel het watervliegtuig onder zijn afdak vandaan haalde vroeg Betty op ietwat schuldige toon: "U gaat toch geen problemen krijgen als u met mij meegaat? Wordt uw baas niet boos?"

Lionel wees naar het bord HAWORTH HARDHOUT. "Mijn naam is toevallig Lionel Haworth, dus ik kan me wel enige vrijheden permitteren."

"Bent u zelf de Haworth in Haworth & Company?"

"Nee hoor. Mijn oom Ed is die Haworth. Ik ben maar een klein radertje in het hele bedrijf. Dit is Kamp Nummer Zes. Maar maak u geen zorgen over het vliegtuig. Ik had anders morgen toch die kant op moeten vliegen."

Ze klommen aan boord; Betty wuifde ten afscheid naar de priester, die hen met een weemoedige blik nakeek.

De motor maakte een klik, startte, brulde, en draaide toen stationair; het watervliegtuig dreef over het meer. Aan de overzijde draaiden ze om; de motor begon nu echt serieus te loeien, het vliegtuig scheerde over het water, rees boven de bomen uit en vloog naar het oosten.

De priester zuchtte en stapte in het motorbootje.

De buitenboordmotor startte, als een zwakke imitatie van het vliegtuig. De boot vertrok. De open plek bij het meer was rustig, op het geluid van de vele vogels na, en ergens veraf in het bos klonk het geluid van motorzagen, gevolgd door het vallen van een boom.

HOOFDSTUK XII

1

DE *GARDA* DOBBERDE VOOR ANKER buiten de mond van het Kanaal, tussen een stuk of zes schepen met evenzoveel verschillende vlaggen: Noors, Japans, Liberiaans, Brits, Duits, Nederlands — alle schepen, behalve de *Garda*, lagen te wachten op een loods en toestemming om te vertrekken. Het vertrek van de *Garda* was uitgesteld tot het politieonderzoek, dat al in volle gang was, zou zijn afgerond.

Betty en Lionel Haworth voeren naar het schip in een officiële boot, vergezeld van een detective in burger van de United States Marshals. De *Garda* voelde even bekend als Betty's eigen huis. Daar was de patrijspoort van haar hut en daar — ze huiverde ineens en verborg haar gezicht in haar handen.

"Hola," zei Lionel, "wat is het probleem?"

Betty probeerde vergeefs om haar stem in bedwang te houden. "Ik weet niet of ik die kerel wel onder ogen kan komen. Ik zal waarschijnlijk flauwvallen of mezelf op een andere manier belachelijk maken."

"Dat moet een interessante vent zijn."

"Jazeker. Dit is een interessante reis geweest."

Ze voeren onder de lange, zwarte romp van het schip door in de richting van de scheepstrap.

"Ik zal blij zijn als alles achter de rug is," mompelde Betty. "Ik geneer me — alsof ik op het punt sta iets onbeleefds te doen…"

Lionel lachte ongemakkelijk. "Je bent een rare. Als ik jou was —" hij bedacht zich. "Hoe dan ook, het zal niet lang duren. Of misschien ook wel, maar het moet nu eenmaal."

"Ik neem aan dat je gelijk hebt."

De boot stopte en het tweetal sprong het platform op, gevolgd door de man in burger. De matroos op de valreep staarde hen verbijsterd aan. De man in burger sprak hem aan. "Breng ons naar de kapitein, jongeman. Begrepen? *El Capitano!*"

De matroos, die zo af en toe met openvallende mond over zijn schouder naar Betty keek, ging hen voor het schip in.

Ze was weer terug! De schemerige gangen, de drukte in de kombuis, de geuren en de geluiden die haar nu zo bekend voorkwamen en tegelijkertijd zo vervulden van afkeer!

Ze beklommen de bekende trap naar het bruggendek en liepen naar de hut van de kapitein. De man in burger klopte. De deur werd geopend door een lange, magere man in een lichtblauw pak.

"Hallo, Hank. Wie heb je daar?"

"Een van de hoofdpersonen in je onderzoek: mejuffrouw Haverhill, Luitenant Colby."

"Haverhill?" Betty voelde de scherpe, verbaasde ogen op zich gericht. "Mejuffrouw Betty Haverhill?"

"Ja. Ik heb u een heleboel te vertellen."

"Kom alstublieft verder."

Ze gingen de hut van de kapitein binnen. Kapitein Frascatore zat voorovergebogen aan de tafel met zorgelijke rimpels op zijn voorhoofd. Hij zag Betty; zijn mond viel open. Hij leunde voorover en wees met een trillende hand. "Dit is ze — dit is de vrouw!"

Betty liep langzaam naar voren. "Welke vrouw ben ik?"

"Jij bent Betty Haverhill! Wat doe je hier?"

2

Betty vertelde haar verhaal. De kapitein luisterde met een uitdrukkingsloos gezicht, terwijl hij naar zijn handen staarde. Luitenant Colby, de detective in burger en Lionel Haworth hoorden haar vol medeleven aan.

"Je hebt zeker een verschrikkelijke ervaring achter de rug," zei de luitenant.

"Een ogenblikje," sprak de kapitein met barse stem. "Ik wil natuurlijk niemand beschuldigen, maar we moeten wel bedenken dat er nog altijd geen echt bewijs is. We hebben de plicht om voorzichtig te zijn."

"Kapitein," zei Betty op vriendelijke toon, "ik weet waar u aan denkt. U maakt zich zorgen om uw pensioen. Het is veel simpeler als ik een schuldige zelfmoordenaar ben dan dat ik hier levend voor u zit. U bent bang dat ik u in de problemen ga brengen. U heeft gelijk, dat gaat gebeuren. Ik ben van plan een aanklacht in te dienen tegen de Mediterranean Line en zoveel geld te eisen dat ik de *Garda* zou kunnen kopen."

De kapitein haalde zijn schouders op. "Eerst zult u moeten bewijzen dat u de waarheid spreekt."

Betty lachte. "Denkt u nu echt dat ik uit vrije wil de oceaan ingesprongen ben?"

"Er gebeuren wel vreemdere dingen."

"Kom op nou," zei Luitenant Colby kortaf. "Niet zo raar als dat."

Met tegenzin gaf de kapitein toe: "Het is maar een mogelijkheid, en meer niet."

Luitenant Colby zei: "Ik denk dat we meneer Finsch een paar vragen moeten stellen. Misschien dat we maar beter naar de eetzaal kunnen gaan. Het wordt hier een beetje te vol."

In de eetzaal ging Betty achterin tegen de wand zitten, met Lionel Haworth naast zich. De kapitein zat op zijn gebruikelijke plek. Luitenant Colby en de man in burger bleven staan. De steward ging meneer Finsch halen.

Niemand zei iets, maar er hing iets in de lucht dat Betty duidelijk maakte dat niemand, zelfs de kapitein niet, enige twijfel had over de werkelijke gang van zaken.

Er klonken voetstappen. Mik Finsch kwam de eetzaal binnen. Hij droeg zijn lichtgrijze pak, met een geel sport-overhemd. Hij keek vriendelijk om zich heen, knikte naar de kapitein. Toen viel zijn blik op Betty. Hij verstijfde en staarde haar aan. Niemand zei iets; Finsch keek naar alle kanten. Iedereen keek hem aan. Weg was zijn vriendelijkheid. Hij sprak met een stem die hol en metaalachtig klonk: "Wat heeft ze allemaal gezegd?"

"Ze beschuldigt u van moord," vertelde Luitenant Colby hem.

"Dat is een leugen. Zij is de moordenaar. Ze is in het water gesprongen omdat ze de gevolgen van haar daad niet aankon."

Betty glimlachte bleekjes.

Finsch haalde diep adem. "Ze is een heel gewiekste leugenaar. U kunt niets geloven van wat ze zegt. Ik ben politieagent geweest, ik weet een heleboel over leugenaars. Ik kan bewijzen wat ik zeg. Ik kan bewijzen dat ze mijn revolver gestolen heeft en Alan Calder heeft vermoord."

"En ik kan bewijzen dat ik dat niet gedaan heb," sprak Betty.

"Dat is onmogelijk!"

"Een ogenblikje," zei Luitenant Colby. "Laten we de zaken ordelijk afhandelen. Dit is allemaal buitengewoon interessant. Waar is dit bewijs waar u het over heeft?"

"Ik zal het laten zien," zei Finsch. "Maar dan moet ik even naar mijn hut."

"Ik moet ook naar mijn hut," zei Betty. "En dan kan ik u mijn bewijs laten zien."

3

Vijf minuten later kwam Betty, samen met de detective in burger die met haar meegegaan was, de eetzaal weer in. Ze had zich omgekleed, en droeg nu haar spijkerbroek en haar witte poloshirt. Ze had haar kleine witte handtasje in haar hand.

Finsch was al terug, en stond bij de tafel met zijn groene jaden bol op een zakdoek voor zich op tafel. Hij sprak op luide toon met Colby, terwijl hij wees naar de vingerafdrukken op de jade.

"Dat zijn mijn vingerafdrukken," zei Betty. "Dat geef ik toe. Ik heb de bol aangeraakt na het schot op Alan Calder."

"Dat beweer jij," sneerde Finsch. "En waar is je bewijs?"

"Kijk mij eens goed aan: ik ben mijn eigen bewijs. Dit zijn de kleren die ik droeg toen ik van boord ging. Ik zat in de boot met de Cato's, Harry Mayberry en Nello. Waar had ik een pistool moeten verstoppen?"

Niemand gaf antwoord; het was niet nodig. De spijkerbroek zat om haar lichaam gegoten als een tweede huid. Het poloshirt was zo strak dat ze er nog geen knoop onder had kunnen verbergen. Haar handtasje was nauwelijks groot genoeg voor een lippenstift en een portemonnee.

"Nello heeft foto's genomen," zei Betty. "De film zit nog in zijn camera."

Finsch pakte zijn jaden bol op; de spieren in zijn gezicht waren zo strak als kabels. Hij gooide de bol met enorme kracht in haar richting. Betty bukte. De jaden bol sloeg naast haar tegen de muur en spatte uiteen.

Finsch was al onderweg naar de deur. "Een ogenblik, meneer Finsch," zei Luitenant Colby.

Finsch negeerde hem. De agent in burger ging voor hem staan. "Stop, meneer Finsch."

"U kunt het proberen," zei Finsch.

4

Betty en Lionel Haworth zaten in de bar van het Panama Canal en dronken cocktails. Hij hield haar hand vast; zij staarde in haar glas naar iets dat heel, heel ver weg was.

"Kom op," zei Lionel. "Voorbij is voorbij."

"Ik weet het. Maar het zal lang duren voordat ik weer mijzelf ben. Misschien gebeurt dat nooit meer."

"Wie ben je dan in de tussentijd?"

"Ach, je weet wat ik bedoel! Als ik terugdenk…"

"Je moet niet terugdenken. Denk aan het hier en nu."

"Ik wil niets liever. Maar het lukt niet. Ik ben helemaal uit mijn evenwicht."

Lionel wreef over de blauwe plek op zijn wang waar de vuist van Finsch hem had geraakt — niemand was er zonder kleerscheuren vanaf gekomen. "Ik zie je niet graag vertrekken."

"Ik ben hier nog een week. De Mediterranean Line zorgt heel goed voor mij — een reis eerste klas naar Italië, op de *Fiesole*, een ticket eerste klas terug wanneer ik maar wil, en ze betalen het hotel hier voor mij."

"Ze hebben liever dat je hen niet aanklaagt."

Betty lachte. "Kapitein Frascatore kan zijn pensioen behouden. Maar ik heb wel zin om hem even bij de neus te nemen." Ze gaapte. "Nou ja…"

"Voor twee cent," zei Lionel, "zou ik met je meegaan naar Europa."

Betty klopte even op zijn hand. "Niet te hard van stapel lopen, Lionel. Denk ook aan Kamp Nummer Zes."

"Kamp Nummer Zes kan wat mij betreft het meer in zakken."

Betty draaide haar glas rond, keek naar de draaiende amberkleurige vloeistof en haalde toen haar schouders op. "Ik moet ophouden met piekeren." Ze dronk, zette het glas neer en gaf Lionel een kus op zijn wang. "En nu ga ik naar bed. Ik ben doodmoe. Ik was gisteren de hele nacht wakker."

Ze stonden op. "En wanneer zie ik je weer?" vroeg Lionel.

"Wanneer je maar wilt."

"Morgen?"

"Morgen. Goedenacht."

"Goedenacht."

Betty ging naar haar kamer. Zo alleen voelde ze zich onrustig, vaag angstig. Belachelijk, dacht ze. Ik moet hier overheen komen. Ze kleedde zich uit en ging op het bed liggen. Natuurlijk ben ik gelukkig, zei ze tegen zichzelf. Ik leef nog!...En ineens stonden haar ogen vol tranen. Ze lag een paar minuten lang te huilen in haar kussen.

De telefoon ging over. Het was Lionel. "Ik wilde even zeker weten dat alles in orde was."

"Jawel, Lionel." Als ze niet zo moe was...Maar nee. Wees verstandig, Betty. "Ik voel me prima."

"Niet piekeren."

"Nee. Welterusten, Lionel."

"Welterusten."

Ze deed het licht uit en viel weldra in slaap.

Jack Vance werd in 1916 geboren in een welgesteld Californisch gezin dat tegen het einde van zijn kindertijd moeilijke tijden doormaakte. Als jonge man probeerde hij een aantal onbevredigende baantjes uit alvorens aan de Universiteit van Californië in Berkeley mijnbouwkunde, natuurkunde, journalistiek en Engels te gaan studeren. Hij ging van school toen de oorlog uitbrak en werd matroos op de koopvaardij. Later werkte hij als rolbrugmachinist, landmeter, keramist en timmerman, voordat hij zich door het produceren van een gestage stroom aan SF, mysterieromans en korte verhalen als voltijds schrijver vestigde.

Hij was meer dan zestig jaar actief als schrijver, en voor zijn werk ontving hij onder andere drie *Hugo Awards*, een *Nebula Award*, een *World Fantasy Award* œuvreprijs, en een *Edgar* van de *Mystery Writers of America*. De *Science Fiction & Fantasy Writers of America* kroonden hem tot Grootmeester, en hij werd opgenomen in de roemruchte *Science Fiction Hall of Fame*.

In zijn werk overschreed Jack Vance vaak de grenzen van het genre: van weemoedige fantastiek (de zeer invloedrijke *Stervende Aarde* verhalen) tot interstellaire space opera (de vijfdelige *Duivelsprinsen* reeks), van heldhaftige fantasy (de *Lyonesse* trilogie) tot de mysterieuze moorden die een sheriff in landelijk Californië moet oplossen (de *Joe Bain* boeken).

Toen hij reeds op leeftijd was, vormde zich een internationale groep van Vance-fans die zich tot doel stelde om het complete œuvre van Vance in de oorspronkelijke staat te herstellen, daarbij tientallen jaren van redactionele ingrepen en ongewenste wijzigingen ongedaan makend. Dit resulteerde in de toonaangevende Engelse *Vance Integral Edition* die als 44 hardcover delen in een beperkte oplage verscheen.

In 2013, kort nadat hij zijn eerste jazz-album had opgenomen, overleed Jack Vance op 96-jarige leeftijd in het huis dat hij eigenhandig had gebouwd in de beboste heuvels buiten Oakland. In het jaar van zijn honderdste geboortedag begint Spatterlight met het uitgeven van een nieuwe Nederlandse editie. In 62 paperbacks verschijnen zowel alle Vance verhalen die al eerder zijn uitgegeven, alsook alle titels die nog niet eerder in het Nederlands verkrijgbaar waren.

Colofon

Dit boek is gezet uit 11,5 pt Adobe Arno Pro.

De tekst van deze uitgave is ontleend aan het digitale archief van de *Vance Integral Edition*, een reeks van 44 boeken die onder auspiciën van de schrijver geproduceerd werden door een wereldwijde groep van zijn lezers. Onze dank gaat uit naar Norma Vance voor haar onschatbare redactionele hulp, en naar het *Department of Special Collections* van de Boston University die ons met hun *John Holbrook Vance* collectie geweldig hebben geholpen.

Deze uitgave kwam tot stand met de hulp van Arjen Broeze.

Omslagontwerp: Howard Kistler

Typografisch ontwerp: Joel Anderson

Zetwerk: Joel Anderson

Management: John Vance, Koen Vyverman